Oetinger

Andreas Götz, geboren 1965, studierte Germanistik und arbeitet als freier Autor von Hörspielen für mehrere Rundfunkanstalten sowie als Journalist und Übersetzer. Mit »Stirb leise, mein Engel« feierte er sein Debüt im Jugendbuch und legte mit zwei weiteren Thrillern der Extraklasse nach. »Bad Boys and Little Bitches« ist seine erste Serie für junge Erwachsene.

Andreas Götz

BAD BOYS & Little Bitches

Kleine Sünden

Verlag Friedrich Oetinger
Hamburg

Mehr von Andreas Götz bei Oetinger:

Denn morgen sind wir tot
Hörst du den Tod?
Stirb leise, mein Engel

Poppenbütteler Chaussee 53, 22397 Hamburg

Einband: formlabor
Satz: Dörlemann Satz GmbH, Lemförde
Druck und Bindung: GGP Media GmbH,
Karl-Marx-Straße 24, 07381 Pößneck, Deutschland
Printed 2018
ISBN 978-3-7891-0765-8

www.oetinger.de

Eins

SCHON DAS NEUESTE GEHÖRT?

So eine Frage zu posten, war typisch Leon. Bloß kein Wort zu viel verlieren. Dabei konnte das Neueste alles Mögliche sein, denn schließlich bestand die Teenager-Welt mindestens zur Hälfte aus Gossip und Geflüster. Wer war mit wem zusammen? Wer von wem schon wieder getrennt? Was war gerade der abgefahrenste Clip auf YouTube, das coolste Foto auf Instagram, die krasseste Peinlichkeit oder das stylishste Outfit, das sich dieser oder jener Promi geleistet hatte? Eine Unendlichkeit an Themen, die oft nur kurz hochpoppten, um schon wenig später wieder für immer zu verschwinden.

Trotzdem wussten Lissy, Elif und Finn – die anderen Mitglieder der WhatsApp-Gruppe *Bad Boys and Little Bitches* – sofort, dass keines dieser Themen gemeint sein konnte, denn Leon würde ganz bestimmt nicht mit so was ankommen. Das war für ihn eine andere Welt. Aus diesem Grund fürchteten alle, die Meldung könnte mit einer Sache zu tun haben, über die man lieber nichts mehr hören wollte. Oder, besser gesagt, mit einer Person, deren Name normalerweise ungenannt blieb.

Gehts um V?, kam es von Elif.

Yep.

Ich ahne Schlimmes, schaltete sich Finn ein.

Elif: *Jetzt sag schon, was los ist.*

Leon: *Es soll eine Trauerfeier geben. Am ersten Schultag. Ganz großes Ding. Und wir in der vordersten Reihe. Ist aber noch inoffiziell.*

Finn: *Kotz!!!*

Elif: *Wo hast du das her?*

Leon: *Von unserer süßen Lissy. Hab sie vorhin getroffen.*

Drei Leute, ein Gedanke, den aber niemand in die Runde warf: von der Lissy also, die sich in letzter Zeit bei den *Boys and Bitches* ziemlich rar machte, weil sie angeblich so viel zu tun hatte. Stellte sich die Frage: Wieso teilte sie die Neuigkeit nicht mit der Gruppe? Woher wusste sie überhaupt, was in der Schule geplant wurde? Es wäre allerdings eine fette Lüge gewesen, wenn sie behauptet hätten, dass sie nicht ahnten, wer die Quelle ihrer Information war. Schließlich hatte Lissy in ihrem umschwärmten Lehrer Steffen Wegmann einen Seelentröster gefunden, der ihr aufopferungsvoll dabei half, die schrecklichen, traumatisierenden Ereignisse dieses langsam zu Ende gehenden Sommers zu verarbeiten. Fragte sich bloß, was die beiden noch so alles verarbeiteten. Man durfte auf einiges gespannt sein: ein Drama, vielleicht sogar einen Skandal, aber ganz bestimmt würde es auf Tränen und ein gebrochenes Herz hinauslaufen.

FINN SCHRECKTE AUS DEM SCHLAF. Sein Herz hämmerte wild, Tränen liefen aus seinen Augenwinkeln. Um ihn herum das Zwielicht des heraufdämmernden Tages, wie ein dichtes Gewebe von Spinnweben. Er brauchte ein wenig, bis er begriff, dass er geträumt hatte. Nur geträumt. Erleichtert atmete er durch. Wann würde das endlich aufhören?

Seine Kehle brannte vor Durst. Er stand auf, schlüpfte in ein frisches T-Shirt, denn das andere war komplett durchgeschwitzt, und ging in die Küche. Mit einem Glas Wasser in der Hand trat er auf die Terrasse, wo der neue Tag sich gerade aus der nächtlichen Umarmung löste. Wie wild geworden zwitscherten die Vögel in den Bäumen und Büschen.
Er hatte zu viele Bilder im Kopf. Zu viele Erinnerungen, die noch zu frisch waren, um sich ignorieren zu lassen. Ein wenig besser war es geworden, doch seit er von dieser Veranstaltung in der Schule wusste, war alles wieder ganz nah. Vanessa. Wie sie dalag, regungslos. Tot. Ermordet. Und sie alle standen um sie herum und schauten auf sie herab. Stumm vor Entsetzen. Ratlos. Nie würde er diesen Anblick vergessen. Ihr rotblondes Haar, das ihren Kopf umgab wie ein Heiligenschein – ausgerechnet. Das kleine Muttermal über der Lippe. Alles hatte wie immer ausgesehen und war doch völlig anders. Denn sie, Vanessa, war fort. Für immer. Nur ihr Körper war noch da. Eine leere Hülle.
Finn hätte zu gerne gewusst, wie die anderen mit diesen Bildern klarkamen. Sie hatten nie wirklich darüber gesprochen. Weder Lissy, die Vanessa ihr völlig neues Auftreten verdankte, noch Elif, die eine Zeit lang total eng mit ihr gewesen war, und schon gar nicht Leon, der vielleicht – wahrscheinlich – insgeheim in sie verliebt war. Aber wer war das nicht? Nur dass es bei ihm, Finn, kein Geheimnis war. Hatte irgendeiner von seinen Freunden jemals um Vanessa getrauert? Erst war ihre einzige Sorge gewesen, nicht selbst in Verdacht zu geraten, an ihrem Tod schuld zu sein. Und dann waren sie alle zu einer Normalität übergegangen, die es zumindest für ihn nicht mehr gab. Aber geschwiegen hatte er trotzdem. Weil reden wehtat. Denn selbst jetzt, da er wusste, was für

ein böses Spiel Vanessa mit ihm und den anderen getrieben hatte, gab es noch einen Teil in ihm, der sie liebte und vermisste.
Doch er hatte seine Lektion gelernt. So haltlos, mit ganzem Herzen und aus tiefster Seele zu fühlen machte einen blind und wehrlos. Er würde nicht zulassen, dass noch einmal jemand so viel Macht über ihn bekam. Lieber blieb er für den Rest seines Lebens allein.
»Bist früh auf«, hörte er hinter sich jemanden sagen.
Sein Bruder Michael, von allen Mike genannt. Er war seit Jahren bei der Bundeswehr und kam nur noch selten nach Hause. Die wenige freie Zeit, die er hatte, verbrachte er bei seiner Freundin.
»Konnte nicht mehr schlafen«, sagte Finn.
Mike setzte sich neben ihn. Er hielt ein Glas Milch in der Hand. Manche Sachen ändern sich nie, dachte Finn. Mike war immer schon ein Milchtrinker gewesen.
»Kann ich dich mal was fragen?«, begann Finn nach kurzem Schweigen, in dem sie beide dem übermütigen Gezwitscher der Vögel gelauscht hatten.
»Klar.«
»Hast du schon mal einen Toten gesehen?«
Mike nahm einen Schluck Milch, nickte und sagte dann: »Bei einem Auslandseinsatz. In Afghanistan.«
»Wie war das für dich?«
Mike ließ wieder eine Pause, ehe er sagte: »Wir reden über das tote Mädchen von der Spring-Break-Party, oder?«
Finn atmete schwer. »Wie kommt man über so was hinweg?«
»Gar nicht. Man macht weiter und lernt, damit zu leben. That's it.«

DIE AULA DER SCHULE WAR bis auf den letzten Platz besetzt. Neben dem Rednerpult stand, über einem Gesteck aus weißen Chrysanthemen, ein schwarz gerahmtes und mit Trauerflor versehenes riesengroßes Foto von Vanessa. Ihr gewinnendes Lächeln darauf wirkte, als gefiele ihr die Aufmerksamkeit, die sie erregte. Nicht nur Schüler füllten die Stuhlreihen, es waren auch viele Eltern und sonstige Erwachsene gekommen, die ihre Anteilnahme bekunden wollten. Sogar einige Würdenträger der Stadt ließen sich blicken, und ein paar Reporter überregionaler Zeitungen belegten Plätze in den hinteren Reihen, nachdem sie vorher Stimmungen eingefangen und Fotos gemacht hatten. Sicher trieb viele Leute bloße Neugierde her. Schließlich war der gewaltsame Tod eines Mädchens bei einer wilden Spring-Break-Party an der Ostsee die große Nachricht am Anfang des Sommers gewesen. Dass die Polizei noch immer keinen Täter präsentieren konnte, machte die Sache nur umso prickelnder. Die Vorstellung, dass sich der Mörder unter die Menge mischte, dass man ihm vielleicht, ohne es zu wissen, in die Augen schaute, kitzelte die Sensationslust vieler. Vanessas Mutter dagegen war nicht erschienen. Kurz nach dem Tod ihrer einzigen Tochter, die sie alleine großgezogen hatte und die der Mittelpunkt ihres Lebens gewesen war, hatte sie ihre Zelte abgebrochen und nicht einmal eine Nachsendeadresse hinterlassen. Vanessas Vater hatte die Schulleitung zwar erreicht, er hatte seine Teilnahme jedoch abgesagt.
Leon, Finn, Lissy und Elif fühlten sich angesichts eines solchen Menschenauflaufs ziemlich unwohl in ihrer Haut. Nicht genug, dass sie als Vanessas vermeintlich beste Freunde in der ersten Reihe sitzen mussten, einer von ihnen sollte auch ein paar Sätze sagen. Die Wahl war einstimmig auf Lissy gefallen. Sie hatte sich

nicht gesträubt. Im Gegenteil. Was Vanessa wohl dazu gesagt hätte? Gefallen hätte es ihr sicher nicht, und genau das wiederum gefiel Lissy. Steffen Wegmann bot an, ihr bei der Wahl der richtigen Worte zu helfen, doch darauf konnte sie liebend gerne verzichten. Er und Vanessa – das tat auch so schon weh genug.

Welche waren das: die richtigen, die angemessenen Worte? Wie wäre es mit dieser Variante:

Verehrte Anwesende!

Wir nehmen Abschied von unserer Mitschülerin Vanessa. Sie gab vor, eine Freundin zu sein, aber in Wahrheit war sie ein fieses Miststück. Sie wollte uns, ihre angeblichen Freunde, vernichten: Finn hat sie als Spanner und Grapscher hingestellt, sie hat Elifs Beziehung zu ihrem Verlobten Benedict zerstört, und mir hat sie den Mann, den ich liebe, nur weggeschnappt, um mir das Herz zu brechen. Und dabei hat sie es so aussehen lassen, als hätte Leon alle Gemeinheiten ausgeheckt und durchgezogen, damit wir ihn für das hassen, was sie getan hat. Sie wollte uns, die Bad Boys and Little Bitches, *zerstören, als Gemeinschaft und jeden einzeln. Und warum hat sie das getan? Aus Rache, weil wir uns nicht länger von ihr beherrschen lassen und sie deshalb nicht mehr unter uns haben wollten? Sicher war das ein Grund, aber es war nicht der einzige, wahrscheinlich nicht einmal der wichtigste. Nein, ich bin mir inzwischen sicher, dass sie es getan hat, weil es ihr Spaß gemacht hat, Menschen zu zerstören. Sie hat es schon früher getan, und sie hätte es nach uns wieder getan. Wahrscheinlich war sie sogar froh, dass wir ihr einen Anlass geliefert haben. Aber sie hat nicht damit gerechnet, dass ihr Plan ihr am Ende im wahrsten Sinne des Wortes selbst das Genick brechen könnte. Das ist die Wahrheit über Vanessa. Friede ihrer Asche.*

»Alles okay?« Eine Hand legte sich auf Lissys Unterarm und riss sie aus ihren Gedanken. Es war Finn, der zu ihrer Linken saß. »Aufgeregt?«

Sie schüttelte den Kopf und staunte selbst, wie ruhig sie war. Keine Spur Lampenfieber. Obwohl sie noch immer keine Ahnung hatte, was sie gleich sagen würde.

Die Trauerstunde begann mit einem schwermütigen Musikstück, das die Streicher des Schulorchesters vortrugen. Dann trat Schuldirektor Appel ans Rednerpult. In geschraubten Formulierungen bedauerte er, dass Vanessa kaum ein halbes Jahr an der Schule vergönnt war. Viel zu wenig Zeit, um sie richtig kennenzulernen. Trotzdem habe sie dank ihres offenen Wesens rasch Anerkennung und Freunde gefunden. Er pries und betrauerte zugleich ihre Jugend, ihre Talente, ihre Schönheit, die nicht zur vollen Blüte hatten kommen dürfen. »Eine Blume war sie, die vor ihrer Zeit gebrochen wurde und dahinwelken musste.« Stummes Nicken unter den Zuhörern. Zum Schluss verwies er auf das Kondolenzbuch, das auslag und in das jeder, der wollte, nach der Feier tröstende Worte an die Eltern eintragen konnte.

Anschließend trat Steffen Wegmann ans Rednerpult und sprach, mit den Tränen ringend, einige Worte. Er erzählte davon, wie Vanessa sich im Unterricht und in der Theater-AG eingebracht habe, und meinte, dass sie ein ganz besonderer Mensch gewesen sei.

Lissys Herz krampfte sich jedes Mal zusammen, wenn seine Stimme anfing zu zittern. Am verletzendsten war, dass seine Trauer echt war, und das weckte schlimme Erinnerungen in ihr: Steffen und Vanessa im Wald hinter dem Spring-Break-Partygelände, in inniger Umarmung, Steffen ganz außer sich vor Begehren. Nein, jetzt bloß nicht daran denken!

Nach Steffen Wegmanns Ansprache traten wieder die Streicher in Aktion, dazu warf ein Beamer Fotos auf eine Leinwand, die Vanessa in der Schule zeigten, in der Theater-AG, auf dem Hof un-

ter Mitschülern. Taschentücher wurden gezückt. Selbst Finn und Leon wurde die Kehle eng.
Als das letzte Bild verblasst und die Musik verstummt war, trat Lissy ans Podium. Finn, Leon und Elif tauschten einen Blick. Lissy hatte ihnen nicht verraten, was sie sagen würde. Wie auch, da sie selbst jetzt noch keine Ahnung hatte.
Sie trat ans Stehpult und ließ den Blick über die Köpfe schweifen. Sie betrachtete ihre drei Freunde in der ersten Reihe. Wie sie dasaßen, mit versteinerten Mienen, und kaum erwarten konnten, dass das alles endlich vorüber war. So wie sie auch. Schließlich sah sie Steffen an, der jedoch zur Seite schaute und den Blickkontakt mit ihr vermied. Es kam ihr vor wie Verrat.
Unruhe machte sich breit. Alle fragten sich, warum das Mädchen da vorne am Pult nichts sagte. Hatte es ihr die Sprache verschlagen? Warum stand sie nur da und schaute die Menschen an? Was war mit ihr los?
Endlich fasste Lissy sich ein Herz und begann: »Vanessa war –«
Sie brach ab.
Nein! Die Wahrheit konnte sie unmöglich sagen. Aber schöne Lügen erzählen? Das ging noch viel weniger! Auf keinen Fall!
»Tut mir leid, ich kann das nicht«, sagte sie nur noch ins Mikrofon, dann lief sie davon, vorbei an ihren Freunden, an Steffen und den Ehrengästen, vorbei an den Stuhlreihen, in denen sich die Köpfe nach ihr verrenkten, hin zum Eingangsbereich und hinaus an die frische Luft. Sie hinterließ nur Gemurmel.
Unschlüssig sahen Leon, Finn und Elif sich an. Sollten sie Lissy nachlaufen? Sich vergewissern, dass es ihr gut ging?
»Bleibt ihr hier«, entschied Elif mit gedämpfter Stimme, »ich schau nach ihr.«

Während der Direktor zum Pult ging, verließ Elif die Aula. Sie hörte noch, wie Appel sichtlich bewegt sagte: »Vielleicht war das heute die angemessenste Rede von allen. Denn was kann man schon sagen? Was bleibt am Ende außer Schweigen?«

ELIF WAR BIS VOR DIE SCHULE GELAUFEN, doch keine Spur von Lissy. Wo war sie hin? Nach Hause? Sicher nicht. Vielleicht auf den Schulhof? Während sie losging, fragte sie sich, ob Lissy ihren kurzen, aber wirkungsvollen Auftritt so geplant hatte. Neuerdings traute sie ihr das zu, und sie wusste nicht, wie sie das finden sollte: total überzogen oder bewundernswert.

Als Elif an die Ecke des Schulgebäudes kam, entdeckte sie Lissy. Sie stand an der hüfthohen Mauer, die den Hof begrenzte, und unterhielt sich mit jemandem auf der anderen Seite. Elif erschrak. Konni! Der freakige Sohn des Hausmeisters und – am schlimmsten! – Vanessas Helfer bei allen ihren Aktionen!

Ein paar wuchtige Herzschläge später drehte Lissy sich nach ihr um. Anscheinend hatte Konni sie auf sie aufmerksam gemacht. Die beiden brachen ihr Gespräch ab, Lissy kam herüber.

Elif kochte innerlich. »Wieso redest du mit dem?«, fuhr sie Lissy an. »Dir ist schon klar, dass er der Feind ist.«

»Was heißt *der Feind*«, gab Lissy wachsweich zurück.

Elif war perplex. »Das ist jetzt nicht dein Ernst, oder?« Musste sie sie wirklich an all das erinnern, was er getan hatte? Erst vor ein paar Wochen?

»Vanessa war eine Schlange, das stimmt, aber ganz unschuldig sind wir auch nicht«, meinte Lissy. »Wie wir sie abservieren wollten, war nicht gerade nett, und gegenüber Konni waren wir manchmal auch ziemlich fies.«

»Das ist ja wohl was anderes!«

»Klar, weiß ich schon. Ist auch nicht so, dass ich alles vergeben und vergessen will. Aber … reicht es nicht, dass Vanessa tot ist?«

Was sollte das jetzt wieder heißen?

»Na ja, es ist halt … Ich glaube, Konni war in Vanessa verliebt, und deshalb hat er das für sie gemacht. Aus Liebe tut man Dinge, die eigentlich nicht okay sind. Obwohl man es weiß. Dass sie nicht okay sind, meine ich. Das macht's nicht besser, schon klar, aber vielleicht ein bisschen … verzeihlicher …?«

Daher wehte also der Wind! Es ging überhaupt nicht um Konni, sondern um jemand ganz anderen. Und um ihre eigenen Dummheiten, die sie schon gemacht hatte oder noch machen würde.

»Mach bloß keinen Scheiß«, warnte Elif.

ALS DER LETZTE TON des abschließenden Musikstücks verklungen war und die Leute sich von ihren Plätzen erhoben, atmeten Leon und Finn durch. Geschafft! Sie wollten nur raus. Doch auf halbem Weg trat ein Mädchen vor sie hin, das mit seinem breiten Grinsen so gar nicht in eine Trauerveranstaltung passte.

»Hi«, grüßte sie in Leons Richtung, obwohl ihr Blick gerade voller Interesse zu Finn wanderte.

»Sylvie!«, rief Leon aus. Es klang nicht besonders erfreut, und er war es auch nicht. Er hatte mit ihr abgeschlossen und hoffte bloß, dass sie nicht gekommen war, um an die Sommerromanze anzuknüpfen. »Was machst du denn hier? Heißt es nicht: Was beim Spring Break passiert, bleibt beim Spring Break?«

Sylvie zog eine Schnute. »Sehr charmant, Leon, wirklich. Ich hätte mehr von dir erwartet. Aber keine Sorge, ich bin nicht deinetwegen hier. Ich will von meiner alten Freundin Vanessa Abschied nehmen. Und ich muss unbedingt was in dieses Buch schreiben, von dem euer Oberboss gesprochen hat. Wer begleitet mich?« Da sie sich sofort Finn zuwandte, war das offenbar keine Frage. »Du vielleicht, Hübscher? Du bist Finn, oder? Der Musiker?«

Ehe Finn es verhindern konnte, hatte Sylvie sich schon bei ihm untergehakt. Das also war die berühmte Sylvie, Vanessas Intimfeindin aus alten Tagen und zugleich Leons heißes Date beim Spring Break. Geschmack hatte sein Freund, das musste Finn ihm lassen.

Erleichtert sah Leon zu, wie die beiden Arm in Arm abzogen. Werdet glücklich miteinander, dachte er. Obwohl er bezweifelte, dass Finn ausgerechnet mit Sylvie glücklich werden würde. Sie war viel zu sprunghaft, und Finn brauchte im Moment wohl eher jemanden, der ihm half, seine Wunden zu lecken. Er konnte froh sein, dass Sylvie dreihundert Kilometer entfernt wohnte und er vermutlich nach ihrer Rückkehr nichts mehr von ihr hören würde.

Zwei

WIE SIE WIEDER AUSSAH! Konni konnte kaum hinsehen. Knallrot lackierte Nägel, jede Menge Make-up im Gesicht, teuer aussehende Klamotten, hochhackige Schuhe. Und ihr Parfüm war wahrscheinlich im ganzen Lokal zu riechen, so viel hatte sie davon aufgetragen. Vielleicht liefen die Frauen in ihrem Alter ja in Berlin so rum, aber nicht in einem Provinzkaff wie diesem. Und bestimmt fing sie gleich wieder an, sich zu rechtfertigen. Dafür, dass sie einfach gegangen war und ihn allein zurückgelassen hatte. Weil sie damals völlig fertig gewesen war. Total depressiv. Keinen anderen Ausweg gesehen hatte. Um nicht kaputtzugehen. Blablabla. Wieso nur hatte er im letzten Jahr zugestimmt, sie wiederzusehen, statt es bei den üblichen Karten zum Geburtstag und zu Weihnachten zu belassen? Was hatte er sich erhofft? Nun rief sie ihn jede Woche an und tauchte alle paar Monate persönlich auf, um nachzuholen, was sie versäumt hatte. Eine Beziehung aufzubauen. Als ob es um ihn ginge! Sie wollte bloß ihr schlechtes Gewissen beruhigen. Seit sie, nach zahllosen Fehlschlägen, endlich den richtigen Mann gefunden hatte – einen mit Geld und Ansehen –, glaubte sie, die Mittel zu haben, sich freizukaufen. Er nahm ihr Geld, weil er fand, dass es ihm zustand, aber er brauchte keine Beziehung. Weder zu ihr noch zu sonst jemandem.

»Hast du eine Freundin?«, fragte sie. »Oder überhaupt Freunde?«
Immer dieselbe bescheuerte Frage! »Noch immer nicht.«
Sie seufzte. »Na ja, vielleicht … solltest du mal über dein Outfit nachdenken. Das ist deine Visitenkarte. Der erste Eindruck ist entscheidend. Für den ersten Eindruck gibt es keine zweite Chance.«
Noch so ein Frauenzeitschriftenspruch, und ich bin weg, dachte er. Außerdem trug er keine Uraltsachen von Tante Elli mehr auf. Er hatte sich also schon verändert. Aber solche Feinheiten gingen an ihr natürlich völlig vorbei.
Die Bedienung brachte das Essen. Einen Salat für seine Mutter, Spaghetti für ihn. Er fing sofort an, Nudeln um die Gabel zu drehen.
»Ich weiß, dass ich dich im Stich gelassen hab, Konni, und das tut mir unendlich leid. Wirklich. Aber seit zwei Wochen bist du volljährig. Erwachsen. Du trägst die Verantwortung für dich. Lass die Vergangenheit hinter dir. Fang endlich an zu leben.«
»Du meinst, damit du deine Vergangenheit hinter dir lassen kannst?«
Sie schlug die Augen nieder. »Ich will dir nur helfen, du selbst zu werden.«
Sie redet wie in einer dieser bescheuerten Daily Soaps, dachte er und schob sich einen riesigen Knäuel soßentriefender Spaghetti in den Mund. Seine Mutter zog bei diesem Anblick die Nase kraus, und das war für ihn bis dahin der beste Moment dieses unsäglichen Mittagessens.
»Ich hab nachher noch eine Überraschung für dich«, kündigte sie etwas später an.
Er wollte sich lieber nicht vorstellen, was das wohl war.

MIT SCHWEREN TÜTEN BEPACKT, kam Konni nach Hause. Sein Vater schien ihn erwartet zu haben, denn er trat im gleichen Moment in den Flur und sah ihn verächtlich an. »Das Mittagessen mit deiner Mutter war anscheinend erfolgreich«, sagte er sarkastisch. »Was ist da drin?«

»Klamotten«, antwortete Konni und verschwand in seinem Zimmer. Dort schob er den ganzen Kram unter das Bett, ohne ihn sich anzusehen. Er wollte gar nicht wissen, wie sich seine Mutter ein anderes Outfit für ihn vorstellte.

Er hörte die Schritte seines Vaters im Flur. Sie endeten vor seinem Zimmer. Aber ihm fehlte wohl der Mut anzuklopfen. Nach einigen Sekunden entfernten sich die Schritte wieder. Es war für ihn sicher schwer zu ertragen, dass sich seine Ex auf Umwegen wieder in sein Leben mischte. Und das war auch der Grund, warum Konni sich überhaupt mit ihr traf. Als sie ihn verlassen hatte, hatte sein Vater nichts getan, um die Familie zusammenzuhalten. Und danach hatte er sich bloß im Selbstmitleid gesuhlt und Konni spüren lassen, dass er ihm die Schuld dafür gab. »Wir waren beide noch viel zu jung für ein Kind«, hatte er ihn einmal zu Tante Elli sagen hören. »Es wäre anders gelaufen, wenn wir mehr Zeit für uns gehabt hätten.«

Ziemlich gefrustet von diesem bescheuerten Tag, setzte Konni sich an seinen Laptop und öffnete sein Tagebuch. Der Cursor blinkte auffordernd auf einer neuen leeren Seite.

Seine Eltern hielten ihn wahrscheinlich beide für einen totalen Loser. Trotz seiner guten Noten in der Schule. Das machte ihn in ihren Augen nur noch mehr zu einem Nerd. Einem Freak. Und deshalb schämten sie sich für ihn. Gut so. Wahrscheinlich glaubten sie, dass er ihnen die Schuld für sein Leben als Außenseiter gab und sie deshalb hasste. Doch er hasste sie nicht. Sie nervten ihn bloß unendlich. Unfreiwillig hatten sie ihm die wichtigsten Lektionen über das Leben beigebracht, und dafür hätte er ihnen eigentlich dankbar sein müssen. Was er allerdings auch wieder nicht war. Er verachtete sie. So wie er alle Menschen verachtete. Oder zumindest die meisten von ihnen.

Vanessa hatte er nicht verachtet. Eher bemitleidet. Oder vielleicht doch geliebt? Nein, das sicher nicht. Ihr Wunsch nach Rache an denen, von denen sie sich zurückgesetzt fühlte, war ihm einerseits lächerlich erschienen. Andererseits hatte er ihm aber auch imponiert, weil sie keinerlei moralische Skrupel kannte. Sie machte vielleicht anderen was vor, aber zu sich selbst war sie vollkommen ehrlich. Und sie machte keine Kompromisse. Nur um zu sehen, wie weit sie gehen würde, hatte er sie unterstützt. Möglicherweise hatte er auch ein kleines bisschen gehofft, dass sie die Sinnlosigkeit ihrer Rache einsehen würde. Und dann hätte sie vielleicht begriffen, was er längst wusste: Derjenige, der nichts von Menschen erwartete, konnte auch nicht enttäuscht werden. Eine Erkenntnis, die ihn frei gemacht hatte. Seitdem betrachtete er Menschen nur noch wie ein Insektenforscher die Fliege unter seinem Mikroskop. Als Forschungsobjekte waren sie interessant, aber ohne weitere Bedeutung für ihn und sein Leben.

Doch zu dieser Erkenntnis war es nicht mehr gekommen. Vanessa war tot. Was ihn unerwartet heftig getroffen hatte. Es hatte ihn zuerst sogar richtig wütend gemacht. Sie hatte Freundschaft gesucht und Ablehnung erhalten, am Ende sogar den Tod. Ihre falschen Freunde aber lebten weiter wie zuvor. So als seien sie die besseren Menschen. Es war vor allem diese Selbstgerechtigkeit, die ihn aufbrachte.

Er schloss sein Tagebuch wieder und klickte einen Ordner an, der eine Vielzahl von Dateien enthielt, benannt mit den Namen von Schülern und sogar einigen Lehrern. Vier davon öffnete er. Sie hießen: *Elif Feyzioglu, Finn Ehlers, Leon Wittner, Lissy Thiele*. Darin hatte er über die letzten Jahre, besonders aber über die letzten Wochen alles gesammelt, was er beobachtet hatte, was ihm an ihnen aufgefallen war und was er für interessant hielt. Niemanden hatte er so genau erforscht wie diese vier. Wahrscheinlich kannte er sie inzwischen besser als sie sich selbst.
Eigentlich hatte er nie vorgehabt, seine Informationen für irgendwas zu verwenden. Bis Vanessa kam und ihn bei ihrer Rache um Hilfe bat. Was er jetzt plante, war jedoch etwas völlig anderes. Keine Rache, sondern eher ein Experiment, das ihnen beweisen sollte, was er schon längst wusste: dass ihre Freundschaft nur Einbildung war, weil in Wahrheit jeder, wenn es drauf ankam, den eigenen Nutzen vor den der anderen stellte.

Drei

KURZ HATTE ES SO AUSGESEHEN, als könnte alles wieder so werden, wie es mal war. Leon hatte fest daran geglaubt. Aber nun, da der Sommer seinen Zenit überschritten und die Schule wieder begonnen hatte, schwand der Glauben. Zu viele kleine und größere Risse zeigten sich. Lissy zog sich zurück, vielleicht, weil sie was mit Steffen Wegmann am Laufen hatte und unangenehmen Fragen und Blicken aus dem Weg gehen wollte, vielleicht auch aus einem anderen Grund. Elif nahm seit zwei Wochen Fahrstunden und sah sich wohl schon in den Sonnenuntergang düsen. Und Finn hatte aufgehört, Musik zu machen, was sicher auch nichts Gutes zu bedeuten hatte.

»Du kannst die Zeit nicht zurückdrehen, Alter«, sagte Rico. »Geht nicht. Sorry.«

Rico saß in einem aufblasbaren Kinderplanschbecken mit Seepferdchen drauf. Sein Rollstuhl stand ein Stück abseits. Leon hatte Ricos zerbrechlich wirkenden Körper herausgehoben und ins lauwarme Wasser gesetzt. Dann hatte er ihnen beiden einen fetten Joint gebaut. Manchmal fragte er sich, ob Rico mit seinem Schicksal haderte. Er nannte seine Krankheit nie beim Namen. Er sprach überhaupt nicht über sie und sein Leben mit ihr. Leon fragte auch nicht. Wieso sollte er?

»Natürlich kann man die Zeit nicht zurückdrehen«, sagte Leon, »aber wieso muss sich alles immer nur zum Schlechteren verändern?«
»Das ist bloß eine Frage des Standpunkts. Ist das Glas halb voll oder halb leer?«
Apropos leeres Glas, dachte Leon, griff in die Kühlbox und holte eine Flasche Bier heraus.
»Außerdem warst du der, der Scheiße gebaut hat«, erinnerte Rico ihn. »Also beschwer dich nicht.«
Leon wünschte, er hätte wenigstens Rico die Wahrheit sagen dürfen über das, was beim Spring Break passiert war und seine wahre Rolle dabei. Er war keiner, der seine Freunde aus Eifersucht, Missgunst oder irgendeinem anderen bescheuerten Grund in die Scheiße ritt! Aber es war nun mal beschlossen und beschworen, dass niemand außerhalb der Gruppe die Wahrheit über die Spring-Break-Geschichte erfahren durfte, und daran hielt er sich, auch wenn das seiner Freundschaft mit Rico einen Knacks gegeben hatte.
Leon hatte sein Bier halb getrunken, als sein Handy sich meldete. Eine Nachricht von Finn: *Wo steckst du, Alter? Kommst du mit zum See?* Leon überlegte kurz. Eigentlich hatte er hier auch alles: Wasser, Bier, Sonne. Aber Rico war heute irgendwie komisch drauf. Saß nur da und planschte lustlos herum, so als beschäftigte ihn irgendwas, doch wenn man ihn fragte, sagte er nur: »Gar nichts, Alter.«
Treffen uns am See, tippte Leon ein. *In einer Stunde.*
»Wer war das?«, fragte Rico.
»Finn. Muss los. Ich setz dich noch in den Stuhl.«
»Nee, lass.«

Leon stand auf. »Echt jetzt?« Ricos Mitbewohner machten einen Ausflug, vor sechs kamen die bestimmt nicht. »Du kannst doch nicht den ganzen Nachmittag in der Pfütze hocken bleiben.«

»Stell einfach das Bier rüber, dann hab ich alles, was ich brauche.«

Unschlüssig stand Leon da. Wollte Rico ihn mit seiner Bockigkeit unter Druck setzen, damit er blieb? Das war eigentlich nicht seine Art, wenn er was wollte, sagte er es immer sofort und direkt.

»Ich geh wirklich«, drohte Leon.

»Hält dich keiner auf.«

Leon trat einen Schritt näher heran. »Ist alles gut bei dir?«

»Alles bestens. Mach dir keinen Kopf. Echt, Alter.« Er rang sich ein schiefes Lächeln ab.

»Na gut.«

Leon nahm die Kühlbox und stellte sie neben das Planschbecken. Außerdem legte er Ricos Handy in Griffweite hin.

»Wenn was ist, rufst du mich sofort an, klar?«

»Mach ich. Und jetzt hau ab.«

Leon richtete sich auf und schaute auf Rico herab, wie er dasaß in dem Gummibecken mit den Seepferdchen drauf. Ich sollte bleiben, dachte er, sagte jedoch: »Man sieht sich.«

ELIF HATTE IM *ROXY* EINEN TISCH im Freien ergattert, hier saß sie nun unter einem knallroten *Coca-Cola*-Sonnenschirm, mit einer Sonnenbrille auf der Nase, deren Gläser so groß waren, dass sie ihr halbes Gesicht bedeckten, und wartete auf Lissy, die in letzter Zeit immer unpünktlicher wurde. Sie war schon zehn Minuten überfällig, doch keine Nachricht, warum sie sich verspä-

tete. Elif griff eben nach ihrem Handy, um ihren Unmut kundzutun, als Lissy endlich auf ihrem Rad um die Ecke bog.
Wow, dachte Elif und schob die Sonnenbrille ins Haar, wie sie wieder aussieht.
Lissy trug superkurze Hotpants, ein enges, ebenfalls ziemlich knappes Top und Sandalen, aus denen ihre knallrot lackierten Fußnägel hervorstachen. Immer wieder aufs Neue erstaunlich, was aus dem Mädchen geworden war, dessen Kleiderschrank bis vor wenigen Monaten als gewagtestes Outfit ein Tanktop und eine Ripped Jeans zu bieten hatte.
Lissy lehnte ihr Bike an einen Laternenpfahl, stürzte auf Elif zu und umarmte sie. Sie roch nach Sonnencreme, irgendeinem neuen Duft und süßem Mädchenschweiß. »Sorry, dass ich zu spät bin«, entschuldigte sie sich, »aber meine Mutter hat mich zu Gartenarbeit verdonnert. Endlos!« Sie verdrehte die Augen.
»Ach so. Und ich dachte schon, du musst nachsitzen.«
Lissy ignorierte die Anspielung, legte ihre Umhängetasche auf einen leeren Stuhl und setzte sich.
»Hast du gesehen?«, fragte Elif. »Leon und Finn sind am See.«
»Hab's gelesen. Da sind meine Badesachen drin.« Sie deutete auf die Tasche.
Betty kam an den Tisch, Lissy bestellte eine Kirschschorle, Elif eine Cola, obwohl sie noch einen Rest von ihrem Milchshake vor sich hatte. Blubbernd saugte sie ihn mit dem Strohhalm aus dem Glas.
»Wie war deine Fahrstunde?«, fragte Lissy. »Wen hast du heute überfahren?«
»Meine Fahrlehrerin sagt, dass ich ein Naturtalent bin. Sie hat mich sogar schon rückwärts einparken lassen, obwohl das noch

gar nicht dran ist, und ich hab mich nicht mal sooo blöd angestellt.«

Lissy beneidete Elif um die Freiheit, die ein Führerschein mit sich bringen würde, und sie fragte sich, ob sie ihn nicht besser auch schon zu ihrem achtzehnten Geburtstag machen sollte. Aber der war im Dezember, und sie hatte keine Lust, als Fahranfängerin bei Nebel, Regen, Eis und Schnee unterwegs zu sein. Deshalb hatte sie die Sache aufs nächste Frühjahr vertagt.

»Dann hast du ihn bestimmt schon an deinem Achtzehnten«, sagte sie. »Cool! Noch ein Grund für eine Megaparty.«

»Gründe hätte ich genug. Nur leider keine Kohle.«

Zur Strafe dafür, dass sie ohne Erlaubnis zum Spring Break gefahren war und sogar seine Unterschrift gefälscht hatte, hatte Elifs Vater sich geweigert, ihr den Führerschein zu bezahlen. Obwohl er es versprochen hatte. Die Ausgaben rissen ein tiefes Loch in ihre Ersparnisse.

»Vielleicht berappelt sich dein Alter ja wieder und gibt doch noch was beim Führerschein dazu«, machte Lissy ihr Hoffnungen.

»Ganz sicher nicht. Er hasst mich. Das Klima bei uns zu Hause ist total vergiftet. Sobald ich volljährig bin, bin ich weg. Es gibt da so 'ne Bekannte von Mehmet, bei der in der WG wird bald ein Zimmer frei, sagt er. Ich geh bedienen, drei Abende die Woche, im *Club*. Mehmet hat Hanno schon gefragt, der kann's kaum erwarten, weil er dringend Leute braucht, und er gibt mir Freitag- oder Samstagabend, was supernett ist, weil da der Umsatz am besten ist und auch das Trinkgeld.«

Wow, dachte Lissy, sie macht wie immer keine halben Sachen.

Trotzdem hatte sie Zweifel, ob sich mit dreimal die Woche Bedienen ein eigenständiges Leben finanzieren ließ.

»Dein Abi machst du aber hoffentlich fertig?«
»Klar. Bin ja nicht bescheuert. Ich krieg das schon alles auf die Reihe, keine Sorge.«
»Und wenn du Hilfe brauchst, dann sagst du Bescheid, klar? Ich kann dir auch Geld leihen. Wirklich.«
»Ach, du!« Gerührt beugte Elif sich über den halben Tisch hinweg, umarmte Lissy und küsste sie auf beide Wangen. »Du bist die beste Freundin ever!«
Betty brachte die Getränke und nahm das leere Glas mit.
Da näherte sich ein Auto, das Lissy nur zu gut kannte. »Nicht der schon wieder«, sagte sie mehr für sich als zu Elif, doch die hatte es selbst schon gesehen.
Benedict!
Er fuhr sportlich heran und hielt wenige Meter entfernt am Bordstein. Elifs Herz rutschte eine Etage tiefer, wummerte in ihrem Bauch wie ein Kraftwerk. Von einer Sekunde zur nächsten brach ihr der Schweiß aus. Gleichzeitig versuchte sie nach außen eine völlig gleichgültige Miene zur Schau zu stellen.
Benedict stieg aus und schlug die Tür laut knallend zu. Er ließ kurz den Blick schweifen, zeigte jedoch mit keiner Bewegung, dass er Elif und Lissy bemerkte. Oder überhaupt kannte. Dann verschwand er nach drinnen.
Elif verharrte in Schockstarre.
»So ein Idiot«, sagte Lissy und nahm Elifs Hand, die wie ein Stück Holz auf dem Tisch lag.
Ein paar Minuten später kam Benedict zurück, mit einem Becher Kaffee in der Hand. Wieder tat er erst so, als sei die Elif, der er noch vor wenigen Wochen einen Verlobungsring an den Finger gesteckt hatte, Luft für ihn. Doch dann drehte er sich um

und sah sie mit einem eisigen Blick an, der Elif tief ins Herz fuhr. Schlimmer als der Schmerz war nur ihre Wehrlosigkeit. Sie hätte von einer Sekunde zur nächsten losheulen können. Zum Glück wandte er seinen Blick schon wieder ab, stieg ins Auto und fuhr mit aufheulendem Motor davon.

»Diesem selbstgerechten Arsch sollte mal einer die Grenzen aufzeigen«, giftete Lissy, während Elif ihre Tränen wegatmete. »Dauernd kreuzt er an Plätzen auf, wo wir sind, und zieht irgendeine Nummer ab. Wenn er dir nicht verzeihen kann, dann soll er dich wenigstens in Ruhe lassen.«

Elif saß noch immer regungslos da. Sie war viel zu verletzt, um wütend zu sein.

FINN LAG SCHON AM SEE und hörte Musik, als ihn eine SMS erreichte. Von Sylvie, wie sich zeigte, mit einem Foto. Einem sehr aussagekräftigen Foto. Sylvie im Bikini, sich in einem Liegestuhl rekelnd, mit einem Cocktail in der einen Hand und einem Schild in der anderen, auf dem stand: *Lust?* Es war nicht das erste Foto dieser Art, das sie ihm schickte. Er wusste selbst nicht, was er getan hatte, um sich so viel Aufmerksamkeit zu verdienen. Sie hatten nur über belangloses Zeug gequatscht, er hatte ein paar Scherze gemacht, das Übliche eben. Eigentlich gefiel sie ihm ja. Sehr sogar. Zu sehr, vielleicht. Außerdem verunsicherte ihn ihre direkte Art. Benutzte sie ihn vielleicht nur, um Leon eifersüchtig zu machen?

»Hey, Alter, alles klar bei dir?«, rief plötzlich jemand.

Finn erschrak, schloss die Nachricht und schaute auf.

Leon stand vor ihm.

»Alles bestens« sagte Finn. »Und bei dir?«

Leon machte eine Geste, die sagen sollte: Passt schon. Dann ließ er sich auf Finns Decke fallen. »Wer schreibt dir?«

»Niemand.«

»Oh. Da hat wohl jemand ein kleines Geheimnis.«

Er zwinkerte auf eine Art, die Finn ziemlich daneben fand. So von oben herab, als wäre er selbst nur ein dummer Junge. Oder als wüsste er, Leon, längst Bescheid, was bei ihm abging.

Moment! Konnte es sein, dass es wirklich so war? Dass er und Sylvie ihn gemeinsam verarschten?

Unsinn! Wieso sollte Leon bei so was mitmachen?

Er musste aufhören, überall Hintergedanken und böse Absichten zu vermuten. Wenn er nicht einmal mehr seinem besten Freund vertraute, war er auf dem besten Weg, paranoid zu werden. Danke auch dafür, Vanessa, dachte er grimmig.

Leon zog sein Shirt und die fleckige Cargohose aus. Darunter kamen seine Badeshorts zum Vorschein.

»Hast du was zu rauchen mit?«, fragte Finn.

Leon sah ihn erstaunt an. »Du meinst –?«

»Genau das. Warum nicht?«

»Weil du so gut wie nie kiffst. Benebelt dich zu sehr. Deine Worte.«

»Na und? Vielleicht will ich benebelt sein.«

»Tut mir leid, aber –«

Finn fuhr hoch. »Seit wann bestimmst du, was gut für mich ist? Ich kann doch kiffen, wann ich will!«

Überrascht von der heftigen Reaktion, hob Leon abwehrend die Hände und meinte: »Klar kannst du, Alter. Ich wollte nur sagen, dass ich nichts dabeihab. Das ist auch schon alles.«

»Ach so. Na dann … sorry.«

Leons Miene hellte sich auf, dann rief er lachend: »Ja, wenn das nicht Miss-Dritter-Platz-im-Wet-T-Shirt-Contest ist.«
»Ha-ha«, kam es zurück. »Wie lange willst du noch darauf rumreiten? Außerdem war ich Zweite.«
Lissy und Elif kamen um die Büsche herum, beide hatten bauchige Taschen über der Schulter hängen, die schwer aussahen.
»Wir haben noch was zu trinken geholt«, teilte Elif mit.
»Ich hoffe, was mit viel Alkohol«, warf Finn ein.
»Sorry, nur Wasser und Saft.«
»Langweilig.«
Die beiden Mädchen stellten ihre Taschen ab. Wenig später trugen sie nur noch ihr Badezeug: Lissy einen pinkfarbenen Bikini, Elif einen hellblauen Badeanzug. Leon und Elif verschwanden Richtung See, während Lissy sich neben Finn setzte. Schweigend sahen sie zu, wie die beiden vorsichtig ins Wasser tapsten. Es war eine schwierige Stelle mit vielen glitschigen Steinen, was den Vorteil hatte, dass sich hier kaum Leute niederließen.
»Cremst du mir den Rücken ein?«, fragte Lissy irgendwann.
Sie reichte Finn die Flasche mit der Sonnenmilch und legte sich auf den Bauch. Er ließ dicke Kleckse der öligen Milch auf ihren Rücken tropfen, sie zuckte bei jedem kurz zusammen.
Ob sie wirklich was mit Steffen Wegmann hatte?
Er konnte es sich nur schwer vorstellen. Auch wenn sie gerade voll auf sexy Bitch machte, sah er in ihr eher das unsichere Mädchen, das in Schuhen laufen wollte, die ihr noch ein bisschen zu groß waren. Sie würde hineinwachsen, da war er sicher, aber noch passten sie nicht ganz. Lissy war doch im Grunde ihres Herzens eine Träumerin, es schmeichelte ihr, dass der Mädchenschwarm Steffen Wegmann sich ihrer nach dem Schock beim Spring Break

annahm, sie stellte sich vielleicht allerhand vor, was daraus werden könne, aber ihr Lehrer war nun mal ein erwachsener Mann mit Familie, der sicher nicht so dumm war, etwas mit einer Schülerin anzufangen und dadurch seine gesamte Existenz aufs Spiel zu setzen.

»Du kannst ruhig die Träger runterschieben, wenn sie stören«, sagte sie, ohne sich zu bewegen.

Geht schon, wollte er erst antworten, aber dann schob er die Bikiniträger über ihre runden Schultern. Stumm saß er da und betrachtete den gebräunten Rücken vor sich.

»Nicht aufhören«, gurrte Lissy mit wohliger Stimme, »das ist total angenehm.«

Obwohl er Lissy schon zig Mal den Rücken eingecremt hatte, war ihm nie aufgefallen, wie gut sich ihre Haut anfühlte. Die Konturen ihres Körpers. Die Taille und der Ansatz ihres Pos. Leon machte seit Jahren seine Witze darüber, dass Finn und Lissy eigentlich das perfekte Paar wären. Und wenn es kein Witz war? Nicht mehr? Wenn sie wirklich ein gutes Paar wären? Er mochte Lissy, er fand sie hübsch und sexy (in letzter Zeit immer mehr). Nur verliebt war er nicht. Dafür kannten sie sich einfach schon zu lange. Was vielleicht ein Vorteil war. Von der heftigen, blind und dumm machenden Liebe hatte er genug. Eine stille, süße, zärtliche Zuneigung, das schien ihm gerade sehr viel verlockender. Oder zumindest weniger beängstigend. Und manchmal gab es das ja: Tausendmal berührt, tausendmal ist nix passiert. Und dann, eines Tages, völlig unerwartet …

Während Finn seinen Gedanken nachhing, ließ auch Lissy sich in ihren Gefühlen und Stimmungen treiben, und plötzlich waren es nicht mehr Finns Hände, die sie berührten, sondern die von Steffen. Sie ließ sich ganz hineinfallen in dieses Gefühl, von ihm berührt, gestreichelt, liebkost zu werden, bis sie innerlich aufschreckte. Bin ich ein böses Mädchen?, fragte sie sich. Vielleicht war sie das. Aber nur, weil sie Steffen so sehr wollte. So sehr liebte. Machte es ihr etwas aus, dass er schuld war an Vanessas Tod? Dem Mädchen, das sie noch vor Kurzem gewesen war, hätte es vermutlich etwas ausgemacht. Auch der jungen Frau, die sie dabei war zu werden, war es nicht völlig egal. Ihre Liebe jedoch setzte sich einfach darüber hinweg. Diese Liebe war so viel stärker als sie selbst. Sogar stärker als der Tod war sie. Was hätte sie also schon dagegen tun können?

Und wenn er dich eines Tages auch schüttelt und würgt und stößt, sodass du dir das Genick brichst?, dachte sie. Unvermittelt sah sie Vanessa vor sich, so wie sie sie gefunden hatte an jenem Morgen: selbst im Tod noch wunderschön. Sie kannte die Gefahr, und sie machte ihr Angst, aber selbst diese Angst zog sie noch mehr zu ihm hin, denn das Risiko erhöhte nur den Reiz. Sie hatte sich noch nie so lebendig gefühlt wie jetzt.

Vier

DER SCHULBETRIEB NAHM ziemlich schnell Fahrt auf. Für die *Bad Boys and Little Bitches* war es das Abschlussjahr, eine letzte Kraftanstrengung noch, dann war der Schulstress Geschichte. Doch anders als im Jahr zuvor sah man keine aufgedrehte Elif mehr, die hypernervös Bücher, Hefte und Arbeitsblätter wälzte. An guten Tagen kriegte man wenigstens ein Lächeln von ihr oder einen coolen Spruch, wenn man sie anredete. An schlechten (und die waren in der Mehrzahl) schien schon ihre Körperhaltung zu sagen: Was soll der ganze Scheiß eigentlich?

Als Finn an einem dieser Tage des noch jungen Schuljahres in die Cafeteria kam, war ihm das Bild dieser freudlosen Elif bestens vertraut. Nachdem er sich an der Essensausgabe eine Boulette mit Pommes geholt hatte, setzte er sich zu ihr. Angewidert sah sie sein Essen an. Sie hatte nur einen Salat vor sich, in dem sie lustlos herumstocherte.

»Ist das die Depri-Diät, die du durchziehst?«, wollte er wissen.

Sie sah ihn fragend an.

»Die Depressions-Diät. Appetitlos durch den Tag, und die Pfunde purzeln ganz von selbst. Schon bald sind auch Sie nur noch Haut und Knochen.«

Elif rollte mit den Augen. »Du bist soooo witzig, Finn. Echt.«

»Ach komm, Elif.« Er stupste mit seiner Faust gegen ihre Schulter. »Das bist doch nicht du. Ich kenn die Party-Elif, die Streber-Elif, die durchgeknallte Elif. Eine ist umwerfender als die andere. Nur die Depri-Elif turnt total ab.«

»Wenn du mich so aufbauen willst – lass es. Hat keinen Sinn.«

Finn schnitt ein Stück von seiner Boulette ab. Schon kalt, aber egal. Satt machte der Fraß.

»Kann ich dich was fragen?«, sagte er schmatzend.

»Kannst du es auch lassen? Ich tippe auf Nein.«

Finn schmunzelte. »Da gewinnst du.« Er dämpfte die Stimme. »Lissy und Wegmann – weißt du da was?«

»Frag nicht mich, sondern sie.«

»Lieber nicht. Sie wird immer gleich so …«

»Dann geht's dich wohl nichts an.«

»Alter Falter!«, kam es da von hinten. Im nächsten Moment schmetterte eine flache Hand auf Finns Rücken. »Na, du bist mir ja vielleicht einer.«

Finn drehte sich zu Leon um. »Was hab ich jetzt schon wieder gemacht?«

»Tu bloß nicht so. Sylvie. Die ruft neuerdings dauernd bei mir an. Und löchert mich wegen dir.«

»Blödsinn.«

»Doch, echt.« Leon ließ sich auf den Stuhl neben Finn fallen. »Bei der hast du voll ins Schwarze getroffen.«

»Und warum ruft sie dann dich an?«

»Weil du dabei bist, es mal wieder zu verkacken! Sie wollte wissen, ob du schwul bist.«

»Bullshit. Vielleicht steh ich einfach nicht auf sie.«

»Dann bist du wirklich schwul.«

»Lass den Scheiß.« Finn schickte einen bösen Blick über den Tisch. »Wenn du sie so toll findest, wieso nimmst du sie nicht?«

»Ich hatte sie doch schon. Und das war toll. Aber langfristig brauch ich eher was Gechilltes. Keine mit Hummeln im Hintern.«

»Und drum willst du mich mit ihr verkuppeln. Damit du sie los bist.«

»Quatsch. Das mit ihr und mir ist Schnee von gestern. Auch für sie. – Nee, im Ernst jetzt. Du und sie, das passt super. Der Künstler und seine Muse. So wie dieser Scott Fitzgerald und seine – wie hieß sie noch mal?«

»Zelda.« Im letzten Schuljahr war der Roman *Der große Gatsby* von F. Scott Fitzgerald Lektüre im Englisch-Kurs gewesen. Leon hatte ein Referat über Leben und Werk gehalten. Das turbulente Eheleben des Autors war beinahe noch spannender gewesen als das Buch. »Die haben sich gegenseitig in den Wahnsinn getrieben«, meinte Finn. »Nicht unbedingt meine Vorstellung von einer glücklichen Zukunft.«

Leon knuffte ihn in die Seite. »Du bist doch bloß feige. Steh zu deinen Gefühlen!«

»Jetzt hör schon auf«, sagte Finn und stopfte ein großes Stück Boulette in sich hinein.

»Niemand sagt, dass du sie gleich heiraten musst. Mach dir einfach eine schöne Zeit mit ihr. Genieß das Leben. Das hast du dir verdient.«

Als habe sie Sprungfedern im Hintern, schnellte Elif hoch und sah die beiden mit zornesrotem Gesicht an. »Ihr Jungs seid solche … Arschlöcher!«

Sie stapfte davon.

Leon und Finn sahen sich an.

»Elif extrem?«, fragte Leon und zog sich den Rest von ihrem Salat heran.
Finn winkte ab. »Total.«

»DAS GEHT SO NICHT, LISSY«, sagte Steffen mit einem Unterton, den Lissy nur schwer deuten konnte. War es Ärger? Oder eher Verzweiflung? Keine von beiden Möglichkeiten gefiel ihr besonders.
»Was meinst du?«, sagte sie und konnte sich nur mühsam beherrschen. »Die Ferien sind vorbei, und alles ist wieder wie gehabt? Willst du mir das sagen?«
Sie standen eingezwängt zwischen Kisten mit Büromaterial und ausgemustertem Technikkram, während der Kopierer monoton einen Abzug nach dem anderen von Steffens Vorlage anfertigte und in den Ausgabeschacht schob.
»Das hier meine ich«, versetzte Steffen. »Du kannst mir nicht in der Schule nachlaufen wie ein …« Er verkniff sich das Wort, aber sie erriet es auch so: *wie ein Hund*. »Das fällt doch auf.«
Lissy atmete schwer.
»Du weißt, wie die Leute sind«, fuhr Steffen fort. »Nehmen immer das Schlechteste an. Und ist erst einmal ein Verdacht in der Welt, bin ich erledigt!«
Lissy verzog den Mund. Was meinte er mit *das Schlechteste*?
»Das ist nun mal die Situation«, fügte Steffen kühl hinzu.
Der Kopierer war fertig, Steffen nahm die Kopien aus dem Ausgabefach, tauschte die Vorlage aus und startete das Gerät erneut. Lissy sah ihm schweigend zu und überlegte, was sie sagen sollte. Er hatte ja recht. Andererseits …
»Ich weiß, es ist das Vorrecht deiner Jugend, dir über nichts groß

Gedanken zu machen«, wurde er nun endgültig lehrerhaft. »Schon gar nicht über die Folgen deines Tuns. Oder wie jemand anders sich damit fühlt. Trotzdem könntest du dir auch mal überlegen, was das eigentlich aus mir macht. Erst das mit ...« Er räusperte sich. »... und jetzt mit dir.«

Was sollte das denn heißen? Dass er das Unschuldslamm war? Das Opfer? Und wieso versteckte er sich plötzlich hinter diesem Lehrergetue? Wem wollte er damit etwas vormachen? Ihr? Oder mehr sich selbst?

»Es macht nichts aus dir, was du nicht schon bist«, gab sie schnippisch zurück. »Finde dich damit ab: Du bist ein Typ, der auf junge Mädchen abfährt. Und noch etwas: Kapier endlich, dass es nie mehr so sein wird wie vor den Ferien.«

Er stand mit offenem Mund da und sah sie an. Nicht nur er staunte über ihre klaren Worte – sie selbst staunte genauso. Und sie musste zugeben: Es gefiel ihr.

Sie drehte sich um und ging.

»Ruf mich an«, sagte er nur noch schwach und schob eilig nach: »Auf dem anderen Handy.«

Dem Geheimhandy.

Lissy rollte mit den Augen.

Mit gesenktem Blick schlurfte sie den Gang hinab. Irgendwie hatte sie sich das anders vorgestellt. Wann würde er endlich einsehen, dass sie gut für ihn war? Besser sogar als Vanessa, die ihn nur benutzt hatte? Er konnte nicht heute Ja sagen und morgen Nein und übermorgen wieder Ja. Und dazwischen so tun, als wäre nichts passiert und alles völlig normal.

»Lissy? Träumst du?«

Sie bemerkte Finn erst, als sie schon fast in ihn hineinlief.

»Hey«, grüßte sie ihn. »Wohin?«
»Musiksaal.« Sie blieben stehen. »Wieso warst du nicht in der Cafeteria?«
In diesem Moment kam Steffen aus dem Kopierraum.
Mist, dachte Lissy. Wie das jetzt wieder aussah.
Okay, dachte Finn. So ist das also.
Einen Stapel Blätter in der Hand, ging Steffen Wegmann an ihnen vorbei, grüßte mit allergrößter Unschuldsmiene.
»Wegen dem Referat ist jetzt alles klar«, rief Lissy ihm nach.
Finn schüttelte innerlich den Kopf. Keine oscarreife Leistung, diese Schauspielerei, so viel stand fest.
»Deutschkurs. Ich hab mein Thema getauscht«, erklärte sie, während ihre Wangen sich rötlich verfärbten. »Jetzt hab ich Heinrich Böll. Hast du schon mal was von dem gelesen? *Gruppenbild mit Dame* heißt der Titel. Ich hoffe, das ist nicht zu langweilig.«
»Du musst mir nichts vormachen, Lissy«, sagte Finn, »ich weiß, wie es ist, wenn man jemanden liebt und sich total verrennt. Lass uns mal reden, einfach nur wir beide. Okay? Ich ruf dich an.«

SCHWERMÜTIG STREIFTE ELIF durch die Stadt. Klapperte wieder und wieder die Stationen ihrer verlorenen Liebe ab: die Bushaltestelle, an der Benedict sie angesprochen hatte; die Sparkasse, in der er arbeitete und wo sie sich schon zugelächelt hatten, noch ehe sie sich kannten; die Stelle am Stadtbach, wo er ihr seine Liebe gestand; das Kino, in dem ihr erstes Date begonnen, und die Pizzeria, in der es geendet hatte. Sie hatte schon gedacht, sie sei über all das hinweg. Hatte Pläne gemacht, Perspektiven gesehen: der Führerschein, ausziehen, ein Job. Aber der Blues war wiedergekehrt und hatte sie voll erwischt. Warum? Sie verstand es nicht.

Wollte sie Benedict zurück? Nein, bloß nicht! Das war vorbei! Was also suchte sie hier und an den anderen Orten? Warum kam sie nicht davon los?

»Ist das in deinem Gesicht Regen, oder weinst du?«

Elif erschrak, als jemand sie so von der Seite ansprach. Sie schaute auf und erschrak noch einmal: Es war Konni.

»Was willst du?«, fuhr sie ihn an. »Lass mich in Ruhe.«

»Dann soll ich dir nicht helfen?«

»Wobei willst ausgerechnet du mir helfen?«

Er sah sie einen Moment an, dann sagte er: »Okay, vielleicht will ich auch, dass du mir hilfst.«

»Wieso sollte ich?«

»Vielleicht, weil du dir damit auch selbst hilfst?«

»Musst du immer so geheimnisvoll tun? Sag einfach, was los ist!«

»Ich möchte gerne was wiedergutmachen.« Konni kam einen Schritt näher. »Darf ich dir was zeigen?«

Sie gab ihm kein Ja und kein Nein, sondern stand einfach nur da und verschränkte die Arme vor der Brust.

Konni zeigte ihr auf seinem Smartphone das Foto einer jungen Frau. Sie sah hübsch aus, aber nicht umwerfend. Irgendwo hatte sie sie schon mal gesehen.

»Kennst du die?«, fragte Konni.

Er zeigte ihr noch ein Foto. Da fiel es ihr ein.

»Kiki. Benedicts Ex. Eigentlich Katja oder so. Was ist mit ihr?«

Konni wischte mit dem Finger über das Display: ein weiteres Foto. Kiki mit Benedict, in inniger Umarmung. Noch ein Foto: ein Wangenkuss. Und in ihrer Brust ein Schmerz, als würde ihr Herz von einer gezackten Klinge mehr entzweigerissen als -geschnitten.

»Ist er wieder mit seiner Ex zusammen?«, fragte sie mit belegter Stimme.
»Wenn du noch ein wenig wartest, kannst du sie fragen. Sie kommt immer zwischen halb sechs und sechs.«
»Jeden Abend?«
»Fast.«
Konni steckte sein Handy ein und war verschwunden, ehe Elif ihn fragen konnte, wie all das, was er ihr gesagt und gezeigt hatte, ihm oder ihr helfen sollte. Sie schaute auf ihre Uhr. Es war zehn vor halb sechs.

WÄHREND ELIF AUF KIKI WARTETE, ohne auch nur eine Idee davon zu haben, was sie tun oder ihr sagen würde, wenn sie auftauchte, saß Finn im *Roxy* und wartete auf Lissy. Wo blieb sie nur? Sie war schon zwanzig Minuten überfällig. Und hatte nicht einmal eine Nachricht geschrieben. Nervös rührte er mit dem Strohhalm in seinem Erdbeer-Shake. Wieso war er aufgeregt? Es war doch nur Lissy. Allerdings war das, was er mit ihr bereden wollte, ziemlich heikel.
Als er diesmal aus dem Fenster schaute, sah er sie endlich. Mit federnden Schritten überquerte sie die Straße. Wenig später stand sie im Lokal und lächelte ihm schon von Weitem zu. Auf dem Weg zum Tisch gab sie bei Betty gleich ihre Bestellung auf. »Ich hab leider nicht viel Zeit«, sagte sie, als sie sich setzte, »ich muss mir gleich noch ein Referat aus dem Internet zusammengoogeln.« Sie lächelte. »Ist aber schön, dass wir uns mal wieder so treffen. Nur wir zwei, meine ich.«
»Ja, das vermiss ich auch manchmal«, stimmte Finn zu.
Im nächsten Moment fielen sie in ein Loch verlegenen Schwei-

gens. Finn schlürfte den Rest seines Shakes aus dem Glas, Lissy holte ihr Handy aus der Jackentasche, schaute auf das Display und legte es hin.

»Was läuft eigentlich mit dieser Sylvie?«, begann sie schließlich. »Seid ihr beide …?«

»Wir sind gar nichts …«, sagte Finn eilig, »und da läuft auch nichts.«

»Leon sagt was anderes.«

»Was weiß der schon.«

Sie zuckte mit den Achseln. Finns Sache, wieso sollte sie sich einmischen? Und wenn er nicht darüber reden wollte …

Ihre Cola kam, sie nahm gleich einen kräftigen Schluck und schielte auf die Uhr auf ihrem Handy.

Finn räusperte sich. »Also … was ich gleich sage, meine ich als Freund, ja? Als Freund, der sich Sorgen macht.«

»Okay.«

»Denk daran, bevor du mich auffrisst.«

»Laber nicht rum, sondern komm zum Punkt.«

»Es geht um Steffen Wegmann und dich.«

»Mhm.« Sie wirkte nicht überrascht.

»Wie du ihm … nachläufst und ihn … anhimmelst. Sorry, da schnallt auch der letzte …«

»Was?«

»Dass du in ihn verknallt bist. Die Leute wissen, dass ihr euch in den Ferien gesehen habt. Dass er …«

»Schon okay«, sagte Lissy schmallippig. »Botschaft angekommen.«

»Du weißt selbst, wie schnell Gerüchte entstehen«, ergänzte er beflissen. »Gerüchte, die Herrn Wegmann schaden, weil –«

»Ist ja gut!«, unterbrach sie ihn erneut mit leicht erhobener Stimme.
Dann verfiel sie in Schweigen.
Was braute sich da in ihr zusammen? Was würde sie gleich ablassen? Finn tippte auf spitze, sehr verletzende Bemerkungen, begleitet von diesem bösen Funkeln, das ihre grünen Augen manchmal hatten. Über ihn und Vanessa. Was sonst. Seine schwächste Stelle.
Okay, dachte er, wenn es dir hilft ...
»Herr Wegmann hat mir in den letzten Wochen sehr geholfen, über alles hinwegzukommen«, sagte sie jedoch in bewundernswerter Ruhe. »Wir hatten gute und tiefe Gespräche. Sonst nichts. Was ich vielleicht oder vielleicht auch nicht für ihn empfinde oder irgendwann mal empfunden habe ... das hat nie eine Rolle gespielt. Er ist für mich ein ... Freund. Glaub mir, ich kenne meine Grenzen. Und seine. Wir respektieren das beide.«
»Aber ... er ist dein Lehrer ... und deine Freunde ... das sind wir ... ich bin ...«
»Ich danke dir für deine Offenheit, Finn. Wirklich. Und dass du dir Sorgen um mich machst, find ich süß. Musst du aber nicht. Es ist alles unter Kontrolle.«
Finn rang sich ein Lächeln ab.
»Ich muss jetzt los«, sagte sie, kramte Geld für ihre Cola aus dem Portemonnaie und legte es hin. Dann stand sie auf, beugte sich zu ihm und küsste ihn auf die Wange. »Man sieht oder liest sich. Mach's gut.«
Und weg war sie.

KIKI KAM IN EINEM WINZIG KLEINEN roten Auto an und parkte ziemlich genau vor Elifs Nase schwungvoll ein. Elifs Herz pochte wie wild. Der Regen war nur noch ein leichtes Nieseln, das sich angenehm kühl auf ihre erhitzten Wangen legte. Sie wusste: Kiki anzusprechen würde der vorläufige Höhepunkt der Selbsterniedrigung werden. Aber hielt sie das davon ab, auf sie zuzugehen, sie sogar am Arm anzufassen und anzusprechen?

Kiki stand in ihrem leichten Jäckchen da und schaute sie an. Zuerst mit etwas Befremden, dann, kaum dass sie begriff, wen sie vor sich hatte, mit wachsender Genugtuung.

»Du bist Elif, oder?«, fragte sie überflüssigerweise.

»Und du Kiki«, antwortete Elif, ebenso überflüssig, und kam dann direkt zum Punkt: »Was läuft zwischen Benedict und dir?«

»Ich glaube nicht, dass dich das was angeht.«

»Seid ihr wieder zusammen?«

Schweigen hinter süffisantem Lächeln.

»Du machst dir was vor.« Elif wusste selbst nicht, was genau sie damit sagen wollte.

Kiki sah Elif an wie ein verletztes kleines Vögelchen, bei dem man sich überlegte, ob man es aufpäppeln oder ihm gnädigerweise das Genick brechen sollte. Sie entschied sich wohl für Letzteres, denn sie sagte: »Nein, Schätzchen, du bist die, die sich was vormacht. Benedict und ich hatten die ganze Zeit Kontakt, auch während ihr zusammen wart.«

»Weil du nicht loslassen konntest.«

»Träum weiter! Er hat mich angerufen. Wollte mich sehen. Mehr als nur ein Mal. Er war dir treu, keine Sorge. Was das angeht, ist Benedict superkorrekt. Aber er ist auch einer, der immer einen Plan B hat. Wenn eine Sache nicht klappt, will er nicht im Regen stehen. So wie du jetzt.«

Die Worte taten weh, und dennoch war Elif nicht wirklich über-

rascht. Ja, das passte zu Benedict. Bei allen Gefühlen wusste er immer, was er tat und warum er es tat.
»Und dir macht das nichts aus?«, fragte sie. »Er hat dich die ganze Zeit warmgehalten, und jetzt schnippt er mit dem Finger, und du stehst wieder bei ihm auf der Matte?«
Kiki zuckte mit den Achseln. »Zumindest stand ich nie vor seinem Haus und hab dich blöd angemacht. Ich wusste, dass es nur eine Frage der Zeit ist, bis er zurückkommt. Ich kenne ihn besser als du.«
Sie platzte fast vor Selbstzufriedenheit, als sie sich umwandte und über die Straße davonstöckelte.
Elif stellte sich vor, wie sie Benedict gleich in den Arm fallen und wie er sie küssen würde; wie sie ihm dann von dieser merkwürdigen Begegnung auf der Straße erzählen würde, und vielleicht würden sie gemeinsam darüber lachen oder sie bedauern oder beides.
Sie drehte sich um, nahm ihr Rad, das hinter ihr an der Wand lehnte, und fuhr davon. Mitten durch Pfützen, dass es nur so spritzte. Sie war nicht eifersüchtig auf Kiki. Sollten die beiden glücklich werden. Trotzdem fühlte sie sich wie ein verletztes Tier auf der Flucht vor dem Jäger. Doch wer oder was war eigentlich hinter ihr her?

LEON FING ALLMÄHLICH AN, sich Sorgen zu machen. Seit Tagen versuchte er, Rico zu erreichen, doch der ging nicht ans Handy und rief auch nicht zurück. Er hatte zwar auch schon früher immer wieder mal einen Durchhänger gehabt und sich abgeschottet, aber diesmal war es anders. Leon spürte das. Irgendwann hielt er es nicht mehr aus und machte sich zu ihm auf.

Nicht tagsüber, wenn er für gewöhnlich alleine war, sondern am späten Nachmittag, wenn seine Mitbewohner aus der Behindertenwerkstatt zurück waren. Die mussten doch wissen, was los war.

Als er auf seinem Bike vor dem Haus ankam, traf er zufällig den Typen an, der für die WG all die Dinge erledigte, die sie selbst nicht auf die Reihe kriegten. Gerade jetzt holte er zwei prall gefüllte Einkaufstaschen aus dem Kofferraum seines rostigen Autos. Leon hatte ihn erst ein Mal gesehen, aber an den auffälligen Rastalocken erkannte er ihn sofort wieder, und er erinnerte sich sogar, wie er hieß: Benno.

»Hey, warte mal, Benno«, sprach er ihn an. »Kennst du mich noch? Ich bin Leon, ein Freund von Rico.«

»Klar. Du bist der, der ihm immer sein Dope besorgt hat.«

»Ich bin kein Dealer, falls du das denkst. Das sind nur kleine Geschenke unter Freunden.«

Benno zuckte mit den Schultern. »Wegen mir …« Er stellte die Taschen ab, holte eine selbst gedrehte Zigarette aus der Hosentasche und zündete sie an. Mit nichts drin außer Tabak, wie Leon sofort am Geruch erkannte.

»Was ist eigentlich mit Rico los?«, fragte er. »Ich erreiche ihn seit einer Weile nicht mehr.«

»Ach, dann weißt du es noch nicht?«

»Was denn?«

»Rico ist nicht mehr hier.«

Das traf Leon wie ein Hammerschlag vor die Brust.

»Wie, nicht mehr hier?«

»Ihm ging's nicht gut. Gesundheitlich. Keine Ahnung, was genau, er hat ja aus allem, was das betraf, ein Riesengeheimnis gemacht.

Jedenfalls ist er zusammengeklappt, der Notarzt musste kommen, und dann haben seine Eltern ihn abholen lassen. Ich weiß auch nicht, wo sie ihn hingebracht haben. Wahrscheinlich in eine Einrichtung, in der er beaufsichtigt wird. Medizinisch und auch so.«

Leon war sprachlos. Wieso hatte Rico ihm nicht Bescheid gegeben? Als sein bester Freund musste er solche Dinge doch erfahren. Oder gehörte es zu der neuen Aufsicht, dass nicht mehr jeder an ihn herankam? Zum Beispiel keine Leute, die mit Drogen zu tun hatten? Was hatte Rico seinen Eltern erzählt?

»Rico war schon eine Weile seltsam drauf«, fuhr Benno fort. »Irgendwie deprimiert. Und dann war da dieser Nachmittag ...«

»Was für ein Nachmittag? Was ist passiert?«

Benno zögerte. »Ich sollte es dir nicht erzählen. Rico wollte nicht, dass du es erfährst.«

»Was denn, Mann?! Jetzt sag schon!«

»Ich bin an dem Tag wie immer hergekommen, bevor seine Mitbewohner gebracht wurden. Er saß im Garten, im Planschbecken. Seit Stunden. War betrunken. Er hat gesagt, dass du am Nachmittag bei ihm warst.«

Natürlich erinnerte Leon sich. Aber er sagte kein Wort.

»Ich hab ihn rausgeholt. Er war total fertig. Trotzdem hat er dich in Schutz genommen. Hat gesagt, dass du wegmusstest, und er hat gewollt, dass du ihn sitzen lässt.«

»Äh ... ja ... Hat er gesagt. Ich hab ihm ... sein Handy hingelegt ... und hab gesagt, er soll mich sofort anrufen, wenn ...«

»Du kennst doch Rico. Der ruft nicht an, wenn es ihm schlecht geht. Ich will dir auch kein schlechtes Gewissen machen, Alter. Weil ich weiß: Rico lässt sich zu nichts zwingen. Aber trotzdem, für die Zukunft: Du kannst einen hilflosen Menschen nicht so sitzen lassen und einfach abhauen. Das geht nicht.«

»Scheiße«, flüsterte Leon.

»Stimmt.« Benno nahm einen tiefen Zug von seiner Zigarette.

Leon fühlte sich, als wäre eben ein Berg auf seine Schultern gestürzt.

»Seinen Eltern hat Rico nichts erzählt«, fuhr Benno fort. »Das weiß ich, weil ich ihm versprechen musste, dass ich auch niemandem was sage. Hab ich auch nicht gemacht. Echt, Alter, er ist kein bisschen sauer auf dich. Alles cool.«

»Gar nichts ist cool!«, platzte es aus Leon heraus. »Er geht nicht mehr ans Telefon, wenn ich anrufe.«

»Dann warte einfach, bis er sich bei dir meldet. Das wird er. Du bist sein einziger Freund. Wen sollte er sonst anrufen?«

Leon wendete sein Bike, stieg aber nicht auf, sondern schob es die Straße hinab. Er musste an Rico denken, wie er dagesessen hatte in diesem bescheuerten aufblasbaren Becken mit Seepferdchen drauf. Wie hatte er ihn nur zurücklassen können? Was war er für ein Freund?

Fünf

DIE GLOCKE SCHRILLTE durch die Gänge der Schule und verkündete das Ende des Nachmittagsunterrichts. Konni erhob sich von seinem Platz im Physiksaal und schlurfte zur Tür. »Tschüss, Konni«, sprach Leni ihn an. Sie war das hübschere der beiden Mädchen im Physikkurs. Konni blieb stehen und wandte ihr seinen Blick zu. Nach ein paar Sekunden nickte er unbeholfen und ging weiter. Die Leute waren schon komisch. Seit er sich etwas anders anzog, stellte er fest, dass er für einige Mitschüler weniger unsichtbar war als früher. Das freute ihn nicht etwa, sondern verärgerte ihn. War er ein neuer Mensch geworden? Nein. Die Leute achteten nur auf Äußerlichkeiten.

Sein Vater hatte die Veränderung auch bemerkt, was ein ziemliches Wunder war, denn sonst bemerkte er so gut wie nichts. Seither zog er ihn deswegen bei jeder Gelegenheit auf. Als Konni in die Hausmeisterwohnung am hintersten Ende eines Seitentrakts im Schulgebäude kam, wurde er mit übertrieben großem Hallo empfangen, was ihm verriet, dass sich sein Vater schon ein paar Biere und Schnäpse genehmigt hatte. Früher als sonst. Eigentlich hatte er das Saufen gut im Griff. Immer erst nach Feierabend, und am Morgen danach stand er nüchtern wieder auf der Matte.

»Sieh mal einer an«, rief er, »da ist der junge Mann ja in seinen schönen neuen Klamotten. Willkommen zu Hause!«
Konni ignorierte ihn. Seine Stimmungen und ihr Wechsel waren unberechenbar.
»Glaub bloß nicht, in dem Zeug kriegst du eher eine ab«, schallte es weiter. »Oder weil du dir neuerdings die Haare von einem Friseur schneiden lässt statt von Tante Elli. Das ändert gar nichts. Du bleibst, was du bist: ein komischer Vogel.«
Auch das ließ Konni ungerührt an sich abperlen.
»Sei froh, mein Junge, dass dich niemand will. Dann kann dich auch niemand bescheißen. Oder sitzen lassen.«
Konni wollte in sein Zimmer gehen, aber sein Vater hielt ihn am Arm fest.
»Warte mal. In der Mädchenumkleide muss eine Neonröhre ausgewechselt werden. Erledigst du das für deinen alten Herrn?«
Aha, dachte Konni, die Stimmung hat sich gedreht, von gehässig auf nett.
»Ich weiß, dass du verliebt warst«, fuhr sein Vater im gleichen Ton fort, »in dieses Mädchen, das tot ist. Aber so eine … nee, Junge, das ist nun wirklich nicht deine Kragenweite. Mach dir nichts draus.«
Wieso musste er immer wieder damit anfangen? Wahrscheinlich, weil er selbst scharf auf Vanessa gewesen war. Konni entgingen die verstohlenen Blicke nicht, mit denen er den Mädchen nachsah, und sie widerten ihn an.
»Wenn du meinst«, sagte er nur. »Krieg ich die Schlüssel?«
»Die Schlüssel? Wieso?«
»Na, für nachher. Ich soll doch die Neonröhre auswechseln. Schon vergessen?«

»Ach so. Klar. Das muss aber nicht heute sein. Du hast ja noch das ganze Wochenende dafür.«
»Ich erledige es lieber gleich.«
»Wie du meinst. Aber warte wenigstens, bis alle weg sind.«
Sein Vater zog den dicken Schlüsselbund aus der Hosentasche und legte ihn in Konnis Hand.
Als das letzte Lehrerauto vom Parkplatz gefahren war, ging Konni los. Wenn er nicht gerade ein verstopftes Klo in Ordnung bringen musste, machte er die Hausmeisterjobs eigentlich ganz gerne. Sein Alter steckte ihm dafür auch immer wieder Geld zu. Das Beste an der Sache war jedoch, dass er die Schlüssel bekam. Sie öffneten ihm Türen, die sonst verschlossen blieben. Oder zumindest etwas schwerer zu öffnen gewesen wären. Zum Beispiel die zum Lehrerzimmer oder zum Büro des Direktors, wo die Schülerakten aufbewahrt wurden. Die Schränke waren zwar ebenfalls abgesperrt, doch man musste kein Einbrecherkönig sein, um diese Schlösser zu knacken. Es genügte ein wenig handwerkliches Geschick und natürlich das richtige Werkzeug. Und das Passwort für den Computer herauszufinden war auch keine besonders schwere Übung gewesen. Er hatte nicht einmal ein eigenes Programm dafür gebraucht, es hatte gereicht, sich die Unterseiten aller Schubladen am Schreibtisch der Sekretärin anzusehen, um auf einen mit Tesafilm festgeklebten Zettel zu stoßen. Keine besonders originelle Methode, sich gegen die eigene Vergesslichkeit zu schützen.
Konni holte eine Stehleiter, eine neue Neonröhre und einen Rauchmelder aus dem Abstellraum und ging damit zur Turnhalle. In der Mädchenumkleide machte er Licht, um zu sehen, welche der Röhren defekt war. Er wechselte sie aus und machte

erneut Licht. Die neue funktionierte. Danach rückte er die Leiter unter den Rauchmelder, entfernte ihn und brachte den neuen an. Von außen sahen beide völlig identisch aus. Doch das täuschte. Der ausgewechselte enthielt einen Bewegungsmelder mit einer winzig kleinen Kamera, die erstaunlich scharfe Bilder machte.

RECHTZEITIG ZUM WOCHENENDE hatte der Regen aufgehört, die Sonne traute sich zwischen den dunklen Wolken hervor, und es wurde sogar wieder wärmer. Lissy und Elif nutzten den schönen Vormittag zum Shoppen in der Innenstadt. Während sie durch die Boutiquen und das große Kaufhaus am Marktplatz zogen, merkte Lissy rasch, dass Elif nicht bei der Sache war. Beim Zwischenstopp an der *Kaffeebar* brachte Elif endlich zur Sprache, was sie beschäftigte: »Benedict hat eine Neue. Obwohl, so neu ist sie nicht. Es ist seine Ex.«
Lissy machte große Augen. »Echt? Hammer! Und wie geht's dir damit?«
»Mich nervt, dass er sich die ganze Zeit, in der wir zusammen waren, mit ihr getroffen hat. Ohne was zu sagen. Sie hatten ja nichts. Angeblich. Obwohl … das glaub ich sogar. Für 'ne Affäre ist der viel zu spießig. Trotzdem. Das ist nicht okay, oder bin ich zu streng?«
»Das ist das Letzte, wenn du mich fragst.«
»Und ich bin die gemeine Lügnerin! Die mit den fetten Leichen im Keller. Ich könnte ihn –«
Okay, dachte Lissy, während sie einen Bissen von ihrem Cupcake nahm, ein bisschen fetter als das sind deine Leichen schon. Schließlich hatte sie ihn belogen, um zum Spring Break mitkommen zu können, wissend, dass Alkohol, heiße Beats und coole

Anmache ein gefährliches Gemisch für sie waren. Und dass sie schließlich mit keinem Typen, sondern mit Vanessa im Whirlpool rumknutschte, toppte es noch. Aber das änderte nichts daran, dass Benedict ein aufgeblasener, selbstgerechter Idiot war.

»Was immer du ihn könntest, das solltest du auch machen«, bestärkte sie Elif. »Der Arsch hat's echt verdient.«

Elifs Zorn verpuffte in einem mutlosen Schnaufen. »Ach, was soll das schon bringen?«

Elif, Elif, dachte Lissy bei dem traurigen Anblick, der Typ hat dir wirklich die Flügel gebrochen.

»Darf ich mal beißen?«

»Mein Cupcake soll auch dein Cupcake sein.« Lissy schob den Teller rüber, obwohl es manchmal schon ein wenig nervte, dass Elif immer erst keinen Hunger hatte und dann bei ihr mitaß. Aber heute war sie entschuldigt. Das war eine Notsituation. »Wie bist du überhaupt drauf gekommen?«, fragte sie.

Elif wollte lieber nicht sagen, dass sie vor Benedicts Haus rumgehangen und dort Konni getroffen hatte, aber sie konnte zumindest Letzteres nicht für sich behalten: »Der Freak Konni hat mir Fotos von den beiden gezeigt!«

»Im Ernst? Krass.«

Elif tupfte sich die Mundwinkel mit einer Serviette ab, während sie sagte: »Ich will gar nicht wissen, woher er die hatte und warum ihn das überhaupt interessiert. Der Typ ist anscheinend überall. Wahrscheinlich hat er es genossen, mir das reinzuwürgen. Obwohl –«

»Was?«, hakte Lissy nach, da sie nicht weiterredete.

»Er hat was gefaselt, dass er damit was wiedergutmachen will.«

»Ach.«

»Und dass ich ihm auch bei was helfen soll.«

»Na, solange du ihm keinen blasen musst …«

»Ha-ha.«

Lissy fand ihre unbedachte Bemerkung im Nachhinein selbst dumm. »Sorry.« Sie deutete auf den kläglichen Cupcake-Überrest auf ihrem Teller. »Das war echt ein Riesenbissen. Und fast die ganze Creme!«

Elif lächelte unschuldig, wurde aber gleich wieder ernst. »Ich frag mich bloß, wie der Freak etwas wiedergutmachen will, indem er in meiner tiefsten Wunde rumbohrt?«

»Vielleicht ist es genau das, was du brauchst.«

Elif sah Lissy nachdenklich an, ehe sie meinte: »Weißt du, was echt komisch ist? Eigentlich bin ich mit Benedict durch. So wie der sich aufführt. Diese Kiki geht mir total am Arsch vorbei. Und wenn Benedict auf den Knien vor mir rumrutschen würde, damit ich ihn wieder zurücknehme, würde ich dankend ablehnen.«

»Na siehste.«

»Trotzdem kann ich die Sache nicht abschließen.«

»Hm«, machte Lissy nur. »Klingt kompliziert.«

Beinahe gleichzeitig meldeten ihre Handys den Eingang einer Nachricht. Es war Finn. Er schrieb: *Bad Boys meet Bitches. Roxy, halb eins?*

Lissy und Elif sahen sich an, nickten und schrieben beide: *The Bitches love to see the BB!* ☺

LEON LEERTE DAS GESAMTE FLÄSCHCHEN in seinen Tee. Besorgt sah Finn zu, wie der Rum in die Tasse gluckste und dort im Tee aufging. Der starke alkoholische Geruch schwappte über den Tisch und stach in der Nase.

»Es ist erst Mittag, Alter«, sagte Finn.
»Eben«, antwortete Leon.
Die Sache mit Rico ließ ihn nicht los. Man konnte sie drehen, wie man wollte, sie sah von allen Seiten gleich aus: Er hatte versagt. Auf ganzer Linie. Hatte einen Freund im Stich gelassen. Das Ergebnis: Rico hatte sich von ihm abgewandt.
»Sei nicht so streng mit dir«, riet Finn.
Leon hatte ihm die ganze traurige Geschichte erzählt. Sich vor ihm angeklagt. So hatte Finn ihn noch nie erlebt. Leon war immer der gewesen, dem nichts was anhaben konnte. Der ruhig blieb und tat, was nötig war. Oder sich mit einem Joint einnebelte.
»Hast du das Video auf YouTube gesehen?«, versuchte Finn ihn auf andere Gedanken zu bringen. »Was der Typ auf seinem Bike anstellt? Hammer!«
Leon zuckte nur mit den Schultern.
Finn schaute sich um. Wo blieben eigentlich die Mädchen?
Als hätten sie den Gedanken gehört, flog genau in diesem Moment die Tür auf, und Lissy und Elif wehten herein wie eine frische Brise. Beide mit prall gefüllten Tüten in den Händen und munter quasselnd. Lissy sprudelte nur so vor Energie und guter Laune. Auf dem Weg gaben beide bei Betty ihre Bestellung auf. Lissy einen Aperol Spritz, Elif einen Kirschsaft. Dann erst gingen sie zu den Boys. »Ihr seht aus, als hättet ihr so richtig Spaß miteinander«, witzelte Lissy frech.
»Ha-ha«, machte Leon.
»So ist er schon die ganze Zeit«, scherzte Finn. »Schießt ein Gag-Feuerwerk nach dem anderen ab. Ich halt's kaum aus.«
Er verzog sein Gesicht, sodass für die Mädchen sofort klar war, was anlag. Auch sie wussten wegen Rico Bescheid.

»Rico meldet sich bestimmt wieder«, tröstete Elif. »Wahrscheinlich lassen ihn seine Eltern bloß nicht telefonieren. Du weißt ja, wie Eltern manchmal sind.«
Betty brachte die Getränke.
»Wieso hab ich ihn nie hierher mitgebracht?«, platzte es aus Leon heraus, kaum dass die Bedienung weg war. »Ich glaube, er hätte das gewollt. Aber ich hab ihn nicht gefragt. Warum nicht?«
Elif, Lissy und Finn tauschten einen verstohlenen Blick. Es hatte einen gemeinsamen Nachmittag mit Rico gegeben, auf dem Grillplatz im Stadtpark. Keiner von ihnen erinnerte sich gerne daran. Ricos Sprüche waren megapeinlich gewesen, vor allem, wie er die Mädchen angemacht hatte. Ständig diese mehrdeutigen Anspielungen ohne jeden Witz. Sie hatten alle (auch Leon) aufgeatmet, als der Nachmittag überstanden war, und niemand erwähnte ihn danach je wieder.
»Hört zu, Leute«, sagte Leon mit feierlichem Ernst, »wir müssen uns jetzt was versprechen: dass wir immer Freunde bleiben. Egal, was passiert. Wenn wir uns nicht haben, dann haben wir nichts.«
Er hob seine Tasse, und die anderen stießen mit ihren Gläsern dagegen.
»Bad Boys and Little Bitches forever!«, sagten sie im Chor, obwohl alle außer Leon diesen Schwur ziemlich theatralisch fanden.

Sechs

FINN UND LEON VERLIESSEN das *Roxy* lange nach den Mädchen. Leon war zwar nicht betrunken, aber auch nicht mehr ganz nüchtern. Nach dem gehaltvollen Tee hatte er sich noch zwei Bier genehmigt. Ein drittes hatte Finn ihm ausreden können.

»Was machst du heute noch?«, fragte er.

»Gar nichts. Ich hau mich hin und penne.«

»Wir könnten auch –«

»Ach, verzieh dich schon. Bin gerade keine gute Gesellschaft. Das wird wieder anders. Versprochen. Man sieht sich, Alter.«

Sein Bike neben sich herschiebend, trottete Leon davon. Finn sah ihm nach, bis er um die Ecke verschwunden war. Dann wandte er sich seinem eigenen Rad im Fahrradständer zu. Während er am Zahlenschloss herumfummelte, hielt hinter ihm ein Auto und hupte. Doch Finn reagierte erst, als eine weibliche Stimme rief: »Hey, Finn, hast du was an den Ohren?«

Er richtete sich auf und wandte sich um. Es war Sylvie in einem knallgelben VW Beetle Cabrio, mit einer Sonnenbrille im Haar. Wo kam die denn her? Und was wollte sie von ihm? Dumme Frage. Immer noch dasselbe. Dass er nicht mitzog, schien sie nicht zu stören. Im Gegenteil. Es stachelte sie offenbar an.

»Spring rein!«, rief sie. »Wir fahren ein bisschen rum.«

»Und wenn ich keine Zeit hab?«, gab er zurück.
»Blödsinn. Es ist Samstagnachmittag. Was solltest du schon vorhaben?«
»Vielleicht hab ich ja auch einfach keine Lust.«
»Hey, ich bin extra dreihundert Kilometer gefahren, bloß um dich zu sehen, also komm mir nicht so!«
Finn zögerte. Okay, sie war ein bisschen nervig mit ihrer aufdringlichen Art. Aber besser, als zu Hause zu sitzen und die Zeit mit Internetgedaddel totzuschlagen, war ein bisschen cruisen mit ihr allemal. Also schloss er sein Rad wieder an und stieg zu ihr ins Auto.
»Woher wusstest du, dass du mich hier findest?«, fragte er.
»Deine Mutter hat es mir gesagt. Ich war erst bei dir zu Hause.«
Sie hatte mit seiner Mutter gesprochen? Oje! Die würde ihn bestimmt mit unzähligen Fragen überschütten. *Wer ist das Mädchen? Was läuft da? Wer sind ihre Eltern?* »Hättest du nicht einfach vorher anrufen können, so wie normale Leute es tun?«
»Ich bin nicht wie normale Leute.«
»Stimmt. Du bist total unmöglich.« Er konnte sich ein Lächeln nicht verkneifen.
Sylvie lächelte zurück und schob ihre Sonnenbrille auf die Nase. »Dann mal los.«
Sie startete den Motor, ließ aber die Kupplung zu schnell los, das Auto machte einen Satz, der Motor starb ab.
»Wie lange hast du deinen Führerschein eigentlich schon?«, fragte Finn.
»Seit gestern.« Sie startete den Motor neu und fuhr mit etwas mehr Feingefühl an. »Ich kann fahren. Wirklich!«
»Glaub ich dir sofort. Und wohin?«

»Ich hab auf der Fahrt hierher ein lauschiges Plätzchen gefunden, wo uns bestimmt keiner stört.«

»*DATSCHE.* 16 Uhr. Geht das?«

Die SMS kam von einem Handy mit unterdrückter Nummer, aber Lissy wusste auch so, wer der Absender war. Um zu antworten, musste sie seine Nummer eingeben. Er hatte ihr verboten, sie bei ihren Kontakten zu speichern. Zum Glück hatte sie ein gutes Zahlengedächtnis. Sie antwortete: *»Komme. Freu mich auf dich!* ☺«

Danach löschte sie sowohl seine wie auch ihre Nachricht. Die Geheimniskrämerei machte es noch ein wenig aufregender, manchmal nervte sie aber auch bloß. Obwohl er gesagt hatte, dass es keinen Sex geben würde, solange er ihr Lehrer war, zog sie einen frischen Slip und einen dazu passenden BH an. Nach allem, was passiert war, war es reichlich spät, auf Moralapostel zu machen. Und total unglaubwürdig. Sie hatte jedenfalls nicht vor, noch ein ganzes Schuljahr zu warten. Deshalb steckte sie auch zwei Kondome in ihre Hosentasche. Obwohl zwei vielleicht übertrieben optimistisch waren.

»Du fährst noch weg, Schatz?«, fragte ihre Mutter, die ihr dummerweise auf der Treppe entgegenkam.

»Ja … äh … zu Elif«, log sie. »Die hängt wieder total durch wegen … na ja, weißt du ja. Sie heult bloß noch.«

»Bist du nicht eben erst von ihr gekommen?«

Lissy machte ein Gesicht, das sagte: Was soll man tun? Liebeskummer ist so, und Freundinnen sind nun mal Freundinnen.

Als die Haustür hinter ihr ins Schloss gefallen war, atmete sie erleichtert durch. Sie schob das Rad aus der Garage und fuhr los. Zu Steffens Datsche brauchte sie vierzig nervige Minuten. Und sie würde verschwitzt ankommen. Wurde echt Zeit, dass er sich was anderes einfallen ließ.

SIE WIRD DOCH NICHT …, dachte Finn, als Sylvie erst vom Gas ging und dann auf die Bremse trat. Doch genau das tat sie: Sie bog in die Feldstraße ein, an deren Ende, wie er nur zu gut wusste, eine idyllische Hütte an einem kleinen Weiher lag.

»Warst du hier schon mal?«, fragte Sylvie, als der Wagen im Gras vor der Hütte ausrollte.

»Allerdings. Mit Vanessa.«

»Oh.«

»Nicht die beste Erinnerung, kann ich dir sagen.«

Sie lächelte entwaffnend. »Dann wird es höchste Zeit, die bösen Geister zu vertreiben.«

Vielleicht gar keine so schlechte Idee, fand Finn, stieg aus und nahm den Korb mit den Einkäufen vom Rücksitz. Brot, Käse, Schinken, Trauben, dazu Wein und Wasser. Alles, was man für ein Picknick brauchte.

»Wie hast du den Platz hier gefunden?«, fragte er Sylvie, während sie nahe dem Wasser eine Decke ausbreitete. »Er ist von der Hauptstraße aus eigentlich gar nicht zu sehen.«

»Ich musste dringend pinkeln und bin deshalb bei der ersten Gelegenheit abgefahren. Da hinten war's, wo ich –«

»So genau wollte ich es gar nicht wissen.«

Sie lächelte keck. »Lust, vor dem Essen kurz ins Wasser zu hüpfen?«, fragte sie dann. »Also, ich schon.«

»Sorry, hab keine Badesachen mit.«

»Ich auch nicht.«

War das ein Witz? Anscheinend nicht, denn sie zog sich bereits ihren Sweater über den Kopf. Wenig später lagen neben dem Sweater ein Shirt, ein Paar Chucks, eine Hose, ein BH und ein Slip im Gras, während von Sylvie nur noch der Kopf zu sehen war, der Rest steckte unter Wasser.

»Bist du einer, der nur zuguckt«, rief sie Finn zu, »oder spielst du auch mit?«

Was soll's?, dachte Finn. Er zog sich aus und sprang mit einem weiten Satz in den Weiher, damit sie möglichst wenig von ihm zu sehen bekam.

»Bisschen kalt, oder?«, fand sie und zog die Nase kraus.

»Sei mal ruhig.« Finn hatte etwas gehört. »Ich glaub, da ist jemand.«

Er hatte sich kaum umgedreht, da verschlug es ihm schier die Sprache. Lissy stand da, ihr Rad neben sich haltend, und starrte ihn und Sylvie an.

»Hi«, grüßte Sylvie cool. »Du bist doch die, die bei Vanessas Trauerfeier die Rede gehalten hat … oder, besser gesagt, … nicht gehalten hat …«

Finn spürte in sich den starken Impuls, zu Lissy zu gehen, um ihr alles zu erklären, aber dann fiel ihm ein, dass er nichts anhatte, und gleich danach fragte er sich, wieso er ihr überhaupt etwas erklären sollte.

»Was geht'n hier ab?«, fragte sie.

»Nichts, wir … picknicken nur und …«

Sie lächelte, aber das wirkte aufgesetzt. »Schon okay. Dann will ich nicht länger stören.«

Sie machte kehrt, stieg auf ihr Rad und fuhr davon.

Erst als sie weg war, fragte Finn sich, was sie hier eigentlich gewollt hatte.

STEFFEN WEGMANN LEHNTE AN SEINEM AUTO, hielt eine Zigarette zwischen den Fingern und überlegte, ob er sie anzünden sollte. Über ihm pfiffen sich die Vögel von Baum zu Baum Neuigkeiten zu, hin und wieder knackten Äste. Jahrelang hatte er nicht mehr geraucht, erst in diesem Sommer wieder damit angefangen. Der Druck nach Vanessas Tod war zu groß gewesen. Jetzt hatte er sich bei ein bis zwei Zigaretten pro Tag eingependelt. Alles wieder unter Kontrolle. Nur seine Frau durfte nichts erfahren: nichts von den Zigaretten und noch viel weniger von der anderen Sache.

Er holte das Feuerzeug aus der Hosentasche und betrachtete es nachdenklich.

Ein Glück, dass Lissy ihm rechtzeitig eine Warnung geschickt hatte. Er war schon kurz vor der Abzweigung zur Datsche gewesen. Nicht auszudenken, wenn jemand sie beide überrascht hätte. Man war einfach nie sicher. Nicht mal auf seinem eigenen, privaten Grundstück! Und das machte ihm eine Höllenangst.

Er zündete die Zigarette an. Der erste Zug schmeckte stets am besten. Den Rest rauchte er nur, weil er eben da war.

Immer wieder ging ihm der Satz durch den Kopf, den Lissy in der Schule zu ihm gesagt hatte: *Du bist ein Mann, der auf junge Mädchen steht.* Stimmte das? Er war empfänglich für die Reize dieser wunderbaren, aufblühenden Wesen, das stimmte, doch er hatte sich immer im Griff gehabt. Hatte die rote Linie niemals überschritten. Egal, wie es in ihm aussah. Bis Vanessa kam … Sie war etwas Besonderes gewesen. Nicht zu vergleichen mit den anderen. Auch nicht mit Lissy. Vanessa hatte alles in ihm umgedreht. Auf den Kopf gestellt. Ihn verrückt gemacht.

Nein, er hatte nicht gewollt, dass sie stirbt in der Nacht. Es war ein Fehler gewesen, ihr überhaupt in die Unterkunft zu folgen, in seiner Verfassung. Was dann passierte ... war ein Unglück ... ein Unfall, genau genommen. Sie selbst hatte ihn dazu getrieben. Es war auch ihre eigene Schuld.

Und Lissy?

Sie wolle ihn nicht erpressen, sagte sie. Sie wolle, dass er sie aus freien Stücken liebe. Von sich aus. Konnte er ihr das glauben? Konnte sie sich wirklich nicht vorstellen, dass ihre bloße Anwesenheit ihn unter Druck setzte? Ihr Wissen um seine Schuld? Machte sie sich wirklich vor, dass er auch bei ihr wäre, wenn sie dieses Wissen nicht hätte? Hätte sie es wirklich akzeptiert, wenn er ihre Liebe zurückgewiesen hätte, ohne von ihrem Druckmittel Gebrauch zu machen? Schwer vorzustellen.

Und wie stand es um ihn? Um seine Gefühle für sie? Ihre Jugend, ihre Unschuld, ihre Schönheit reizten ihn. Aber er hätte dafür nicht alles aufs Spiel gesetzt, was er sich aufgebaut hatte. Seinen Beruf. Seine Familie. Seine Selbstachtung. (Oder den Rest, der davon noch übrig war.) Seine wahren Gefühle waren jedoch nebensächlich. Er musste Lissy bei Laune halten. Ihr Spiel mitspielen, ohne ihr alles zu geben, was sie wollte. Denn wenn sie es kriegte, würde sie sofort etwas anderes verlangen, zum Beispiel, dass sie die einzige Frau in seinem Leben sein sollte. Seine Hoffnung, auf die er alles setzte, war, dass sie sich bald in einen Jungen in ihrem Alter verliebte und sich die Sache zwischen ihnen beiden nach und nach auflöste.

»Du rauchst?«

Steffen erschrak. Er drehte sich um. Lissy kam auf ihn zu. Sie war ziemlich außer Atem.

»Nur ab und zu.« Er ließ die Zigarette fallen und trat sie aus. »Wenn du nicht willst, dass ich dich mit meinem rauchigen Atem küsse, dann …«

Sie legte ihre Arme um seinen Nacken. »Gibt Schlimmeres. Ich mach mir nur Sorgen um deine Gesundheit. Rauchen ist tödlich.« Sie lächelte schelmisch.

Er legte seine Hände an ihre Schultern, fast ohne sein Zutun wanderten sie weiter, die Finger in ihren Nacken, die Daumen an die Kehle. Es kostete mehr Mühe, einen Menschen zu erwürgen, als man gemeinhin dachte.

»Liebst du mich?«, flüsterte sie.

Statt zu antworten, küsste er sie.

Sieben

EINEN RIESIGEN EIMER POPCORN im einen Arm und einen Megabecher Cola in der anderen Hand, betrat Leon den Kinosaal. Er suchte sich einen Platz in der dritten Reihe von vorn, wo in schlecht besuchten Vorstellungen wie dieser so gut wie nie jemand saß. Eigentlich war es ihm egal, welcher Film lief, Hauptsache, laut und bunt und trashig. Kurz hatte er überlegt, Finn zu fragen, ob er Lust hätte mitzukommen, doch er hatte es gelassen. Wie die Mädchen war Finn gerade so sehr mit sich selbst beschäftigt, dass alles andere nur zu stören schien. Aber das war schon okay. Man gewöhnte sich daran, Dinge alleine zu machen. (Na ja, nicht wirklich.)

Obwohl höchstens zehn Besucher im Kino waren, kam jemand in seine Reihe, auf ihn zu. Leon schaute hoch und erschrak. Konni! Was hatte der hier zu suchen? Wollte er was Bestimmtes? Als er sich genau neben Leon niederließ, meinte der mürrisch: »Muss es wirklich der Platz sein? Das Kino ist praktisch leer.«

»Ich bin gleich wieder weg. Wollte dir nur was sagen.«

»Okay. Und was?«

»Wegen der Sache beim Spring Break. Wir haben seitdem noch nicht geredet. Ich wollte mich bei dir entschuldigen. Dafür, dass ich dein Handy gehackt hab, und für alles andere auch.«

»Und das fällt dir jetzt erst ein?«

»Hat mir halt keine Ruhe gelassen. Besser spät als nie, oder?«

Leon zuckte mit den Schultern. »Wegen mir hättest du es auch lassen können. Ich brauch das nicht für meinen Seelenfrieden.«

»Und was brauchst du dann?«

Leon steckte sich eine Handvoll Popcorn in den Mund und kaute, während er über Konnis Frage nachdachte. Eigentlich brauchte er nichts. Ihm hätte es gereicht, wenn die Dinge so geblieben wären, wie sie vor der unheilvollen Begegnung mit Vanessa waren. Da war alles noch am rechten Platz, und jeder kannte seine Rolle. Inzwischen stimmte nichts mehr so richtig. Sogar Rico hatte einen Abgang gemacht, ganz ohne sich zu verabschieden. Leon wäre nicht mal im Traum eingefallen, dass das passieren könnte.

»Ich brauch schlechte Filme«, antwortete Leon schließlich, denn Konni wäre so ziemlich der Letzte gewesen, bei dem er sein Herz ausgeschüttet hätte.

»Ich will nicht angeben, aber ich bin der größte Fan von *Sharknado*. Ich hab alle fünf Teile gesehen. Mehrmals!«

»Und wie steht's mit den Klassikern? *Angriff der Killertomaten* zum Beispiel?«

»Ich kenne sogar den, den es nie auf Deutsch gab: *Killer Tomatoes Eat France*. Nicht der beste der Reihe, muss ich leider sagen.«

»Okay, du gewinnst.«

Leon nahm wieder eine Handvoll Popcorn. Wenn Konni glaubte, die gemeinsame Vorliebe für Trashfilme würde ihn zu einem Freund oder so was machen, hatte er sich getäuscht. Sie brachte ihn noch nicht einmal in die Freundschaftswarteschleife. Leon fiel etwas ein. Hatte Elif nicht gesagt, dass Konni auch bei ihr aufgetaucht war und ihr irgendwas über Benedict erzählt hatte? Dass

er wieder mit seiner Ex zusammen war oder so? Was für eine Absicht steckte hinter all dem?
Als habe er Leons Zweifel erahnt, sagte Konni nach kurzem Schweigen: »Ich will mich nicht bei dir einschleimen. Wir sollen auch keine Freunde werden. Darin bin ich sowieso nicht gut. Aber ich hab Mist gebaut, und wenn es etwas gibt, das ich tun kann, um das wieder hinzubiegen, dann sag Bescheid. Okay?«
»Kannst du die Zeit zurückdrehen und alles wieder so machen, wie es war?«, fragte Leon, und die Schärfe seiner Stimme überraschte ihn selbst. Wieso glaubte Konni, dass er einfach so bei ihnen ankommen konnte? Dachte er, eine Entschuldigung und ein bisschen oberflächliches Gelaber reichten, und schon war alles vergeben und vergessen?
»Leider nein«, sagte Konni.
»Ihr beide habt etwas sehr Wertvolles zerstört. Und genau das war eure Absicht. Also tu jetzt nicht so, als wäre das nur ein Versehen gewesen.«
»Tu ich doch gar nicht. Ich weiß, was wir getan haben, und ich weiß auch, dass es falsch war.«
»Es ist leicht, so was im Nachhinein zu sagen. Aber wem soll es was bringen? Mir bringt es nichts.«
»Hab verstanden. Aber wie gesagt: Wenn es etwas gibt, das ich für dich tun kann, dann werde ich es tun.«
»Das kannst du schon jetzt. Setz dich woanders hin. Ich möchte den Film gerne alleine gucken.«
Konni zögerte einen Moment, dann stand er auf und ging ein paar Reihen nach hinten. Wenig später wurde der Saal dunkel.
Idiot, dachte Leon.

WÜTEND STÜRMTE ELIF in die Cafeteria zum Mittagstisch und schleuderte ihre Schultasche mit so großer Wucht auf einen Stuhl, dass der umkippte. Finn fing ihn gerade noch rechtzeitig auf, bevor er auf den Boden knallte. »Ich könnte so was von kotzen!«, schimpfte sie.

»Was ist denn passiert?«, fragte Lissy.

»Ihr glaubt nicht, was mir Sevgi eben auf dem Flur gesteckt hat. Das ist die aus meiner Straße, die dauernd mit 'nem Kopftuch rumrennt. Fragt sie mich doch glatt, ob es stimmt, dass ich's mit Mädchen mache. Ich hab erst gar nicht geschaltet und hab doof gefragt: ›Was mit Mädchen?‹ Und sie so, mit einem hinterhältigen Grinsen: ›Na, rummachen halt‹.«

»Wär doch nicht schlimm«, meinte Leon und löffelte weiter seinen Pfirsichjoghurt.

Er hatte Elif und Vanessa beim Spring Break live rumknutschen gesehen, und auf ihn hatte es nicht so gewirkt, als sei Elif vergewaltigt worden. Sie war trotzdem keine Lesbe, aber definitiv experimentierfreudig. Doch es war kein guter Zeitpunkt, sie daran zu erinnern, so vernichtend, wie sie ihn ansah.

»Wenn's so wäre«, fügte er rasch hinzu. »Ist natürlich nicht so. Klar.«

»Und dann hat sie noch gesagt«, redete Elif weiter, »und das ist der Oberhammer, dass ein Video rumgeht, auf dem man sieht, wie ich mit Vanessa –«

»Du meinst, *das* Video?«, fragte Lissy.

Das Video, das Konni für Vanessa gemacht und Benedict aufs Handy geschickt hatte und das dann Elifs Beziehung gekillt hatte.

»Was für eins sonst?«, fuhr Elif auf. »Wenn mein Vater das jemals sieht, ist die Kacke sofort wieder am Dampfen, und diesmal richtig. Der bringt mich um! Meine Eltern sind zwar tolerant, aber so was …«

»Und von wem kommt das?«, fragte Finn. »Von Benedict?«

»Also, mir fällt sonst keiner ein. Offenbar hat er es nicht gelöscht.«

»Krass. So ein blödes Arschloch.«

»Und was willst du tun?«, fragte wieder Lissy.

Der Zorn hatte Elif aufrecht gehalten, doch angesichts ihrer Machtlosigkeit verpuffte er, und alles, was er hinterließ, war innere Leere. Kraftlos schnaufend, sank sie auf einen Stuhl.

»Sollen wir uns um den Arsch kümmern?«, fragte Leon.

»Wie denn?«

»Ihn verdreschen«, schlug Finn vor. Eigentlich war er keiner, der sich prügelte, aber wenn jemand keine andere Sprache verstand …

»Oder ihn mit kleinen Nadelstichen zermürben«, meinte Leon. »Wir könnten ihm in den Autotank pissen.«

»Ja, oder Hundekacke in einer Papiertüte vor seine Tür legen, anzünden und klingeln. Und wenn er das Feuer austritt …« Finn grinste breit.

Elif rollte mit den Augen. »Danke für die inspirierenden Vorschläge, aber aus dem Alter für kindische Streiche sind wir eigentlich raus, oder?«

»Die beiden doch nicht«, warf Lissy ein. »Die werden nie erwachsen.«

»Hey«, protestierte Finn, »der brennende Hundehaufen ist ein Klassiker. Dafür ist man nie zu alt!«

Elif war ein wenig aufgeheitert, aber ihr Problem löste das nicht.

»Wegen vorhin noch mal«, knüpfte Lissy später, als sie und Elif auf dem Weg zur Turnhalle unter sich waren, an das Gespräch aus der Cafeteria an. »Wenn du willst, rede ich mit Benedict. Oder wir gehen gemeinsam zu ihm. Machen ihm klar, dass er sich strafbar macht, wenn er einfach private Videos von dir rumschickt.«
»Und wie willst du beweisen, dass wirklich er der Absender war? Der lacht uns doch bloß aus, wenn wir ihm damit kommen.«
»Jedenfalls kann es nicht so weitergehen.«
»Und wenn doch? Wenn es nie mehr aufhört?«
»Das ist Quatsch, und das weißt du auch!«
Elif besann sich. Lissy hatte verdammt recht. Schluss mit dem Geheule! Es musste etwas passieren.
»Du würdest wirklich mitkommen?«, fragte sie.
»Klar. Dafür sind Freunde doch da.«

»WIE WAR EIGENTLICH DEIN WOCHENENDE mit Sylvie?«, fragte Leon Finn nach der Schule. Sie radelten gerade Richtung Innenstadt, es war noch offen, ob sie einen Zwischenstopp im Handyladen einlegen würden, denn Finn liebäugelte mit einem neuen Smartphone, das er sich zum achtzehnten Geburtstag von seinen Eltern schenken lassen wollte. Bis dahin dauerte es zwar noch ein Weilchen, aber es war nie zu früh, sich schlau zu machen.
»Von wem weißt du, dass sie da war?«, fragte Finn. Er redete nur ungern über Sylvie. Zu verwirrend war die Sache mit ihr. Nach dem gemeinsamen Wochenende noch mehr als zuvor.
»Von dir jedenfalls nicht«, gab Leon spitz zurück und fügte hinzu: »Was mich ziemlich enttäuscht, Alter. Wie man hört, wart ihr schwimmen.«

»Verstehe. Lissy.«
»Sie fragt sich, ob Sylvie die Richtige für dich ist. Angeblich.« Er zwinkerte Finn zu. »Ich sag nur: Kaum taucht ein neuer Hase im Gehege auf, spitzen die alten Hasen ihre Öhrchen.«
»Sorry, den Joke kapier ich nicht.« Tat er natürlich schon, aber er hatte keine Lust, sein Verhältnis zu Lissy auch noch zum Thema zu machen.
»Dann zurück zu Sylvie. Also, wie war's?«
Finn wusste es selbst nicht. Schön, aber auch beängstigend. Das Bad im See, danach gemeinsam bibbernd unter der Decke. Er hatte die Gänsehaut an ihrem Oberschenkel gespürt, als sie ihr Bein gegen seines drückte. Obwohl es ganz normal war, dass ihn ihre Nähe erregte, hatte er sich dafür geniert. Sylvie war so selbstbewusst, alles wirkte bei ihr so selbstverständlich, und er hätte gerne die gleiche Sicherheit gehabt wie sie. Er wäre gern ein Mann gewesen, ein richtiger Mann. Aber nie zuvor hatte er deutlicher gespürt, dass er keiner war. Wie würde er jemals dazu werden? Wie sollte er die Dinge erfahren, die er wissen musste? Wer weihte ihn ein? Leon bestimmt nicht. Die Peinlichkeit wollte Finn sich lieber ersparen, ausgerechnet ihn nach irgendwas zu fragen und nur blöde Antworten zu kriegen. Wenn er ehrlich war, hätte er nicht einmal richtig gewusst, wonach er überhaupt fragen sollte.
»Wir haben gepicknickt«, erzählte er in dürren Worten, »dann war sie bei mir zu Hause zu 'ner kleinen Jamsession. Sie ist richtig gut am Klavier. War witzig.« Erst als er sie an seinem Keyboard sah, war ihm aufgefallen, was für schöne Hände sie hatte.
»Sehr gut! Sie hat bei dir gepennt, und da seid ihr –«
»Quatsch!«, fiel Finn ihm ins Wort. »Sie hat Verwandte hier in

der Nähe, bei denen hat sie übernachtet. Am Sonntag waren wir brunchen, am Nachmittag ist sie ab nach Hause.«

»Ist auch was gelaufen?«, fragte Leon nun in schonungsloser Direktheit.

»Nicht das, was du wahrscheinlich denkst.« Finn kam sich vor wie ein totaler Versager.

»Ich denke, dass du's mal wieder vermasselt hast, Alter.«

»Vielleicht ist sie einfach nicht mein Typ. Kann ja sein. Bloß weil du –«

»Bullshit! Du willst einfach immer das Mädchen haben, das nicht zu haben ist, statt das zu nehmen, das du kriegen kannst. Du bist ein Schisser, wenn du mich fragst.«

Finn verfiel in Schweigen. Was sollte er sagen? Leon hatte recht. Und zugleich lag er voll daneben. Ging es nicht um Gefühle, statt nur um Gelegenheiten? Um Liebe? Was empfand er für Sylvie? Er wünschte, er hätte es gewusst. Es änderte sich ja auch ständig. Und über allem hing die Angst, es könnte ihm mit ihr wieder so gehen wie mit Vanessa.

Vor ihnen tauchte der Handyladen auf. »Ich geh mal rein«, sagte Finn. »Du musst nicht mitkommen.«

Leon verstand. Er wollte allein sein. Zu viele unangenehme Fragen. Er hatte geglaubt, seine klare Ansage eben könnte Finn wie eine kalte Dusche aufwecken. Aber er war wohl übers Ziel hinausgeschossen.

Sie hielten beide an.

»Sorry, Alter, wenn ich eben zu …« Leon boxte Finn sanft in die Schulter. »Schon klar, dass du's vorsichtig angehst, nach der Pleite mit Vanessa. Aber nicht alle Mädchen wollen dich reinlegen. Die meisten wollen dich viel lieber flachlegen.«

»Ha-ha«, machte Finn, ein kleines Lächeln in den Mundwinkeln. Er fummelte am Bremshebel herum, während er sagte: »Wir haben uns geküsst, zum Abschied. Sylvie und ich. Das war … schön. Sie hat aber noch nicht angerufen oder geschrieben seitdem.«
»Und du? Hast du?«
Finn schüttelte den Kopf.
»Solltest du vielleicht machen.«
»Mal seh'n.«

LISSY UND ELIF HATTEN SICH FÜR DAS GESPRÄCH mit Benedict eine klare Strategie zurechtgelegt. Sie würden ihn, wenn er Freitagnachmittag vom Training nach Hause kam, auf dem Parkplatz vor seinem Haus abfangen. Lissy würde ihn ansprechen und vorschlagen, dass sie nach oben gingen, um alles in Ruhe zu besprechen. Sie würde so was wie ein Schiedsrichter sein und immer dann einschreiten, wenn das Gespräch zu emotional wurde oder in die falsche Richtung ging. So weit der Plan …
Benedict kam jedoch nicht allein. Kiki saß auf dem Beifahrersitz. Anscheinend gingen sie sogar gemeinsam zum Sport. Elif schnaubte. Die machte sich ja ganz schön breit in ihrem neuen Nest. Doch dann fiel ihr ein, dass das vielleicht sogar ein Vorteil war. Wenn Kiki schlau war, musste sie ein Interesse daran haben, dass ihr Lover sich nicht länger mit Altlasten herumschlug. Aber war Kiki schlau?
Benedict und Kiki taten so, als seien Lissy und Elif Luft. Gemächlich stiegen sie aus, holten ihre Sporttaschen vom Rücksitz und gingen zur Haustür, ohne auch nur einmal den Blick zur Seite zu wenden. Da fasste Lissy sich ein Herz und trat auf Benedict zu.

»Wir sollten reden, Benedict«, sagte sie. »Das kann nicht so weitergehen. Die Sache mit dem Video, das war echt too much.«
Er grinste hinterhältig. »Was für ein Video? Wovon redest du?«
»Okay, schon klar.«
Ein Geständnis war überflüssig, sein Grinsen sagte alles.
»Was willst denn du eigentlich?«, fuhr er sie plötzlich an. »Mit dir hab ich rein gar nichts zu reden. Und mit ihr« – er deutete auf Elif – »auch nicht.«
Kiki stand daneben – die Sporttasche über der Schulter, die Arme vor der Brust verschränkt – und verfolgte das Geschehen wie ein Spiel, bei dem von vorneherein klar war, dass sie auf der Siegerseite stand.
»Dann lass sie gefälligst in Ruhe«, keilte Lissy zurück. »Wieso tauchst du dauernd vor ihrer Nase auf? Machst komische Gesten. Erzählst Mist über sie.« Okay, dachte sie selbst, sie verhielt sich nicht gerade schiedsrichtermäßig. Deshalb fügte sie beherrschter hinzu: »Können wir vielleicht raufgehen und die Sache klären? In aller Ruhe? Wir alle« – ein Seitenblick auf Kiki – »vier?«
»Was soll das bringen?«, versetzte Benedict scharf. »Es ist doch alles klar.«
Er ging an Lissy vorbei zur Tür, doch dort trat Elif ihm in den Weg. »So kommst du nicht davon«, sagte sie.
»Lass mich durch. Oder es passiert was.«
Der Blick in seinen Augen ließ keinen Zweifel, dass er auch vor Gewalt nicht zurückschreckte. Dennoch wich Elif keinen Zentimeter von der Stelle. Die Art, wie er sich aufführte, machte sie wütend. Was glaubte er eigentlich, wer er war?
»Ich geh nicht weg«, gab sie zurück, »bis du mir endlich gesagt hast, was du noch von mir willst. Okay, du bist enttäuscht, ver-

letzt, akzeptierst meine Entschuldigungen nicht. Dann lass mich einfach in Ruhe! Werde glücklich mit der da. Ist doch wunderbar. Wo ist das Problem?«

Benedicts Zornesadern an den Schläfen schwollen beträchtlich an, während er sich immer mehr in Rage redete: »Du denkst, das alles ist mit ein paar Entschuldigungen erledigt? Und jeder macht wieder so weiter wie bisher?«

»Bei dir läuft es doch ganz gut.« Ein Blick zu Kiki, die dümmlich grinsend dastand.

Benedict hörte sie gar nicht, er giftete einfach weiter: »Gar nichts ist erledigt! Denn du, Elif, bist ein schlechter Mensch. Durch und durch! Du lügst. Du betrügst. Du machst andere Menschen unglücklich. Aber das lass ich nicht zu. Nicht mehr!«

Er trat auf sie zu. Wollte er sie packen? Schlagen? Lissy bekam Angst. Wie sollte sie ihn bremsen?

Elif stand mit offenem Mund da, unfähig, sich zu verteidigen.

»Ich werde da sein. Immer. Wenn du einen Typen kennenlernst, werde ich ihm sagen, mit wem er es zu tun hat. Alle deine Verfehlungen und Lügen werde ich vor ihm ausbreiten. Glaubst du, dann will dich noch einer?«

Elif starrte Benedict aus großen, starren Augen an. Sie kannte ihn gut genug, um zu wissen, dass das keine leeren Drohungen waren. Wenn er sich etwas vornahm, dann zog er das auch durch.

Unsanft schob er Elif beiseite, stumm sahen sie und Lissy zu, wie er die Haustür aufschloss und mit einer nicht mehr ganz so zufrieden grinsenden Kiki nach drinnen verschwand.

Elif, den Tränen nahe, sah Lissy nur an. »Bin ich wirklich ein schlechter Mensch?«

Acht

GEMÄCHLICH SCHOB LEON sein Bike nach Hause. Sein Vorderreifen war platt wie ein Pfannkuchen. Irgendwie passte das zu seinem aktuellen Leben, fand er. Als er in seine Straße einbog, fiel ihm schon von Weitem die große schwarze Limousine mit den verdunkelten Scheiben auf, die vor dem Haus parkte. Solche Autos sah man hier in der Gegend eher selten. Etwas später konnte er das Kennzeichen erkennen. P. Wofür stand das? Potsdam? Wohnten da nicht die Reichen von Berlin?

Als er sein Rad an die Wand gelehnt hatte und zur Haustür gegangen war, hörte er, wie hinter ihm jemand aus dem schicken Wagen stieg und sagte: »Bist du Leon?«

Leon wandte sich um. Vor ihm stand ein Mann, schätzungsweise Anfang fünfzig, in feinen Klamotten: schwarze Anzughose, weißes Hemd mit Krawatte; das Sakko hatte er abgelegt.

»Und wenn?«, fragte Leon vorsichtig.

Der Mann kam näher und streckte ihm die Hand entgegen. »Frank Welsing.« Anscheinend merkte er, dass Leon den Namen nicht einordnen konnte, deshalb fügte er hinzu: »Ricos Vater.«

Leon hielt unwillkürlich den Atem an. »Is was mit Rico?«

Der Mann machte eine lange Pause, ehe er sagte: »Rico ist gestorben. Schon letzte Woche.«

Ein Tritt in die Weichteile hätte Leon kaum stärker ausknocken können als diese Mitteilung. Er brachte kein Wort heraus, hatte nicht mal einen Gedanken. Alles war auf einmal dunkel und leer.

»Es war das Herz«, teilte Ricos Vater mit und schaute dabei an Leon vorbei ins Nichts.

Sie standen sich einen Moment in tiefem Schweigen gegenüber. Leon betrachtete Welsings Gesicht und entdeckte darin Ähnlichkeiten zu Rico. Es waren vor allem die Augen und der Mund. Für diesen Moment versöhnte ihn das mit dem Mann, der seinen behinderten Sohn einfach abgeschoben hatte. Doch wie kam ausgerechnet er, Leon, dazu, einen anderen zu verurteilen? Schließlich war er es gewesen, der Rico alleine zurückgelassen hatte und der nun mit der Ungewissheit würde leben müssen, damit vielleicht seinen Tod verschuldet zu haben! Er wagte es dennoch nicht, Welsing nach den Gründen zu fragen, warum es ausgerechnet jetzt passiert war.

»Rico wollte, dass ich dir etwas gebe«, brach Herr Welsing das Schweigen und riss Leon aus seinen Gedanken.

Er kehrte zum Auto zurück und holte vom Beifahrersitz einen großen wattierten Umschlag.

»Was ist da drin?«, fragte Leon.

»Das siehst du, wenn du ihn aufmachst. Jetzt nimm schon.«

Die Ungeduld in Welsings Stimme ärgerte Leon. Anscheinend konnte er die Sache nicht schnell genug hinter sich bringen. Alles abhaken, vergessen und zur Tagesordnung übergehen.

Leon nahm den Umschlag.

»Du warst sein einziger echter Freund«, sagte Welsing in sanfterem Ton. »Und nicht aus Mitleid. Das hat ihm viel bedeutet.«

»Wozu Mitleid? Rico war okay, auf seine Art.« Die Worte waren kaum gesprochen, da kamen sie Leon auch schon dumm vor. Und verlogen. Wäre er Rico wirklich ein Freund gewesen, hätte er ihn nicht verlassen an jenem gottverdammten Nachmittag. Vielleicht sollte sein Vater das wissen. Vielleicht hätte er es sagen sollen. Hier und jetzt.

Doch Leon schwieg.

»Ich muss wieder los«, sagte dafür Welsing. »Vielen Dank, dass du …« Er überlegte kurz, wiederholte: »Vielen Dank«, und streckte ihm die Hand entgegen. Leon ergriff sie. Oder besser: ließ sich von ihr ergreifen. Welsings Händedruck war kraftvoll und männlich.

Schließlich stieg Welsing ins Auto, der Motor sprang an, wummernd fuhr der Wagen los, und nachdem er fort war, fragte Leon sich ernsthaft, ob er jemals hier gewesen war, so geisterhaft kam ihm die Begegnung im Nachhinein vor. Das Einzige, das dafürsprach, war der Umschlag in seiner Hand.

BRAUCHE DEINE HILFE! DRINGEND!

Lissy traute ihren Augen nicht, als sie las, wer der Absender dieses Hilferufs war: Konni! Was wollte er von ihr, an einem Samstagmorgen um elf Uhr, wenn normale Jugendliche wie sie noch beim Frühstück saßen? Und wie kam er ausgerechnet auf sie? Bloß weil sie nach der Vanessa-Gedenkfeier einmal auf ihn zugegangen war und mit ihm geredet hatte, waren sie noch lange keine besten Freunde. Lissy legte ihr Handy weg, nahm ein paar Löffel von ihrem längst matschig gewordenen Müsli und überlegte. Sollte sie auf die SMS antworten? Wahrscheinlich ging es bloß um Schule. Was sonst? Sie überlegte, in welchen ihrer Kurse Konni saß. Bio,

Geschichte, Ethik. Lauter Fächer, in denen er mindestens so gut war wie sie. Verarschte er sie also bloß?
Lissys erster Impuls war: Elif anrufen, um sie zu fragen, was sie von der Sache hielt. Doch ein zweiter Impuls ließ sie zögern. Sie und Elif hatten die letzten Abende praktisch durchtelefoniert, wegen Benedict und allem, was er gesagt hatte. Ob Elif wirklich ein schlechter Mensch war und wie es weitergehen sollte. Lissy brummte noch immer der Schädel davon. War sie schon wieder fit genug für eine neue Runde auf dem Elif-Emotionskarussell? Wen konnte sie noch anrufen? Finn? Eigentlich war Finn in solchen Fragen immer eine gute Wahl, doch im Moment mahnte etwas sie zur Vorsicht. Er bemühte sich in letzter Zeit auffallend um sie, und wäre diese Sache mit Sylvie nicht gewesen (von der keiner so richtig wusste, was da eigentlich lief, anscheinend nicht mal er selbst), hätte sie den Verdacht gehabt, dass er was von ihr wollte. Sie liebte Finn, aber eben nur auf die Schwester-Bruder-Art. Blieb nur noch Leon. Doch den Anruf konnte sie sich sparen, sie wusste auch so, was er sagen würde: Halte dich von Konni fern! Lass dich in nichts reinziehen! Er ist der Feind! Sie selbst sah es so: Aus Freunden konnten Feinde werden und aus Feinden Freunde. Oder irgendwas dazwischen. Jeder hatte eine Chance verdient. Deshalb entschloss sie sich, niemanden wegen Konni um Rat zu fragen und stattdessen einfach auf die SMS zu antworten: *Was liegt an?*
Kannst du in die Schule kommen?, schrieb er zurück. *So gegen zwei?*
Schule?, dachte sie. Wieso Schule? Ein paar Sekunden später fiel ihr ein, dass *in die Schule kommen* bei ihm hieß: *zu mir nach Hause.* Was das Ganze noch mal eine Stufe prickelnder machte. Um nicht zu sagen, gruseliger. Andererseits: Sie hatten sich schon mal *bei ihm* getroffen, und da hatten sie nur auf dem Schulhof rum-

gestanden. Wieso sollte es diesmal anders sein? Wenn sie ehrlich war, hoffte ein Teil von ihr, dass es nicht nur der Schulhof sein würde, denn es interessierte sie, wie der Typ lebte.
Sie schrieb: *Okay*, überlegte ein paar Sekunden und drückte dann auf *Senden*.

FINN HATTE LEONS RAT BEHERZIGT und Sylvie geschrieben: *Das Wochenende mit dir war schön.*
Sie antwortete: *Fand ich auch.*
Bist du mal wieder in der Gegend?
Leider nicht so bald. Morgen fahr ich ja weg, und dann ist auch bei uns wieder Schule.
Er scrollte durch die weiteren Nachrichten der letzten Tage: Grüße aus Portugal mit Selfies und anderen Fotos. Alles sehr nett, und doch wurde er den Verdacht nicht los, dass ihre Gefühle abgekühlt waren und dass er das gemeinsame Wochenende irgendwie vergeigt hatte. Eine verpasste Gelegenheit, der vielleicht keine zweite folgte.
Weil ihm zu Hause die Decke auf den Kopf fiel, fuhr er auf dem Bike ziellos durch die Gegend. Doch ein geheimer innerer Kompass wollte es, dass er sich irgendwann auf dem Feldweg zu der Hütte am Weiher wiederfand, wo er mit Sylvie gewesen war. Die Unruhe in seinem Innern trieb ihn dorthin, so als läge hier die Wahrheit über ihn und sie und was diese merkwürdige Sache zwischen ihnen zu bedeuten hatte.
Doch als er vor der Hütte ankam, parkte dort ein Auto. Ein Kombi mit offener Heckklappe. Er wollte gleich wieder verschwinden, aber dann wurde er gerufen: »Finn? Bist du das?«
Steffen Wegmann trat aus der offenen Tür der Hütte.

»Hallo, Herr Wegmann.« Finn fuhr zu ihm. »Was machen Sie denn hier?«
»Nur ein bisschen – wie sagt ihr? – chillen, mit meiner Familie.« Er wies mit dem Kopf zum Wasser, wo eine Frau auf einer Liege saß und zwei kleine Kinder, die am Wasser spielten, beaufsichtigte. Sie grüßte kurz herüber, indem sie die Hand hob.
»Dann ist das hier Ihr Platz?«
Steffen nickte. »Eigentlich gehört er meiner Frau. Wir nutzen ihn leider viel zu selten. Und du? Was bringt dich hierher?«
»Nichts Bestimmtes. Bin nur rumgefahren.«
»Mir scheint, dass hier um einiges mehr los ist, als wir wissen. Vielleicht sollten wir mal einen Zaun ziehen.«
»Ist Ihr gutes Recht.«
Steffen lächelte. »Da wird wohl nichts draus. Meine Frau mag gerade das Offene. Wenn du schon mal da bist: Kann ich dir was anbieten? Eistee? Oder Kaffee?«
»Nee. Ich hau gleich wieder ab. Schönen Tag noch.«
Finn wendete das Rad und fuhr davon. Ein Glück, dass Wegmann nicht an dem Wochenende zum Chillen rausgekommen war, als er mit Sylvie hier war. Es hatte schon gereicht, von Lissy überrascht zu werden. Moment!, durchfuhr es ihn. Ist Lissy an dem Wochenende vielleicht genauso wenig aus Zufall hier aufgeschlagen wie ich heute? Hat sie vielmehr ein geheimes Date gehabt?

LISSY WURDE VOM GEBRÜLL eines Laubbläsers empfangen. Konni fegte damit die ersten Blätter vom Hof, die aus den noch grünen Bäumen fielen und den Herbst mit jedem Tag deutlicher ankündigten. Als er sie bemerkte, schaltete er das Gerät aus und zog die Ohrenschützer ab, legte beides beiseite und kam zu ihr. »Toll, dass du hier bist«, sagte er. Er schien sich wirklich zu freuen.

»Was liegt an?«, wollte sie wissen.

»Dazu müssen wir in die Schule.«

»Dürfen wir das denn?«

»Wer lange fragt …« Konni lachte. »Mein Alter ist nicht da, und ich hab die Schlüssel.« Auf dem Weg nach drinnen wollte er wissen: »Weiß jemand, dass du hier bist?«

»Nur meine Mutter«, log Lissy. »Warum?«

»Die Sache ist ein bisschen delikat, und ich will … na ja, ich hoffe, es bleibt unter uns.«

Sagte der Axtmörder zu seinem Opfer, dachte Lissy. Zum Glück hatte sie daran gedacht, ihr Pfefferspray einzustecken.

Sie folgte Konni durch die leere Schule in einen Flur, an dessen Ende sich eine Abstellkammer befand, die er aufschloss. »Warte hier«, sagte er und verschwand nach drinnen. Die Tür blieb einen Spalt offen. Was hatte er vor? Oder zog er einfach nur eine Show ab? Sie fragte sich, ob Konni überhaupt schon mal mit einem Mädchen alleine gewesen war. Vielleicht mit Vanessa? Irgendwas musste sie ihm für seine Mithilfe geboten haben. Und bei Steffen war sie bei der Wahl der Mittel auch nicht gerade zimperlich gewesen.

Lissy trat näher an die Tür heran, hörte Konni atmen, so als strengte er sich bei etwas an. Als sie noch einen weiteren Schritt machte und durch den Spalt lugte, erblickte sie Vanessas riesenhaftes Foto von der Trauerfeier. Es stand auf einer ausgemusterten Schulbank und wirkte wie ein Altarbild. Nur die Kerzen und der Weihrauch fehlten.

Da öffnete sich die Tür, und Konni kam raus.

»Was sagst du dazu?«, fragte er.
Wow, dachte Lissy nur und betrachtete ihn von oben bis unten. Er hatte sich in der Abstellkammer umgezogen, trug jetzt eine verwaschene Jeans, ein weißes T-Shirt, eine schwarze Lederjacke und schwere Boots. Alles teure Markenklamotten. Ihm war anzusehen, wie unwohl er sich in diesem Outfit fühlte.
»Sieht total bescheuert aus, oder?«, fragte er.
»Nee«, widersprach Lissy, »überhaupt nicht. Nur sehr ungewohnt. Und irgendwas passt noch nicht.« Sie wusste auch, was es war, und verwuschelte seine allzu brav gekämmten Haare. »So muss das aussehen. Obwohl ein anderer Schnitt angebracht wäre.«
»Dann findet du es nicht total daneben?«
»Überhaupt nicht! Sieht cool aus. Echt. Mach mal so!« Sie stellte sich breitbeinig hin, stemmte die Daumen in die Gürtelschlaufen ihrer Jeans und schob das Becken vor.
Konni machte es nach und setzte dazu ein Pokerface auf.
Lissy lachte. »So rockst du jedes Bikertreffen!«
Konnis Pokerface zeigte Risse, bis er schließlich breit lächelte.
Steht ihm echt gut, das Lächeln, dachte Lissy. Und die Klamotten sind auch nicht schlecht. Nerdige Schale, cooler Kern – traf das auf ihn zu?
»Du darfst aber keinem was von dem hier erzählen«, sagte Konni plötzlich und wies dabei auf sein Outfit. »Sonst lacht die ganze Schule über mich.«
Sie hob die Schwurhand. »Von mir erfährt keiner ein Sterbenswort. Versprochen. Aber wenn du die Sachen behältst, musst du sie irgendwann auch tragen, und dann wird dich zwangsläufig jemand so sehen. Das ist sozusagen die Idee hinter einem Outfit.«
»Ja, ja, verarsch mich nur. Ich bin noch am Überlegen.«

Lissy trat nun in die Abstellkammer, vor Vanessa Foto. Konni stellte sich hinter sie. Der Ledergeruch seiner Jacke und der Boots stach ihr in dem kleinen Raum in die Nase.

»Was passiert eigentlich mit dem Bild?«, wollte sie wissen.

»Es bleibt hier, bis es irgendwann jemand in den Müll wirft. Willst du es haben?«

»Bloß nicht. Aber du vielleicht?«

Sie hörte Konni schwer hinter sich atmen. »Ich weiß, ich hab abgestritten, dass ich Vanessa geholfen hab, weil ich in sie verliebt war. Vielleicht ist doch was dran. Sie hat uns alle manipuliert, auf die eine oder andere Weise. Darin war sie gut.«

Ihn so dicht hinter sich zu spüren, verursachte bei Lissy ein Kribbeln unter der Bauchdecke. Sie wagte nicht, sich umzudrehen, um die Spannung, die sich zwischen ihnen aufbaute, nicht noch zu vergrößern.

»Was ich zu dir gesagt hab«, begann er, »dass du gefühllos bist, das nehme ich zurück. Ich war wütend. Auf euch. Und auf mich selbst. Heute bin ich nur noch auf mich wütend. Weil ich mich so missbrauchen lassen hab.«

»Du warst zu Recht wütend auf uns.« Lissy räusperte sich. »Auf mich vor allem. Ich hab mich über dich lustig gemacht. Das war gemein. Kommt nicht wieder vor.«

»Schon okay. Vergessen wir es einfach.« Er entfernte sich ein paar Schritte von ihr und sagte: »Würdest du jetzt bitte rausgehen? Ich möchte mich umziehen und würde dich ungern mit den kleinen Entchen auf meiner Unterhose schockieren.«

Lissy fuhr herum. »Wie bitte? Du hast *was* auf deiner Unterhose? Sorry, aber ich geh garantiert nicht weg, das muss ich unbedingt sehen.«

»War doch bloß ein Gag. Also raus hier!«

Lachend verließ Lissy die Kammer. Jetzt war Konni also auch noch witzig. Wenn er so weitermachte, würde er sich bald nicht mehr retten können vor Verehrerinnen. Selbst als er wenig später wieder in seinen unscheinbaren Klamotten auf den Flur trat, sah Lissy ihn anders als je zuvor.

»Ich wende mich jetzt besser wieder meinem Laubbläser zu«, sagte er, »sonst flippt nachher mein Alter aus.«

Schade, dachte Lissy. Sie wäre gern noch geblieben.

Gemeinsam gingen sie runter in den Hof.

»Ich hab wirklich nicht damit gerechnet, dass du kommst«, sagte er. »Ich war schon überrascht, dass du überhaupt geantwortet hast. War echt toll von dir.«

»Gerne wieder. Dann mach's gut.«

»Du auch.«

Ein letztes, etwas unsicheres Lächeln, dann wandte Lissy sich um und ging davon. Nach ein paar Schritten rief Konni ihr hinterher: »Warte! Eines noch.« Als sie sich umdrehte, war er ihr schon nachgekommen und stand vor ihr.

»Ich weiß, was zwischen dir und Wegmann läuft«, sagte er ohne Vorwarnung.

Der unscheinbare Satz schlug ein wie ein Fausthieb aus dem Nichts. Lissy war so perplex, dass sie völlig sprachlos war. Sie schaffte es nicht einmal, alles abzustreiten. Wieso sagte er das? Was war die Botschaft dahinter?

Viel zu spät stammelte sie: »Ich … äh … weiß nicht … was du meinst …«

Er lächelte fein. »Keine Sorge, ich verrate euch nicht.«

Neun

DIE NEUE WOCHE BEGANN MIT STURM. Deshalb nahmen die meisten Schüler den Bus oder wurden von ihren Eltern in die Schule chauffiert. Nicht Elif! Sie stopfte ihr Haar unter eine weite Mütze, warf sich den wasserundurchlässigen Regenschutz über und stieg todesmutig aufs Rad. Sollten Wind und Wetter sie ruhig durchschütteln. Das war genau das, was sie brauchte! Als der Sturm sie dann vielhändig packte, schubste und herumstieß, brüllte sie ihm all ihre Wut ins Gesicht. Es war ein Kampf, den sie nicht gewinnen konnte. Doch gerade das setzte die letzten Kräfte in ihr frei.

Als sie in der Schule ankam – eine Viertelstunde zu spät – und sich aus ihrem triefend nassen Regenschutz schälte, war sie zwar ziemlich verschwitzt, aber auch mit sich im Reinen. Die ganze Fahrt über hatte sie nicht an Benedict und das, was er gesagt hatte, gedacht. An gar nichts hatte sie gedacht. Es hatte nur zwei Dinge gegeben: den Sturm und sie, die dagegenhielt. Nun stand sie vor dem Spiegel auf der Mädchentoilette und fand, dass die attraktive junge Frau, die sie von der anderen Seite anschaute, keinen Grund hatte, sich von irgendjemandem das Leben vermiesen zu lassen. Genau wie Lissy es ihr das ganze Wochenende über eingeschärft hatte.

Elif zog mehrere Papierhandtücher aus der Halterung, tupfte sich den Schweiß aus den Achseln und sprühte Deo nach. Eingehüllt von dieser Duftwolke, verließ sie die Toilette. Inzwischen hatte sie die erste Schulstunde fast verpasst. Bio beim alten Schröder. Auf den und seine Uraltwitze hatte sie sowieso keinen Bock. Dafür umso mehr auf einen heißen Kaffee in der Cafeteria.
Sie musste sich eine Strategie überlegen, wie sie sich vor Benedict schützen konnte. Diese Erkenntnis stand nun glasklar vor ihr. Die Freunde würden ihr dabei helfen. Nein, sie war nicht allein. Und das war ein verdammt gutes Gefühl. Denn wen hatte Benedict schon auf seiner Seite? Außer der doofen Kiki.
In der Cafeteria waren nur ein paar Schüler, die entweder wie sie zu spät dran waren für die erste Stunde oder zu früh für die zweite. Sie holte sich eine große Tasse Kaffee und ein Croissant und ließ sich an dem Tisch nieder, an dem sie mittags immer saßen. Dann fiel ihr in einer Ecke jemand auf, den sie, auch wenn er ihr jetzt den Rücken zuwandte, sofort erkannte: Konni. Anscheinend frühstückte er hier.
Sie musste sofort wieder an die Begegnung vor Benedicts Haus denken. An den Spruch, mit dem er sie angeredet hatte: *Ist das in deinem Gesicht Regen, oder weinst du?* Die Zeit der Tränen war vorbei. Und in diesem Moment wurde ihr noch etwas klar: Sie wollte sich nicht nur vor Benedicts Attacken schützen, sie wollte mehr. Viel mehr. Was das bedeutete, war ihr allerdings nicht klar. Doch sie hatte das Gefühl, dass Konni es vielleicht wusste.
Elif stand auf, nahm ihre Tasse und den Teller mit dem Croissant und ging damit an seinen Tisch. Er schob sich gerade das letzte Stück einer Butterbrezel in den Mund und schaute auf. Keineswegs überrascht. Eher so, als habe er sie erwartet.

»Kann ich dir irgendwie helfen?«, fragte er.
»Kannst du?«
»Denke schon.«

IN DER MITTAGSPAUSE trafen sich die *Bad Boys and Little Bitches* wie üblich in der Cafeteria, doch sie waren nicht vollzählig. Leon fehlte. Machte er blau? Oder war er wirklich krank? Seine Freunde machten sich allmählich Sorgen. Seit Samstag hatte er nicht mehr in der WhatsApp-Gruppe gepostet. Alle Versuche, ihn telefonisch zu erreichen, endeten auf der Mailbox. Ohne Rückruf.
»Irgendwas stimmt da nicht«, meinte Finn.
»Vielleicht ist was mit seinem Vater«, vermutete Elif.
»Oder er hat die Liebe seines Lebens kennengelernt und ist mit ihr durchgebrannt«, scherzte Lissy.
Niemand lachte.
»Was machen wir?«, fragte Elif.
»Ich fahr nach der Schule zu ihm und sehe nach, was da los ist«, beschloss Finn.
Elif: »Ich komme mit.«
Lissy: »Ich auch.«
Sie nahmen den Stadtbus, von der Haltestelle aus waren es noch zehn Minuten zu Fuß. Es wurde nicht viel gesprochen, denn der heftige Wind hätte ihnen jedes Wort vom Mund gerissen. Jeder hing seinen Gedanken nach. Nicht alle drehten sich um Leon. Manche aber doch. Wann waren sie zum letzten Mal bei ihm in der Wohnung gewesen? War eine Ewigkeit her. Leon mochte keine Besucher. Oder, besser gesagt: sein Vater. Sie genierten sich beide für irgendwas, von dem keiner so richtig wusste, was es war.

Als sie vor dem Haus standen, trat Finn an die Tür und drückte die Klingel. Er behielt den Finger lange darauf. Wartete. Sie sahen sich an. Dann drückte er noch einmal.

LEON PRESSTE SICH DAS KISSEN auf die Ohren, aber das Klingeln wollte nicht aufhören. Als dann auch noch sein Vater mit der Faust an die Tür schlug, gab er seinen Widerstand auf. »Was ist denn?!«, rief er unwillig.
»Da klingelt jemand und lässt nicht locker«, beschwerte sich sein Vater, als wäre es Leons Schuld.
Leon sprang aus dem Bett, riss die Tür auf und fuhr seinen Vater an: »Dann frag halt, wer es ist! Du bist ein erwachsener Mann!«
Überrascht und getroffen von dieser Antwort, flüchtete sein Vater sich in einen Hustenanfall und verzog sich wieder ins Wohnzimmer, zu seiner Gameshow oder Daily Soap oder was immer er sich gerade ansah.
»Wer ist denn da?«, fragte Leon unwirsch in den Hörer der Gegensprechanlage. Niemand meldete sich. Dafür Schritte im Hausflur, von mehreren Leuten. Wollten die zu ihm? Wenig später klopfte es.
»Mach auf, Alter, wir sind's.« Das war Finns Stimme.
Leon konnte sich denken, wer bei ihm war. Was wollten sie hier?
Langsam zog er die Tür ein wenig auf. »Na, so ein Zufall«, sagte er.
»Lässt du uns nicht rein?«
»Ist gerade ungünstig. Mein Alter ist schlecht drauf.«
»Wir haben uns Sorgen gemacht«, sagte Elif unbeeindruckt.

»Wegen mir? Ach was!«
»Du hast auf nichts reagiert und warst nicht erreichbar. Zwei Tage!«
»Na und?«
»Darf ich wenigstens mal auf Toilette?«, bat Lissy. »Ist echt dringend.«
Leon sah sie an. War das nur ein Trick, um in die Wohnung zu kommen? Wie auch immer, sie würden nicht lockerlassen, das war klar. Manchmal konnten Freunde ganz schön nerven!
»Sicher.« Er machte die Tür ganz auf. »Gleich hier links.«
Nicht nur Lissy drängte herein, die anderen nutzten die Gelegenheit ebenfalls.
»Ey, Alter, was ist los?«, fragte Finn. »Du siehst nicht gut aus. Ziemlich verquollen, unter uns gesagt. So als würdest du den ganzen Tag nur pennen.«
»Das finde ich auch«, pflichtete Elif bei.
Leon schnaufte tief ein und aus. Er wollte nicht, dass sie hier waren und ihm erzählten, wie er aussah. Dass sie sich Sorgen um ihn machten. Oder ihn aufmunterten. Aber sie würden bleiben, bis er ihnen alles erzählt hatte.
»Na dann«, sagte er bloß ergeben und schlurfte mit hängenden Schultern voraus in sein Zimmer, wo er erst Klamotten und anderen Kram von den Stühlen räumen musste, damit sie sich setzen konnten. Der Sturm drückte gegen das Fenster, Regentropfen platzten auf der Scheibe. Und hier, in seinem Zimmer, das niemanden außer ihm kannte, saßen Finn und Elif, und gleich danach kam auch Lissy dazu, und je länger sie hier waren, desto mehr spürte er, dass es genau so richtig und gut war.
»Okay, Leute«, sagte er, »ich häng wirklich gerade durch. Es ist

wegen Rico. Er ist … tot.« Seine Stimme brach beinahe, aber er kriegte sich gerade noch in den Griff.

Betroffene Mienen reihum. Keiner sagte ein Wort.

»Am Samstag war sein Vater hier und hat es mir gesagt. Und er hat mir was von Rico gegeben.« Er zog den großen wattierten Umschlag unter dem Bett hervor, wo er die ganze Zeit über ungeöffnet gelegen hatte. »Ich schaff's einfach nicht, ihn aufzumachen.«

»Wenn du willst, mach ich das für dich«, sagte Finn.

Leon sah ihn an. Dann reichte er ihm den Umschlag.

Finn riss ihn auf, griff hinein und holte ein kleineres Kuvert und einen USB-Stick heraus. Den Stick steckte er in Leons Laptop auf dem Schreibtisch. Alle vier versammelten sich davor und sahen auf das Display, wo eine Videodatei angezeigt wurde.

»Soll ich sie öffnen?«, fragte Finn.

Leon nickte.

Finn klickte sie an, und wenig später startete ein Video, das Rico im Krankenbett zeigte. Er zwinkerte in die Kamera.

»Hey, Alter«, grüßte er. »Ich bin nicht so fürs Briefeschreiben, im Quatschen bin ich besser. Es gibt noch ein paar Sachen, die du wissen sollst, weil es allmählich eng wird für mich. Ich hab nämlich nicht nur diese Muskelsache, sondern auch noch was am Herz, und ich weiß selbst nicht, ob das ein Fluch ist oder ein Segen. Jedenfalls kann es praktisch jederzeit aus sein. Das Saufen, Qualmen und Kiffen hat sicher nicht geholfen, und auf der Liste für ein Spenderherz hat es mir wohl auch keine Bonuspunkte gebracht. Aber hey, wofür soll man leben, wenn alles, was Spaß macht, verboten ist?« Er lachte, aber es klang müde. »Ich wollte eigentlich nur sagen, dass du ein super Typ bist, und ich hatte echt viel Spaß mit dir. Das bedeutet mir was, Alter, wirklich. Drum hab ich auch nicht verstanden, was du im Sommer bei dieser Party mit deinen Freunden abgezogen hast. Das hat mich lange beschäftigt. Kapiert hab ich es nie, und deine Erklärungen waren ziemlich dürftig und klangen so gar nicht nach dir. Du wirst schon deine Gründe gehabt haben, denk ich mir, und ihr habt das ja wieder hingebogen. Freunde sind wichtig. Wichtiger als alles andere. So was darfst du nicht aufs Spiel setzen, bloß wegen irgendeinem Scheiß. Das ist es nicht wert. Drum dachte ich mir … also, wenn mein Alter das alles so gemacht hat, wie ich es will, dann müsstest du noch einen Umschlag gekriegt haben. Da ist ein bisschen Kohle drin, die ich ihm aus den Rippen geleiert hab. Keine Sorge, er kann auch weiter am Tag dreimal warm essen. Ich will, dass du mit deinen Freunden was richtig Tolles machst, eine Reise oder so. Irgendwas, das euch wieder fest zusammenschweißt. Klar, Mann? Das ist so was wie mein Vermächtnis an dich. Mein letzter Wille. Also, nicht dass du die Kohle in Las Vegas verzockst oder so, dafür ist sie nicht gedacht.«

Sein Gesicht verzerrte sich plötzlich.

»Was ist das denn jetzt für 'n Scheiß?«, kam es gequält.

Er griff sich an die Brust, warf seinen Oberkörper hoch, starrte mit großen, entsetzten Augen in die Kamera.

»Scheiße, Mann, das ist …«

Ein Schrei, ein Aufbäumen, dann sackte er zusammen und blieb regungslos liegen.

Geschockt starrten Leon und seine Freunde auf das Display. Sie hatten alle Tränen in den Augen. Hatten sie gerade zugesehen, wie Rico gestorben war?

Plötzlich schnellte Ricos Oberkörper wieder hoch, er grinste übers ganze Gesicht und rief: »Voll verarscht! Du dachtest, ich hab den Löffel abgegeben, oder? Hab ich aber nicht. Noch nicht. Mach's gut, Alter. Ich wünsch dir ein schönes Leben.«

Das Bild fror ein – Ende des Videos.

Es blieb lange still. Dann sagte Leon mit brüchiger Stimme: »Du bist so ein Arsch, Rico.« Er nahm den anderen Umschlag, riss ihn auf und zog ein Bündel Geldscheine heraus. Er überschlug nur grob, wie viel es war. »Das sind bestimmt ein paar Tausend Euro.«

Zehn

LEON WAR NICHT DER TYP, der auf Friedhöfe ging. Am Grab seiner Mutter war er nur zwei Mal gewesen: bei der Beerdigung und ein paar Wochen danach. Das zweite Mal war er hingegangen, weil er gehofft hatte, ihr dort nahezukommen. Eine Verbindung zu spüren. So wie alle immer sagten. Er hatte sogar angefangen, am Grab mit ihr zu reden, war sich aber schon bald blöd vorgekommen und hatte mitten im Satz abgebrochen. Ihm war klar geworden: Außer in der Erinnerung und im Schmerz darüber, dass etwas fehlte, gab es keine Verbindung zu den Toten. Zumindest nicht für ihn. Vielleicht lag es ja gar nicht an den Toten, sondern an ihm, weil er unempfänglich für ihre Vibes war. Jedenfalls begriff er nach einer Weile: Der Schmerz lässt nach, die Erinnerung verblasst, das Leben geht weiter. Alles, was bleibt, sind die Lebenden und das bisschen Zeit, das einem mit ihnen vergönnt ist.

Trotzdem konnte er die Sache mit Rico nicht so einfach auf sich beruhen lassen. Etwas war offen geblieben, und das quälte ihn. Er musste an Ricos Grab, wenigstens ein Mal, und sich verabschieden. Dumm nur, dass er keine Ahnung hatte, wo es sich befand. Vermutlich irgendwo in Potsdam, wegen des Kennzeichens am Auto von Ricos Vater, doch nicht einmal das war sicher. Er

googelte *Frank Welsing*, ohne Ergebnis. Von Ricos Mitbewohnern war keine Information zu erwarten, alle amtlichen oder sonstigen Stellen, die die Kontaktdaten von Ricos Eltern haben mussten, verweigerten wegen Datenschutz die Auskunft. Daraufhin passte er Benno vor der Wohnung der WG ab und bot ihm Geld, wenn er ihm die Adresse verriet. Benno hätte sich den Lohn gerne verdient, hatte nur leider keinerlei Zugang zu den Daten auf dem Computer. Wer konnte jetzt noch helfen?
Leon fiel nur einer ein: Konni. Der hatte bewiesen, dass er als Hacker einiges draufhatte. Da seine Freunde nicht mitkriegen sollten, dass ausgerechnet er sich mit dem Feind einließ, passte Leon ihn einmal morgens vor der Hausmeisterwohnung ab.
»Du wolltest doch etwas wiedergutmachen«, sprach er ihn ohne lange Vorrede an. »Jetzt kriegst du eine Chance dazu.« Dann erklärte er ihm, was er wollte. Die Hände in den Hosentaschen, hörte Konni es sich ohne jede Regung an. Als Leon ihn fragte, ob er das hinkriegte, sagte er nur: »Klar.«

»DIE BOMBE IST GEPLATZT«, sagte Elif, kaum dass sie die Regentropfen abgeschüttelt hatte, die sich auf dem kurzen Weg vom Fahrschulauto zur Haustür auf ihrer Lederjacke abgesetzt hatten. Es roch schon an der Haustür nach heißem Öl. Lissy machte also bereits ihr sagenhaftes Popcorn.
»Welche Bombe?«, fragte sie und wischte sich wie eine altgediente Hausfrau die fettigen Finger an der Schürze ab.
»Na, dass ich mit Mädchen rummache. Jetzt wissen es auch meine Eltern.«
»Scheiße! Haben Sie das Video gesehen?«
»Zum Glück nicht. Nur die Gerüchte gehört.«

»Und? Was hat dein Vater gesagt?«
»Mich gelöchert halt. Ob das stimmt. Ich natürlich alles abgestritten, und dass das auf dem angeblichen Video jemand anders ist und so. Und er so: Du lügst doch, wenn du nur den Mund aufmachst, und ich: Warum fragst du mich dann, wenn du mir eh nichts glaubst? Und dann er, dass ich die Familie in den Dreck ziehe und dass die Leute bald nicht mehr bei ihm kaufen und blablabla. Meine Mama hat sich dann auch noch eingemischt, und schon ging alles durcheinander. Aber den Vogel abgeschossen hat mein bescheuerter Bruder.« Während Elif das erzählt hatte, waren sie in die Küche gegangen, weil Lissy einen Topf mit einer zweiten Lage Popcorn auf dem Herd hatte. Elif bediente sich mit spitzen Fingern an der ersten, die gerade in einer Schüssel abkühlte.
»Was hat Mehmet gesagt?«, wollte Lissy wissen.
»Als wir unter uns waren, hat er gemeint, ich soll mir nichts draus machen. Versteht er total, wenn ich auf Muschis steh. Tut er ja auch.«
Lissy musste spontan lachen, Elif stimmte ein und zermalmte knirschend ein Popcorn zwischen ihren Zähnen.
»Mehmet toppt echt alles«, sagte Lissy schließlich, und Elif pflichtete bei: »Ich liebe ihn, meinen bescheuerten Bruder. Auch wenn er meistens tierisch nervt.«
»Ich staune, wie gelassen du das aufnimmst«, meinte Lissy, während im Topf die ersten Maiskörner knallend aufsprangen. »Bis vor Kurzem hatte ich Angst, du könntest bei der nächsten Sache aus dem Fenster springen.«
»Wegen so einem Scheiß?« Elif winkte ab. »Was soll ich mich aufregen? Bringt eh nichts.«

Schon wahr, aber Lissy kam Elifs Coolness trotzdem verdächtig vor. Noch vor wenigen Tagen war sie total verzweifelt gewesen. Irgendwas war passiert.

»Und Benedict?«, fragte sie. »Wie geht's an der Front weiter?«

»Das überlasse ich dem Universum. Also kein Wort mehr dazu, ja? Ich hab keine Lust, mir mit dem Thema den Abend zu versauen. Sag mir lieber, wie du dein Popcorn so toll hinkriegst. Bei mir schmeckt's jedes Mal wie Pappe.«

»Ist keine Hexerei. Du musst den Zucker nur vorher schon dazugeben, im Topf. Dann kann er karamellisieren und bleibt auf dem Popcorn.« Als Elif neuerlich in die Schüssel griff, klopfte Lissy ihr auf die Finger. »Hey, du bist nicht hier, um alles allein wegzumampfen. Bring die Getränke rüber und stell die Gläser raus. Chips sind auch schon drüben, kannst du in die Schalen kippen. Du weißt ja, wo alles steht.«

»Geht klar, Mami. Wann kommen die *Boys*?«

»In einer Viertelstunde.«

Elif verschwand mit den bereitgestellten Flaschen Cola, Bier und Wasser nach nebenan. Während Lissy den Topf anhob und vorsichtig schwenkte, wunderte sie sich weiter über Elifs Lockerheit. Entweder sie hatte was geraucht, was sie eigentlich nie machte, oder es war irgendwas im Busch. Hatte sie jemand Neues kennengelernt? Sie würde schon damit rausrücken.

Die zweite Portion Popcorn war gerade fertig, als es an der Haustür klingelte. Finn und Leon, und das auch noch pünktlich auf die Minute. Lissy zog ihre Schürze aus, prüfte am Garderobenspiegel mit einem raschen Blick ihr Aussehen und empfing, ganz Dame des Hauses, die Gäste. Finn strahlte sie an und winkte mit den beiden Blue-Ray-Boxen in seiner Hand: zwei Staffeln *Big Bang Theory*.

Nicht die neuen, die alle übereinstimmend eher flach fanden, sondern die ersten beiden.
Die *Boys* fläzten sich in die Sessel zu beiden Seiten des geräumigen Sofas, auf dem sich die *Little Bitches* ausbreiteten. Vor ihnen an der Wand hing ein riesiger Flachbildschirm der neuesten Bauart, mit technischen Möglichkeiten, die Lissy nicht einmal erahnte. Ihr Vater musste bei allem stets die neuesten und besten Geräte haben, sonst war er nicht glücklich.
»Schon eine Idee, was wir mit dem Geld von Rico machen sollen?«, fragte Elif in Leons Richtung.
Der zuckte mit den Schultern. »Nee. Bin aber offen für Vorschläge.«
»Alles, nur kein Partyevent«, meinte Finn. »Lieber irgendwas total Gechilltes.«
»Fände ich auch cool«, pflichtete Elif bei.
Lissy war zu beschäftigt damit, die Funktionsweise des DVD-Players zu ergründen, um sich an dem Gespräch zu beteiligen.
»Was glaubt ihr«, fragte Elif, während Finn die erste Disc einlegte, »finden Nerds die Serie auch lustig, oder fühlen sie sich bloß verarscht?«
»Kommt drauf an, ob sie Humor haben«, brummte Leon.
»Wir könnten ja Konni fragen«, warf Finn scherzhaft ein. »Vielleicht hätte ich ihn doch einladen sollen. Er hat mich heute nämlich angequatscht. Wollte sich entschuldigen. Jetzt auf einmal. Ich hab ihn voll abblitzen lassen.«
Alle rechneten damit, dass Leon mit seinem üblichen Gerede anfangen würde, von wegen, dass Konni der Feind sei. Doch er schwieg. Und Lissy sagte auch nichts, genauso wenig wie Elif, die sich den Mund lieber mit Popcorn vollstopfte. Irritiert über all das

versammelte Schweigen, schaute Finn reihum in die Gesichter seiner Freunde. Dann ließ er sich in seinen Sessel zurücksinken und blickte zu Lissy. »Falls du den Startknopf auf der Fernbedienung suchst: Es ist der, auf dem *Play* steht.«

UM DREI UHR MORGENS war Schluss. Nach sechs Stunden *Big Bang Theory* machte auch Finn schlapp. Leon und Elif waren längst weggedöst, Lissys Augenlider standen auf Halbmast. Popcorn und Chips waren alle, leere Bier-, Wasser- und Colaflaschen füllten den Couchtisch. Zum Glück konnte das Aufräumen bis zum nächsten Morgen warten. Lissys Eltern würden erst am späten Nachmittag aus Hamburg zurückkommen, wo sie mit einem befreundeten Ehepaar *König der Löwen* sahen, und sie würden auf dem Heimweg ihren kleinen Bruder von den Großeltern abholen, sodass auch von der Seite keine unangenehmen Überraschungen drohten.

Als Finn den Fernseher ausmachte, hob Lissy den Kopf. »Zeit, ins Bett zu gehen«, sagte sie und setzte sich auf. Elif lag wie tot auf ihrer Seite des Sofas, Leon hing verrenkt im Sessel, den Oberkörper halb auf der Lehne.

Finn sah zu, wie Lissy mit einer ausholenden Bewegung ihr langes blondes Haar aus dem Gesicht wischte und nach hinten strich, und es versetzte ihm einen Stich in die Bauchhöhle. Diese Bewegung hatte er schon gesehen, aber nicht bei ihr, sondern bei Vanessa. Es tat also noch weh. Vermutlich wäre es für Lissy kein Kompliment gewesen, wenn er ihr gesagt hätte, dass sie ihr in manchem glich. Weniger im Aussehen, mehr darin, wie sie sich verhielt. Aber es war ja auch kein Wunder, sie war ein halbes Jahr bei ihr in die Lehre gegangen.

»Was hältst du davon, wenn wir die beiden hier weiterschlafen lassen und ein Plätzchen für uns suchen?« Er wunderte sich selbst, dass er das gesagt hatte. Vielleicht doch ein Bier zu viel? Lissy sah ihn stumm an. Erwartete sie, dass er seinen Vorschlag relativierte oder einen Witz daraus machte? Als er das nicht tat, meinte sie nach ein paar Sekunden Schweigen nur nüchtern: »Wenn Leon noch länger so im Sessel hängt, tut ihm morgen garantiert der Rücken weh.«

Sie nahm so viele Flaschen, wie sie tragen konnte, und ging damit in die Küche. Scheiße, dachte sie, hat er das wirklich gesagt? Was genau hatte er eigentlich gesagt? Sie versuchte, sich zu erinnern. Eigentlich nur, dass sie sich ein Plätzchen zum Schlafen suchen sollten, aber nicht, dass es dasselbe Plätzchen für sie beide sein sollte. Doch so, wie er sie dabei angesehen hatte, aus seinen vor Müdigkeit schon leicht glasigen Augen, war ziemlich eindeutig gewesen, was er meinte.

Finn kam ihr mit leeren Schüsseln und Gläsern nach. Sie drehte sich nicht zu ihm um, sagte nur: »Stell einfach auf die Anrichte. Ich räum die Maschine morgen ein.«

Regungslos stand er da und betrachtete ihren Rücken, über den das blonde Haar herabfiel wie Goldregen. Ihre Silhouette. Er dachte daran, wie Sylvies Haut sich an der seinen angefühlt hatte. Dachte an den Kuss. Er war schön gewesen. Aber so hatte sie auch Leon schon geküsst. Und er hatte ihre Haut genauso gespürt. Sogar noch viel mehr von ihr. War vielleicht das Problem mit Sylvie in Wirklichkeit auch ein Problem mit Leon?

»Wecken wir die beiden auf«, sagte Lissy.

Sie gingen gemeinsam zurück ins Wohnzimmer, fanden es aber anders vor, als sie es verlassen hatten. Leon hing nicht mehr im

Sessel, er lag jetzt bei Elif auf der Couch, den Kopf an ihrer Schulter, während sie beide Arme um ihn geschlossen hatte. Sein Knie hatte sich zwischen ihre Beine geschoben.
»Okay«, sagte Lissy, »wenn es so ist.«
Sie holte aus einem Schrank eine große Decke und warf sie über die beiden.
Finn stand da und sah zu. Wie machte Leon das? Bei ihm gingen diese Dinge buchstäblich wie im Schlaf. Er legte sich einfach zu Elif, und gut war's. Das hieß nicht mal, dass zwischen den beiden was lief. Es war nur für den Moment passend. Doch wenn er gewollt hätte, dass was lief, wäre er es wohl genauso angegangen: ohne viel Fragen. Und Finn hatte keine Zweifel, dass er damit erfolgreich gewesen wäre.
»Du kannst in meinem Bett schlafen«, sagte Lissy. »Ich leg mich ins Ehebett meiner Eltern.«
»Super«, sagte Finn müde. Ein Teil von ihm war enttäuscht über ihre Lösung, ein Teil erleichtert.

LEON UND ELIF LAGEN AM MORGEN fast noch genauso da, wie Lissy und Finn sie verlassen hatten. Nur dass Leons Hand sich unter Elifs Shirt verirrt hatte und seine Fingerspitzen sich ihrer Achselhöhle näherten.
»Wie kommt deine Hand dahin?«, fragte Elif schelmisch, Auge in Auge mit Leon.
»Keine Ahnung. Musst du sie selbst fragen.«
»Du weißt, dass ich kitzlig bin. Und ich schlag dann wild um mich.«
Er ließ seine Hand dort, wo sie war, außerhalb des No-go-Bereichs. Elif streichelte zärtlich seine Wange.

Nach einer Weile löste sie sich von ihm und verschwand ins Bad, wo Lissy sich gerade die Zähne putzte. Sie empfing Elif mit einem misstrauischen Blick. Erst im Bett war ihr etwas in den Sinn gekommen, das vielleicht Elifs plötzliche Wandlung erklärte. »Du und Leon …«, sagte sie bloß und achtete im Spiegel auf jede Reaktion in Elifs Gesicht.

»Was ist mit uns?«

»Ihr habt hoffentlich nicht das Sofa versaut.« Zahnpastaschaum tropfte ihr aus dem Mund.

Elif lachte auf und gab ihr einen Rempler gegen die Schulter. »Du bist so doof!«

Sie hielt es offenbar für einen Scherz und wurde kein bisschen rot. Nee, da lief nichts. Man hätte es den beiden auch bestimmt angemerkt. Und wieso hätten sie überhaupt ein Geheimnis daraus machen sollen?

Leon lag immer noch auf dem Sofa, mit Elifs Geruch in der Nase. Woran merkt man eigentlich, dass man jemanden liebt?, fragte er sich. Hatte er überhaupt schon mal jemanden wirklich geliebt? Vielleicht sogar, ohne es zu merken?

Sein Handy, das noch im Sessel lag, vibrierte kurz. Eine SMS. Leon öffnete sie. Konni. Er schrieb nur: *die nummer die du suchst* und dann eine Handynummer.

Leon sprang auf. Erst jetzt war er richtig wach. Was sollte er tun? Am besten rief er Frank Welsing sofort an, dann hatte er es hinter sich. Er schaute auf die Uhr. Halb elf. Eine gute Zeit? Das würde sich zeigen.

Leon ging auf die Terrasse und wählte die Nummer. Er rechnete damit, dass die Mailbox ansprang, doch es war wirklich Frank Welsing, der abnahm und nur ein Wort sagte: »Ja?«

»Hier ist Leon Wittner, der Kumpel von Rico.«

Ein Moment verblüfften Schweigens, dann: »Wo hast du die Nummer her?«

»Ist jetzt unwichtig. Ich will Sie nicht belästigen, sondern nur wissen, auf welchem Friedhof Rico begraben ist. Das werden Sie mir doch wohl sagen.«

»Würde ich. Nur gibt es keinen Friedhof. Kein Grab. Rico wollte eine Seebestattung.«

»Was?«

»Er meinte, dass er lange genug eingesperrt war und jetzt endlich frei sein will.«

Leons Kehle war schlagartig zu. Gleichzeitig das Gefühl, als hätte ihm jemand von hinten in die Knie getreten. Er fiel auf einen Rattanstuhl.

»War's das?«

Schweigen.

»Tu mir einen Gefallen, Junge, und ruf hier nicht mehr an. Alles klar?«

Frank Welsing legte auf.

Elf

PRÜFEND BETRACHTETE KONNI sein neues Outfit. Er hatte das weiße T-Shirt und die Lederjacke auf einem Kleiderbügel an die Schranktür gehängt, darunter über eine Stuhllehne die Hose drapiert und die Boots davorgestellt. Alles passte perfekt zusammen. Seine Mutter hatte ein Gefühl dafür, das musste man ihr lassen. Nur für ihn hatte sie kein Gefühl, sonst hätte sie gemerkt, dass eines nicht dazu passte: ihr Nerd-Sohn. Dabei war es so was von offensichtlich. Lissy musste es auch gesehen haben. Wie hatte sie etwas anderes behaupten können? Wahrscheinlich wollte sie ihn bloß wieder verarschen mit ihren geheuchelten Komplimenten. Was auch funktioniert hatte, denn zumindest zeitweise hatte er ihr geglaubt. Ein Teil von ihm wollte ihr selbst jetzt noch glauben.

Aber er hatte sie auch verarscht. Das Outfit, die SMS, das nette Getue – alles nur Teil seines Plans. Doch auch der beste Plan hatte Schwachstellen. Nicht alles ließ sich vorhersehen und einkalkulieren. So hatte es ihn selbst überrascht, dass er für nette Worte und Blicke von ihr anfällig war. Es irritierte ihn, dass er immer wieder ohne jeden Grund daran denken musste, wie Lissy ihm die Haare verwirbelt hatte. Was hatte sie sich dabei gedacht? Warum ließ ihn dieser Moment nicht los? Wieso machte es ihn

gleichzeitig zufrieden und unzufrieden, wenn er sich daran erinnerte?
Egal, sagte er sich, vorbei. Er holte die Einkaufstüten unter dem Bett hervor und packte alles fein säuberlich hinein. Er würde das Zeug nicht anziehen. Er war doch kein Idiot.

MIT EINEM MULMIGEN GEFÜHL stieg Elif vor dem Sportplatz der Schule aus dem Fahrschulauto. Ihr Unbehagen hatte nichts mit der zurückliegenden Fahrstunde zu tun, die wie jede andere davor ohne Probleme gelaufen war. Es war ihre anstehende Verabredung, die dieses zwiespältige Gefühl in ihr hervorrief. Zögerlich ging sie zu den Basketballplätzen, wo sie schon von Weitem einen einsamen Spieler Korbwürfe üben sah. Sie blieb am Rand der Spielfläche stehen und wartete, bis Konni den Ball endlich festhielt und zu ihr kam.
»Schön, dass du es geschafft hast«, sagte er seltsam förmlich und wandte sich einer Bank zu, auf der seine Sporttasche lag. Elif folgte ihm.
»Und?«, fragte sie. »Hast du was für mich?«
»Denk schon«, antwortete er. »Ich hätte nur vorher eine Bitte an dich.«
So gerne sie vergessen hätte, dass er auch etwas von ihr wollte, so unmöglich war das. »Und was?«
Konni setzte sich auf die Bank, Elif ließ sich ebenfalls nieder und verschränkte die Arme. Zwischen ihnen war seine Sporttasche wie ein Puffer, und das war ihr mehr als recht.
»Es geht um Lissy«, sagte er.
Sie sah ihn misstrauisch an. »Okaaay …«
»Ich glaube, sie hat was mit Steffen Wegmann.«

Da bist du nicht der Einzige, dachte sie, sagte aber nur: »Und?«
»Als ihre beste Freundin kannst du mir sicher sagen, was da läuft.«
»Sorry, ich weiß gar nichts. Wenn jemand ein Geheimnis bewahren kann, dann Lissy. Wieso willst du das überhaupt wissen?«
Konni schwieg eine Weile und sagte dann: »Interessiert mich halt.«
»Ach so.«
Wie schräg ist das denn?, dachte Elif. Konni ist verknallt in Lissy! Ich wünschte, ich könnte ihr das erzählen! Sie würde sich kringeln vor Lachen.
Konni sah Elif von oben herab an und sagte mit einem Unterton in der Stimme: »Stellen wir uns nicht dümmer, als wir sind, Elif. Ich weiß, dass zwischen den beiden was läuft, und du weißt es auch.«
Nur wer zugleich blind und doof ist, weiß es nicht, dachte Elif und ergänzte: oder wer Finn heißt und die Augen vor der Realität verschließt. Sie blieb aber stumm.
»Ich will, dass du mir Beweise dafür lieferst«, verlangte Konni. »Damit meine ich: Fotos. Videos.«
Wie bitte?! Hatte sie richtig gehört? Sie sollte wie ein Detektiv ihre beste Freundin ausspionieren?! Der Typ tickte doch nicht richtig!
»Das schmink dir mal schön ab«, fuhr sie ihn an. »Glaubst du ernsthaft, ich schnüffle für dich meiner besten Freundin nach? Träum weiter!«
»Dann gibt's auch kein Material gegen deinen Ex. Was echt schade wäre, weil ich finde, dass der Typ eine Abreibung verdient hat.«

Genau wie du, du erpresserischer Mistkerl, dachte Elif. Was hatte sie auch erwartet, nach allem, was Konni mit Vanessa angezettelt hatte? Er machte genau da weiter, wo sie aufgehört hatten. Wenn man sich mit so jemandem einließ, kostete es seinen Preis. Eigentlich sollte ich aufstehen und gehen, dachte sie. Doch sie blieb und sagte zögerlich: »Mal angenommen, du kriegst von mir, was du willst, was würdest du mit den Aufnahmen machen?«

»Ich? Gar nichts. Du würdest was damit machen.«

Das wurde ja immer schöner!

»Und was, wenn ich fragen darf?«

»Sie Steffen Wegmann unterjubeln. Er soll wissen, dass jemand ihn auf dem Kieker hat. Damit er endlich die Finger von Lissy lässt. Er nutzt ihre Gefühle nur aus. Am Ende schwängert er sie noch. Glaubst du, er wird dann für sie da sein? Was bist du überhaupt für eine beste Freundin, dass dir das anscheinend völlig egal ist?«

Und was bist du für ein durchtriebener Scheißkerl!, begehrte Elif innerlich auf. Doch bei allem Zorn, der in ihr aufflammte, nötigte Konnis taktisches Geschick ihr auch Respekt ab. Er wollte sie dazu bringen, ihre beste Freundin unglücklich zu machen, und schaffte es, dass sie sich schuldig fühlte, wenn sie sich weigerte. Denn es stimmte ja. Lissy war vielleicht dabei, für ein kurzes, verbotenes Glück ihr ganzes Leben zu versauen (und nebenbei eine Familie zu zerstören). Und was taten ihre besten Freunde?

»Es ist mir nicht egal«, sagte sie schließlich kleinlaut. »Aber Lissy würde mich hassen, wenn ich das tue.«

»Keiner wird davon erfahren. Mir geht's nicht darum, dich in irgendwas reinzureiten.«

»Dann kannst du's ja selbst machen, oder?«

»Leider nein. Das hat seine Gründe.«
Elif schnaufte bedrückt. Alles in ihr schrie: Nein!
»Sag mir vorher, was du gegen Benedict hast, sonst mach ich gar nichts. Und es muss richtig gut sein.«
»Das ist es. Dein Ex vertickt übers Internet illegale Steroide für Bodybuilder, Aufputschmittel, illegale Medikamente. So als kleines Zubrot. Ich hab alles bestens dokumentiert.«
Jackpot, dachte Elif. Und dann erinnerte sie sich, wie er ihr im letzten Schuljahr mal eine Packung Ritalin besorgt hatte, weil sie damit länger und konzentrierter lernen konnte. Er hatte ihr nicht gesagt, woher er es hatte, und sie hatte nicht gefragt. Jetzt wusste sie es: aus dem eigenen Laden.
»Wie bist du da drangekommen?«, fragte sie.
»Ich hab ihm eine Mail geschrieben, so im Stil von: Weißt du schon das Neueste von Elif?, und ein paar belanglose Fotos als Anhang geschickt. Er hat sie angeklickt und sich dabei einen Trojaner eingehandelt, der mir alle Türen auf seinem Laptop geöffnet hat, selbst die geheimsten. Also, was sagst du? Haben wir einen Deal?«

FINN UND LEON SASSEN SCHWEIGEND am Stadtbach und schauten stumm auf das träge vorbeifließende Wasser. Es war Finns Idee gewesen, Rico hier die letzte Ehre zu erweisen. Nachdem Leon ihm von seinem Gespräch mit dessen Vater erzählt hatte, hatte Finn ihn mit einem typischen Finn-Gedankengang getröstet: Wenn Ricos Grab das Meer war, dann war auch der Stadtbach ein Teil dieses Grabes, denn der Stadtbach mündete in einen Fluss und der Fluss ins Meer. Bach, Fluss, Meer – alles war eins. Leon hatte feuchte Augen bekommen, nicht nur wegen Rico, sondern auch wegen Finn, der ein wirklich mitfühlender Freund war. Der beste, den man sich wünschen konnte.

»Rico war wohl ein feiner Kerl«, brach Finn das Schweigen.

»Jedenfalls besser, als er selbst glaubte«, antwortete Leon. »Krass, wenn du abtreten musst, ohne richtig gelebt zu haben.«

»Wir haben keine Ahnung, wie es war, Rico zu sein, Alter. Woher sollen wir wissen –«

»Schon klar. Aber er hatte die Arschkarte. Hat er selbst immer gesagt.«

Finn warf ein Steinchen ins Wasser und schwieg. Was konnte er da schon sagen? Das Leben war ungerecht. Und total gleichgültig. Besser, man vertiefte sich nicht in solche Gedanken, sonst wurde man nur depressiv.

»Sag mal«, wechselte er schließlich das Thema, »du und Elif ...«

»Was ist mit uns?« Leon ahnte, worauf er hinauswollte.

»Nach der Serienorgie neulich bei Lissy ... ihr beide auf dem Sofa, die ganze Nacht ... läuft da was zwischen euch?«

»Quatsch!«, widersprach Leon heftig.

»Sah aber ein bisschen anders aus, Alter.«

Leon lachte. Ein bisschen zu laut, wie Finn fand. »Du weißt doch ... Elif und ich ... das war schon immer was Eigenes.«

Natürlich wusste Finn das. Als Elif in ihrer wilden Phase total abzustürzen drohte, hatte Leon sie aufgefangen und zurück auf die richtige Bahn gebracht. Er war immer da, wenn sie ihn brauchte, und wieder weg, wenn die Sache ausgestanden war.

»Schon klar«, bestätigte Finn. »Aber hast du noch nie daran gedacht, dass zwischen euch mehr sein könnte als nur Freundschaft?«

Leon schaute nachdenklich aufs Wasser. Bis vor Kurzem hätte er die Frage klar verneint. Doch jetzt? Seit der Nacht auf Lissys Sofa musste er öfter ohne Grund an Elif denken, und wenn sie ihm begegnete, spürte er im ersten Moment ein Kribbeln im Bauch. Doch das würde mit der Zeit wieder verschwinden.

»Ich bleib lieber bei dem, was ich hab«, meinte er schließlich. »Es gibt noch haufenweise andere Mädchen, in die man sich verlieben kann.«

Finn nickte. Mädchen wie Sylvie. Oder Vanessa. Mädchen, bei denen man nie wusste, woran man war. Aber wann wusste man das jemals?

WEIL SIE VIELLEICHT FOTOS aus großer Distanz machen musste, steckte Elif lieber ihre Digitalkamera mit dem großen Objektiv ein. Außerdem hatte sie Mehmets Fernglas in die Tasche gepackt. Bestens ausgerüstet für ihren Spionagetrip, stieg sie in den Kleinwagen ihrer Mutter, der in einer Garage ein Stück vom Haus entfernt abgestellt war. Niemandem würde auffallen, wenn er für ein paar Stunden weg war. Zumindest hoffte Elif das. So wie sie hoffte, dass sie in keine Polizeikontrolle geriet. Sie sah es schon vor sich. *Führerschein, bitte,* sagt der Polizist, und sie antwortet: *Können Sie bis nach der Prüfung warten?* Aber wann gab es bei ihnen schon mal Polizeikontrollen? Wird schon schiefgehen, dachte sie.

Elif steckte den Schlüssel ins Zündschloss und startete den Motor. Sie fuhr rückwärts aus der Garage, schloss per Knopfdruck das automatische Tor und fuhr weg in Richtung Schule. Steffen Wegmann hatte bis drei Uhr Unterricht, Lissy war zu Hause, um ihrer Mutter bei irgendwas zu helfen. Das hatte sie zumindest behauptet, als Elif eben mit ihr telefoniert hatte. Lissy war eine verdammt

gute Lügnerin, aber Elif eine noch bessere, und deshalb erkannte sie eine Lüge, wenn sie eine hörte.
Wenn sie ehrlich war, genoss Elif das Risiko und das ganze Drumherum ihres verdeckten Einsatzes. Sie liebte solche Abenteuer. Nur dass es ihre beste Freundin war, die sie beschattete, trübte das Vergnügen. Obwohl Konni ja recht hatte: Objektiv gesehen, war es gut für sie, wenn diese Steffen-Wegmann-Sache endete, und je früher, desto besser. Wieso verliebte sie sich nicht in Finn? Der wirkte in letzter Zeit auffallend interessiert an ihr. Die beiden wären das perfekte Paar. Ein wenig zu perfekt vielleicht, wie Elif zugeben musste. Da fehlte oft der entscheidende Kick.
Elif erreichte die Schule und parkte so hinter einer Ecke, dass sie durch die Büsche Steffen Wegmanns Auto auf dem Lehrerparkplatz sehen konnte, selbst aber keinem ins Auge fiel. Die Stunde dauerte ungefähr noch zehn Minuten. Schon kurz nach dem Klingeln erschien Wegmann auf der Bildfläche. Er schien es eilig zu haben.
»Der kann's wohl kaum erwarten, zarte Mädchenhaut zu betatschen«, murmelte Elif und schüttelte sich gleich danach bei der Vorstellung.

LISSY WARF SICH EINE SEIT LANGEM nicht mehr getragene Kapuzenjacke ihrer Mutter über. So würde sie niemand erkennen, wenn sie in Steffens Auto stieg. Es war ein großer Fortschritt, dass er sie überhaupt im Auto mitnahm. Sie hatte ihn so lange bedrängt, bis er seine übertriebene Vorsicht lockerte. Manchmal fragte sie sich, ob er bei Vanessa auch so gewesen war. Und wie sie damit umgegangen war. Immer wieder stand Lissy das Bild vor Augen, wie sie die beiden beim Spring Break überrascht hatte.

Das Begehren in Steffens Blick. Dann machte es sie rasend, dass er bei ihr so beherrscht war, und am liebsten hätte sie ihm gedroht, dass sie ihn verraten würde, wenn er sie noch länger hinhielt. Doch was hätte es ihr gebracht? Sie wollte, dass er sie liebte und begehrte, und das tat er ja auch, nur eben nicht so sehr, wie sie es sich wünschte.

Der Treffpunkt war vor dem Feuerwehrhaus, wo um diese Zeit bestimmt niemand war, der sie kannte. Sie würden wieder zu seiner Datsche fahren. Er hatte gleich gesagt, dass er wenig Zeit hatte, doch das sagte er immer. Als sie vor dem roten Klinkerbau ankam, war Steffen noch nicht da. Mit aufgezogener Kapuze schlenderte sie in gemächlichen Schritten daran vorbei, machte kehrt und ging zurück. Sie solle nicht davor stehen, als würde sie auf jemanden warten, hatte er ihr eingeschärft. War es wirklich weniger auffällig, wenn sie dauernd auf und ab marschierte? Zum Glück erledigte sich die Frage, sie sah seinen Wagen schon herannahen. Er stoppte abrupt, sie sprang ins Auto und machte sich den Spaß, die Arme um seinen Nacken zu schlingen und ihn auf den Mund zu küssen.

»Bist du verrückt?!«, fuhr er sie nach dem Kuss an. »Wenn uns jemand sieht!«

Doch Lissy zog sich nur lachend die Kapuze vom Kopf. »Na, fahr schon!«

WOW, DACHTE ELIF und fragte sich im gleichen Moment, ob sie richtig gesehen hatte. War das wirklich Lissy, die in Steffen Wegmanns Auto gestiegen und regelrecht über ihn hergefallen war? Und wo ging es jetzt hin? In ein Hotel, wo sie als Herr und Frau Meier eincheckten, sich Champagner aufs Zimmer kommen ließen und wilden Sex hatten? Du süße kleine Bitch, dachte Elif voller Respekt. Sich den eigenen Lehrer zu krallen – das hatten nicht viele drauf. Obwohl es wahrscheinlich andersherum war und Wegmann sich Lissy gekrallt hatte. Männer waren Schweine. Alle.

Elif folgte Wegmanns Auto durch den belebten Verkehr. Wie dicht durfte sie auffahren, ohne dass er sie bemerkte? Leider war das Thema *Unauffälliges Verfolgen* kein Teil ihrer Fahrstunden. Wegmanns Auto bog auf den Zubringer zur Bundesstraße ein. Es ging also raus aus der Stadt. Jenseits des Ortsschilds ließ Elif etwas größeren Abstand, damit sie nicht auffiel. Als er den Blinker setzte und in eine Feldstraße einbog, fuhr sie daran vorbei und hielt erst hinter der nächsten Kurve auf dem Seitenstreifen an. Was sollte sie machen? Nachfahren konnte sie ihnen auf keinen Fall, das würde sofort auffallen. Also musste sie zu Fuß zur Hütte laufen.

Sie wusste, was am Ende der Feldstraße, geschützt hinter Bäumen und Büschen, lag: ein kleiner Weiher mit einer Hütte. Wollte sie wirklich sehen, was dort gleich passieren würde? Sie war eigentlich nicht der Typ, der anderen gerne dabei zusah. Und schon gar nicht der besten Freundin, wenn die es mit dem Deutschlehrer trieb! Wie sollte sie den beiden danach jemals wieder unter die Augen treten, ohne vor Scham im Erdboden zu versinken?!

»Ich hasse dich, Konni!«, schrie sie sich ihre Wut von der Seele. »Du kleiner, dreckiger Mistkerl!«

STEFFEN LIESS DEN WAGEN vor der Hütte ausrollen und stellte den Motor ab. Erst jetzt legte sich seine Anspannung. Lissy nahm seine Hand, küsste sie und lächelte ihn an. Er neigte sich zu ihr und küsste sie auf den Mund. Sie schloss die Augen. Alles Bangen, Warten und Hoffen seit ihrem letzten Treffen war für die Dauer dieses Kusses vergessen. Doch Küsse und Zärtlichkeiten allein konnten ihre Sehnsucht immer weniger stillen. Als Steffen seine Lippen von den ihren löste, dachte sie, er würde sagen, dass er sie liebte. Doch das tat er nicht. Er sagte es nie von sich aus. Nur wie ein Echo, wenn sie es zuerst sagte.

Während sie schon hineinging, öffnete er die Fensterläden vor der Küche. Sie zog die Jacke aus und hängte sie über einen Stuhl. Ein Bild blitzte in ihr auf: Steffen, wie er sich geradezu auf Vanessa stürzte, wild vor Verlangen. Wieso war er jetzt so beherrscht? Fand er sie nicht sexy? Forderte sie ihn nicht genügend heraus? War sie ihm nicht Frau genug? Sie setzte sich auf den Tisch, stützte ein Bein auf einen Stuhl und legte den Arm darauf. Um ihn auf Touren zu bringen, brauchte es wohl etwas mehr. Sie zog den Pullover aus, jetzt trug sie nur noch ein T-Shirt. Schon besser, aber wirklich genug? Auch das T-Shirt musste weg. Schließlich saß sie im BH da. Sollte sie …? Nun wurde ihr doch ein wenig mulmig zumute. Wäre es noch mutig oder schon billig, sich ihm halb nackt zu präsentieren? Hatte sie das wirklich nötig? Nein! Sie griff nach dem T-Shirt, um es sich wieder überzustreifen, doch in dem Moment erklangen seine Schritte vor der Tür.

»Erinnere mich nachher, dass ich die leere Gasflasche in den Kofferraum werfe«, sagte Steffen, noch halb draußen. Als er ganz hereintrat und sie so entdeckte, verschlug es ihm die Sprache. Seine Augen, seine Miene redeten umso deutlicher. Kein Zweifel: Ihm gefiel, was er sah. Aber es war noch etwas anderes in seinem Blick, und Lissy glaubte zu erraten, was es war: Für einen winzigen Moment hatte er nicht sie gesehen, sondern Vanessa. Natürlich, er hatte sich auch mit ihr hier getroffen. Für ihn musste diese Situation das reinste Déjà-vu sein.

Ich bin aber jetzt hier, dachte sie trotzig, und nicht Vanessa!

Er zog die Tür hinter sich zu und kam näher. Die Bodenbretter knirschten unter seinen Schritten. Sein Blick, nun völlig frei von allen Zweifeln und Bedenken, spiegelte nur noch sein Begehren. Angst stieg in ihr auf und färbte alle anderen Gefühle wie ein Tropfen schwarze Tinte klares Wasser. Sie fühlte sich machtlos. Ihm ausgeliefert. Musste es so sein? Gehörte die Angst dazu? Sie unterdrückte den Impuls, ihre Blöße zu bedecken. Er stand nun so dicht vor ihr, dass sie glaubte, seine Wärme auf ihrer Haut zu spüren.

»Was passiert jetzt?«, fragte er schließlich.

»Ich weiß es nicht«, antwortete sie, ihre Stimme nur noch ein zaghafter Hauch.

Seine Lippen berührten ihren Hals, legten eine Spur aus Küssen hinauf zu ihrem Ohr, während sie ihre Finger in sein Haar grub. Sie fühlte sich ihm so nah, es gab nur noch ihn und sie, die Welt war weit draußen.

Doch plötzlich ging ein Ruck durch Steffen, er riss den Kopf hoch und sagte mit Panik in der Stimme: »Da ist doch jemand am Fenster!«

Zwölf

DAS ERSTE KLOPFEN AN DER TÜR war so sachte, dass Leon es überhörte. Erst als es lauter wurde, bemerkte er es. »Kannst reinkommen!«, rief er. Die Tür wurde aufgeschoben, sein Vater stand vor ihm und sah ihn erstaunt an. »Was machst du denn die ganze Zeit hier drin?«

»Nichts«, sagte Leon. »Ich miste nur ein wenig aus.«

»Du tust was?«

Leon lachte. Er konnte verstehen, dass das überraschend klang. »Schon gut, Pa. Es wird sich einiges ändern. Zum Besseren.«

»Na dann …«

»Warte! Kennst du den noch?«

Er holte einen großen Plastikwürfel, der auf allen Seiten mit Bildern beklebt war. Viele Familienfotos von Feiern, Ausflügen und Reisen; andere zeigten Leon in verschiedenen Lebensaltern, wieder andere die Mutter oder den Vater allein.

Leons Vater nahm den Würfel, drehte ihn hin und her und betrachtete die Fotos. Wortlos. Seiner Miene war nicht zu entnehmen, was er dabei empfand.

»Wo lag der denn?«, fragte er nur.

»In einer Schublade.«

»Dann lässt du ihn dort auch am besten wieder verschwinden.«

Das tat Leon jedoch nicht. Er legte ihn stattdessen auf eine Kommode und räumte weiter auf. Er hatte nicht nur alle Schubladen durchforstet, sondern auch den Müll unter dem Bett beseitigt, der sich dort über die Jahre angesammelt hatte: alte Schuhe, Schachteln mit Krimskrams und Schulzeug, zum Teil noch aus der Grundschulzeit, dazwischen kleine Schnapsfläschchen, leere Zigarettenschachteln und Tabakbeutel; angefangene, aber niemals beendete Hausaufgabenblätter, uralter Schulkram, Stifte, Radiergummis ... Doch die Aufräumaktion war nur der Anfang. Er wollte sein Zimmer umgestalten, Bilder an die Wand hängen, ein neues Bücherregal anschaffen, einen bequemen Sessel reinstellen, sodass er sich künftig nicht mehr schämen musste, wenn einer seiner Freunde überraschend zu Besuch kam. Und noch mehr sollte sich ändern: Schluss mit den kleinen Schnapsfläschchen, und Joints sollte es nur noch zu besonderen Anlässen geben. Das Leben war einfach zu kurz, um es im Alkohol- und Drogendunst zu verplempern. Wenn ihn Ricos Tod etwas gelehrt hatte, dann das. Er nahm sich vor, regelmäßig Sport zu treiben, so wie er es früher getan hatte. Und seinen Vater würde er auch noch dazu bringen, aktiver zu werden. Chronisch krank bedeutete nicht, dass er den ganzen Tag ödes Fernsehen gucken musste.
Wenn er sich vom Räumen und Putzen erholte, schaute Leon alte Fotos an, vor allem solche, auf denen die *Bad Boys and Little Bitches* drauf waren. Fotos in Alben, auf dem Handy oder in seinem Archiv auf einem USB-Stick. Fotos aus ihrer Zeit als Band. Finns Idee. Natürlich. Die Karriere der *Honeysuckers* dauerte ungefähr zweieinhalb Wochen, dann hatte das erste Bandmitglied hingeschmissen. Elif. Nach einer alten Bandregel, die besagte, dass, wer kein Instrument spielte (Blockflöte zählte nicht), singen

musste, war sie zur Frontfrau erkoren worden. Leider traf sie keinen Ton. Eine weitere Woche später waren die *Honeysuckers* endgültig Geschichte, weil sich die verbliebenen Bandmitglieder nach endlosem Herumprobieren nicht auf eine Musikrichtung einigen konnten. Aber die Fotos von den Proben waren zum Schießen. Daneben: Geburtstage, Ausflüge, Karneval, Partys. Elif in ihrer wilden Phase. Wie alt war sie? Vierzehn oder höchstens fünfzehn. Geschminkt und aufgestylt sah sie eher aus wie zwanzig. Supersexy. Auf anderen Fotos auch superfertig, mit tiefen Schatten unter den Augen. Sie behauptete immer, er, Leon, habe sie gerettet. Hatte er aber gar nicht. Nicht nach seinem Verständnis. Elif hatte sich selbst gerettet. Sie war viel zu stark, um unterzugehen.

Irgendwann fiel Leon auf, dass er auf jedem Bild zuerst Elif suchte. War das ein Signal für irgendwas? Seit der gemeinsamen Nacht auf Lissys Sofa war irgendwas anders. Er machte sich deswegen keine Sorgen, aber er musste das im Auge behalten. Sich in Elif zu verlieben, wäre ein Fehler. Schlecht für die Gruppe. Komischerweise hätte es nichts ausgemacht, wenn Finn und Lissy ein Paar geworden wären, weil alle, die die beiden kannten, davon ausgingen, dass es irgendwann sowieso passierte. Aber er und Elif? Undenkbar. Das hätte alles verändert. Er konnte es nicht erklären, aber es war so.

Als er mit Aufräumen fürs Erste fertig war, setzte Leon sich an seinen Laptop. Der Trip der *Bad Boys and Little Bitches* musste unbedingt was Besonderes werden. Aber nicht wieder so was wie die Spring Break Party. Eher das Gegenprogramm dazu. Nur sie vier und niemand sonst, der ihnen dazwischenfunkte. Einfach eine geile Zeit auf einer Insel oder einem Berg. Finns Sprüche und seine Musik, Elifs wilde Storys, Lissys helles Lachen und er, der das alles aus dem Hintergrund irgendwie zusammenhielt. So wie es immer gewesen war zwischen ihnen. Die zündende Idee für ein Ziel fehlte ihm noch, aber ein Motto hatte er schon: die *Back-to-the-Roots*-Tour.

ECHT KRASS, DACHTE ELIF, als sie das Ergebnis ihrer kurzen Paparazzi-Karriere zum wiederholten Male betrachtete. Ein Video von gut zwei Minuten Länge, wovon exakt zweiundfünfzig Sekunden hochbrisantes, um nicht zu sagen, explosives Material waren. Das Video zu machen war eine unverzeihliche Sünde, es sich auch noch anzusehen eine Todsünde, für die sie garantiert in die Hölle kommen würde. Doch wie hätte sie widerstehen und es nicht ansehen können? Lissy saß auf dem Tisch, mit fast nacktem Oberkörper, während Steffen Wegmann ihr heiße Küsse auf den Hals drückte. Ihre Finger gruben dabei in seinem dichten Haar. Elif hatte nicht erwartet, dass es ihr gefallen könnte, Lissy so zu sehen, doch das tat es. Sie war fast stolz auf sie. Du kommst richtig heiß rüber, *little bitch*, dachte sie. Wer hätte das gedacht?
Elif stoppte den Film. Der Rest zeigte nur noch Verwischtes und Verwackeltes von ihrer überstürzten Flucht. Denn als sie Steffen Wegmann drinnen sagen hörte: »Da ist doch jemand am Fenster«, war das für sie das Signal gewesen, die Beine in die Hand zu nehmen. Während sie sich irgendwo in den Büschen versteckte, sah sie zu, wie Wegmann und Lissy überstürzt aus ihrem Liebesnest verschwanden. Erst dann kehrte sie zurück zu ihrem Auto.
Am nächsten Morgen verabredete sie sich lange vor dem Unterricht mit Konni. Obwohl es nieselte, fuhr sie mit dem Rad. Konni erwartete sie, wie verabredet, auf der Rückseite der überdachten

Fahrradhalle. Die Hände lässig in den Hosentaschen, stand er da. Ohne Mütze oder Kapuze, das vom Regen durchnässte Haar klebte an seinem Kopf. Den Rucksack mit seinen Schulsachen hatte er lässig über einer Schulter hängen.

»Ich hab's«, sagte sie grußlos, »auf einem Stick und alles so, wie du es wolltest. Einschließlich klarer Message am Ende.«

Er nickte zufrieden.

»Willst du es dir ansehen?«

Er schüttelte den Kopf. »Ich glaub's dir auch so.«

»Und wie geht's jetzt weiter?«

»Wie besprochen.«

Sie sollte Wegmann den Stick heute noch zustecken.

»Und wann lieferst du?«

»Jetzt.«

Elif sah ihn überrascht an. Bisher war er in diesem Punkt stets vage geblieben. Er holte einen Stick aus seiner Hosentasche und gab ihn ihr. »Da ist alles drauf, was du brauchst.«

Elif steckte den Stick ein. »Wie willst du wissen, ob ich Wegmann das Video wirklich zukommen lasse?«

»Ich vertrau dir, Elif. Du denkst, ich wollte dich erpressen. Aber in Wirklichkeit wollte ich dir nur einen Grund geben, das Richtige zu tun. Eigentlich schade, dass das überhaupt nötig war.«

Damit ging er weg und ließ Elif mit einem unguten Gefühl und der Frage zurück, was das Richtige in diesem Fall war.

DIESELBE FRAGE BESCHÄFTIGTE auf eine etwas andere Art auch Finn, als er Stunden später in die Cafeteria zum Mittagstisch stiefelte, wo er als Erster der *Boys and Bitches* einlief. Seit Längerem hatte er mal wieder etwas komponiert, ein Klavierstück, das er

Sylvie's Surprise betitelt und Sylvie geschickt hatte. Sie hatte sich riesig darüber gefreut. Wahrscheinlich hielt sie es für ein Zeichen, dass er doch mehr von ihr wollte als nur eine lockere Bekanntschaft. War es das auch? Wenn er das nur gewusst hätte! Vielleicht war es auch nur der Versuch, sie bei der Stange zu halten, ohne ihr etwas versprechen zu müssen. Genau wie alles, was er letzte Nacht zu ihr gesagt hatte. Sie hatten endlos telefoniert, er hatte ihr noch mal ausführlich erzählt, wie Vanessa ihn reingelegt hatte und dass er deshalb künftig alles, was Mädchen betraf, lieber langsam angehen wollte. Verstand Sylvie total. Obwohl langsam angehen lassen eigentlich nicht ihre Art war. Und dann war da noch die Sache mit Leon, der immerhin sein bester Freund war. Er wollte es nicht klar aussprechen, deshalb eierte er ziemlich rum, doch sie verstand auch so, dass er offenbar fürchtete, sie könnte ihn mit Leon vergleichen. Da hörte ihr Verständnis allerdings auf. »Mit deinem Jungsstolz lass mich bloß in Ruhe«, sagte sie. »Für mich klingt das nach Ausrede.« War es vielleicht auch. Wie alles andere. Vielleicht wäre es leichter gewesen, wenn Sylvie nicht so weit weg gewohnt hätte. Wenn er sie jeden Tag hätte sehen können, nicht nur über Skype, sondern im richtigen Leben.

»Alles klar bei dir? Oder was grübelst du?«

Lissy stand vor ihm. Und sah mal wieder super aus.

»Gar nichts«, sagte er.

»Wegen deiner neuen Freundin? Wie läuft's da eigentlich?«

»Sie ist nicht meine Freundin, wie oft soll ich das noch sagen?«, brauste er kurz auf, fügte aber gleich, nun wieder ruhig, hinzu: »Ich glaube, eine Fernbeziehung wäre nicht so mein Ding.«

»Kann ich total verstehen. Wozu in die Ferne schweifen, wenn das Gute liegt so nah.«

Hoppla, dachte er, wie meint sie das denn?
Lissy merkte, dass ihr bloß dahingesagter Satz von ihm vielleicht falsch aufgefasst werden konnte, und wechselte lieber das Thema. »Hast du zufällig Elif gesehen?«
Finn schüttelte den Kopf.
»Die war heute Morgen irgendwie komisch.«
»Ist Elif nicht immer wieder mal komisch?«
»Stimmt auch wieder. Holst du dir was zu essen?«
Sie schauten beide zu der länger werdenden Schlange an der Essensausgabe. Finn schüttelte den Kopf. »Kein Hunger.« Lissy packte einen Apfel aus und biss hinein. »Da kommt Leon«, sagte sie kauend.
Finn wandte den Kopf. »Die Parka-Saison ist eröffnet«, witzelte er, denn Leon trug zum ersten Mal in diesem Schuljahr seinen alten Parka, den er üblicherweise erst wieder im Frühjahr in den Schrank hängen würde. Untypisch waren das breite Grinsen auf seinem Gesicht, der wache Blick und das Tempo, in dem er zu ihnen rüberkam.
»Was ist denn mit dir los, Alter?«, rief Finn ihm zu. »Hast du versehentlich in die Steckdose gefasst?«
»Nee, wieso?«, fragte Leon.
»Weil du so aufgeladen wirkst. Voller Energie.«
Leon lachte und stieß ihm die Faust gegen die Schulter. »Alles klar, Alter. Nee, ich hab bloß 'ne spitzenmäßige Idee, was wir in den Herbstferien machen könnten. Wo steckt eigentlich Elif?«
»Das weiß nur Elif selbst.«
»Sie kommt bestimmt gleich.« Leon wartete, aber er hielt es nur eine halbe Minute aus, dann sagte er: »Okay, erzähl ich es eben zweimal. Also, ich hab gestern im Internet recherchiert und

eine super Location für uns gefunden. Über *airbnb*. Ein früheres Forsthaus im Bayerischen Wald. Ist der Teilzeitwohnsitz von ein paar total coolen Leuten. So Künstlertypen, die von Zeit zu Zeit dort kreativ chillen oder so. Es gibt Berge zum Wandern, es gibt Wälder und Höhlen. Weit und breit ist niemand.«

Finn und Lissy sahen sich an. Seit wann war Leon so ein Naturfreak? Wandern, Klettern, Wälder, Berge, Höhlen. Sie hätten nicht vermutet, dass sich Leon auch nur für eine dieser Sachen begeistern konnte, geschweige denn alles zusammen.

»Okay, wir können auch einfach nur abhängen«, fügte er grinsend hinzu. »Was meint ihr?«

»Ich wüsste gerne, was du neuerdings rauchst«, scherzte Finn.

»Nee, im Ernst jetzt.«

»Klingt cool, dein Plan«, meinte Finn, und Lissy: »Bin dabei.«

In diesem Moment erschien Elif am Eingang. Sie schaute her, blieb aber stehen, als überlegte sie, ob sie wirklich rüberkommen sollte. Leon wartete nicht auf sie, sondern lief ihr entgegen, und da setzte auch sie sich in Bewegung. Lissy und Finn beobachteten, wie Leon sie auf halber Strecke abfing, ihr vermutlich genau dasselbe anpries wie ihnen beiden und wie Elif schließlich zustimmend, aber ohne Begeisterung nickte.

»Alles gut bei dir?«, fragte Lissy, als Elif bei ihnen war.

»Klar«, antwortete sie und fing an, in ihrer Tasche zu kramen. »Wieso?«

»Du wirkst auf mich nicht so. Wieder Benedict?«

»Ich glaub, ich hab meinen Lippenstift auf'm Klo liegen lassen«, sagte Elif plötzlich. »Seid ihr nachher noch da?«

Bevor jemand was sagen konnte, war sie schon weg. Und kehrte bis zum Klingeln der Schulglocke auch nicht mehr zurück.

ALS STEFFEN WEGMANN zur Mittagspause ins Lehrerzimmer kam, führte ihn sein erster Weg wie üblich zu dem Regal mit den Postfächern. Hier wurde alles abgelegt, was für ihn eintraf: Post, die er an die Schule adressieren ließ; verspätete Hausarbeiten von Schülern; Arbeitsblätter, die Kollegen ihm zukommen lassen wollten. An diesem Tag fand er darin nur einen kleinen wattierten Umschlag, auf dem mit dickem Filzstift geschrieben stand: *Für Herrn Wegmann, persönlich.* Der Absender hatte den Umschlag also entweder hier am Lehrerzimmer abgegeben oder vorne am Eingang in den Briefkasten geworfen. Steffen betastete den Umschlag. Ein länglicher Gegenstand. Vielleicht ein Datenstick. Manche seiner superschlauen Schüler schickten neuerdings ihre Arbeiten als Dokumentenanhang an seine E-Mail-Adresse, aber dass einer einfach einen Stick in sein Fach legen ließ, noch dazu ohne irgendwelche Angaben wie Name oder Klasse, wäre eine Neuheit gewesen.
Steffen ahnte, dass er keine Hausarbeit eines Schülers vor sich hatte, was ihm sogleich ein nervöses Kribbeln unter der Bauchdecke verursachte. Er steckte den Umschlag ungeöffnet in seine lederne Umhängetasche, machte auf dem Absatz kehrt und verschwand auf der Lehrertoilette, wo er sich in eine Kabine einschloss. Dort riss er den Umschlag auf. Es war wirklich ein Datenstick darin. Er nahm seinen Laptop aus der Tasche, schaltete ihn ein und schob den Stick in einen Port. Wie sich zeigte, enthielt er nur eine einzige Datei. Offensichtlich ein Video, von genau einer Minute Länge.
Er ahnte Böses.
Seine Hand zitterte, als er das Video anklickte. Die Zeit, bis sein Media Player die Datei lud, kam ihm wie eine Ewigkeit vor. Als

das Video schließlich startete, fand er seine Befürchtung bestätigt: Es zeigte ihn und Lissy in seiner Datsche, Lissy mit fast nacktem Oberkörper, er, wie er sie leidenschaftlich auf Hals und Schultern küsste. Wie im Reflex drückte er auf Pause. Sich selbst so zu sehen, wie einen Fremden – das war unerträglich! Die Brust wurde ihm mit einem Mal eng. Bekam er eine Panikattacke? Nein, doch nicht. Er zwang sich, regelmäßig zu atmen. Ein, aus. Ein, aus. Es half. Langsam wurde er ruhiger.

Er musste nachdenken. Ruhig nachdenken. Wenn die Affäre mit Lissy aufflog, würde vielleicht alle Welt anfangen, noch tiefer in seinem Leben herumzustochern. Bis irgendwann auch die Sache mit Vanessa ans Tageslicht kam. Alles. Auch die Umstände ihres Todes. Sofort fing sein Herz wieder an zu rasen. Nein. Noch war es nicht so weit. Und vielleicht würde es nie so weit kommen. Er musste Ruhe bewahren. Vernünftig und planvoll vorgehen. Jede panische Aktion vermeiden.

Was wollte der Absender von ihm? Wieso schickte er das Video? War das der Beginn einer Erpressung? Ging es um Geld? Oder um bessere Noten? Er sah im Umschlag nach, ob dort eine Botschaft steckte, doch nichts. Dann fiel ihm ein, dass sie vielleicht mit auf dem Video war. Also ließ er es weiterlaufen. Und tatsächlich, am Ende des Videos erschien ein weißes Schild im Bild mit der Aufschrift:

LASSEN SIE DIE FINGER VON LISSY!

Dreizehn

ALS LISSY VOR DEM *ROXY* ANKAM, sah sie Elif schon von der Straße aus an ihrem Tisch, mit einem Getränk vor sich. Es war mitten am Nachmittag und gerade ziemlich leer. Elif hatte die Runde zu dieser eher unüblichen Zeit zusammengerufen. Leon, der sonst immer als Letzter einlief, war schon da. Finn kam gerade an und hielt ihr die Tür auf. Als sie gemeinsam an ihren Stammplatz traten, schaute Elif mit einem breiten Grinsen zu ihnen auf und sagte: »Habt ihr Lust, mal was richtig Krasses anzustellen?«

Eigentlich hatte Lissy andere Sorgen, als irgendwelche Streiche auszuhecken. Schon den zweiten Tag in Folge hatte Steffen in der Schule gefehlt. Krank, hieß es. Seine Stunden fielen bis auf Weiteres aus. Wann er zurückkehren würde: unklar. Sie schrieb ihm Nachrichten auf das geheime Handy, doch es kam nie eine Antwort. Wieso meldete er sich nicht? Was war mit ihm los? War er wirklich krank, oder steckte etwas anderes dahinter? Ging er ihr aus dem Weg? Vielleicht wegen des verunglückten letzten Treffens? Erst hatte er sie wie verrückt geküsst, und dann war er plötzlich aufgeschreckt, weil er glaubte, es wäre jemand am Fenster. Da war aber niemand gewesen. Trotzdem flohen sie, als hätten sie jemanden umgebracht.

»Für einen guten Streich bin ich immer zu haben«, sagte Finn, und

Lissy fragte, mit deutlich weniger Begeisterung in der Stimme: »Worum geht's?«

»Rache an Benedict.«

Um was sonst! Würde diese Sache mit Benedict jemals enden?

»Bin dabei«, sagte Lissy, und Finn rief: »Superklasse!«

Leon prustete plötzlich los und kriegte sich nur schwer wieder ein, um zu sagen: »Was Elif sich da ausgedacht hat, das ist ... ganz großes Kino ...!«

»Na, dann schieß mal los«, sagte Finn.

ES WAR SCHON SPÄT, als Konni seinen Vater durch den Flur ins Schlafzimmer poltern hörte. Sein Alter hatte wie üblich ordentlich einen sitzen. Nachdem die Tür hinter ihm zugefallen war, herrschte wieder Ruhe. Konnis Blick kehrte auf den Bildschirm seines Computers zurück. Die kleine Kamera, die er im Rauchmelder der Mädchenumkleide installiert hatte, machte erstaunlich klare Bilder. Sein Vater hätte seine Freude an den vielen erst verschwitzten und dann frisch geduschten Mädchen gefunden. Oder Steffen Wegmann, der ja offensichtlich auch eine Vorliebe für Schülerinnen hatte. Diese Art Geilheit widerte Konni an. Er war schließlich kein Voyeur. Deshalb ließ er die Aufnahmen mit doppelter Geschwindigkeit laufen.

»Da ist sie ja«, flüsterte er, als er Svenja Leitz entdeckte, und schaltete auf Normaltempo.

Svenja Leitz war eines der eingebildetsten Mädchen der Schule. Dabei war sie nicht mal besonders hübsch, nur gut entwickelt für ihr Alter. Dumm wie Brot, wie sie nun mal war, würde sie sich wahrscheinlich sogar geschmeichelt fühlen, dass er sie für seine Aktion ausgewählt hatte. Er kopierte die Sequenz heraus, in der

sie mit ihrem Badetuch in der Hand tropfnass aus der Dusche kam und sich einmal um die eigene Achse drehte, damit auch ja jede ihrer Mitschülerinnen ihren tollen Body sah, und verpixelte ihren Körper vom Hals abwärts so, dass nur noch wenige fleischfarbene Rechtecke zu sehen waren. Alle anderen Mädchen, die drauf waren, machte er komplett unkenntlich.
Als Begleittext zum Video schrieb er: *Wer mehr von der schönen Svenja sehen will, soll 10 Euro an das städtische Tierheim überweisen!* Wie viele geile Idioten würden die 10 Euro wohl überweisen, ehe sie schnallten, dass sie verarscht wurden? Hoffentlich viele, dachte er, dann springt wenigstens für die armen Tiere etwas Geld raus. Der Wert, den die Aktion für ihn hatte, war allerdings mit Geld nicht zu bemessen.

ZUM GLÜCK HATTE BENEDICT die leichtsinnige Angewohnheit, seine Wohnungstür nur zuzuziehen und nicht abzuschließen, wenn er zur Arbeit fuhr. Leon reichten eine Scheckkarte und eine halbe Minute Zeit, um das Schloss aufschnappen zu lassen. »Wir sind drin«, sagte er grinsend und schob die Tür auf. Elif wurde die Ehre zuteil, als Erste reinzugehen. Es war für sie ein seltsames Gefühl, nach allem, was passiert war, wieder hierher zurückzukommen. Schließlich war sie hier die meiste Zeit glücklich gewesen. Doch sie empfand weder Trauer noch Wehmut. Die letzten Erfahrungen mit Benedict überlagerten alles, was davor gewesen war.
»Jetzt nicht in Erinnerungen schwelgen«, sagte Leon an ihrer Seite. »Auf uns wartet eine Menge Arbeit.«
Lissy zückte eine riesige Klebstofftube und fragte: »Bist du sicher, dass wir das tun sollen?«

Elif nickte entschlossen.
Also gingen sie ans Werk.
Schritt eins: Sie klebten alle Schubladen zu.
Schritt zwei: Alle Möbel wurden buchstäblich auf den Kopf gestellt: Esstisch, Stühle, Beistelltische, Kommode, Sofa und Sessel, auch das Bett drehten sie um und sogar die Bilder an der Wand. Nur den großen Schrank ließen sie stehen, er war einfach zu schwer.
Schritt drei: Die Möbel wurden auf dem Boden festgeklebt.
»Du bist total durchgeknallt«, sagte Leon voller Respekt zu Elif, als sie fertig waren und ihr Werk mit Stolz betrachteten, und sie antwortete: »Du hast keine Ahnung, wie durchgeknallt.« Ihre Augen funkelten böse. Sie war großartig!
Finn stand vor einer weißen Wand und schüttelte eine Spraydose. »Was soll ich schreiben?«
»Nur, dass wir das getan haben.«
Finn wollte gleich loslegen, doch Lissy hielt ihn zurück. »Und du bist absolut sicher, dass er nicht zur Polizei geht?«
»Garantiert nicht. Er hat wesentlich mehr zu verlieren als wir.«
Während Finn *BB + LB were here!* an die Wand sprühte, machte Elif eine Tour durch sämtliche Räume und filmte stolz und mit einem tiefen Gefühl der Befriedigung das Ergebnis ihrer Arbeit. Natürlich war die Aktion ziemlich heftig. Doch das Video von ihr mit Vanessa kursierte noch immer auf den Handys, es war nur eine Frage der Zeit, bis es irgendwo im Internet landete und vielleicht genau dann auftauchte, wenn sie sich irgendwo um einen Job bewarb. Schon nach dem Abi oder erst in zehn Jahren. Das Internet hatte ein langes Gedächtnis.
Die Tour endete mit Finns Graffito. Dort reichte sie das Handy

an Leon weiter und ließ sich von ihm dabei filmen, wie sie eine Mappe mit Computerausdrucken aus ihrer Tasche nahm und unter den Schriftzug an der Wand auf den Boden legte. Die Mappe enthielt alles, was auf dem Stick gewesen war, auf Papier. Obenauf lag ein Brief, den sie, nachdem sie das Handy wieder übernommen hatte, ebenfalls abfilmte: *Wenn du mich noch ein Mal belästigst, gehen diese Informationen an die Polizei. Die Folgen muss ich dir nicht erklären. Dann steht deine Welt wirklich auf dem Kopf. Ich will nie mehr was von dir hören oder sehen oder lesen, außer ein einziges Mal: Schreib mir, dass du das akzeptierst. Elif.*

Sie klatschten alle vier ab und verließen Benedicts Wohnung.

Leon wunderte sich noch immer, wie Elif so plötzlich an all die Informationen gekommen war. Recherchiert, behauptete sie. Jemand aus der Zeit, in der sie mit Benedict zusammen war, habe geholfen. Mehr dürfe sie nicht sagen. Konnte ja sein, dass es so jemanden gab, aber komisch war es trotzdem. Wieso hatte sie nie ein Sterbenswörtchen von ihren Recherchen gesagt?

»Wirklich alles gut bei dir?«, fragte er, als sie wieder auf der Straße bei ihren Bikes waren. Zur dritten Schulstunde würden sie es noch schaffen.

»Besser als je zuvor«, antwortete sie mit einem breiten, zufriedenen Lächeln. »Ich habe mich noch nie so frei gefühlt! So schnell kommt mir kein Mann mehr ins Haus.«

LISSY HATTE SICH SCHON BETTFERTIG gemacht, als sie eine SMS erhielt. Von Steffen! Endlich! Sofort war sie wieder hellwach.

Muss dich sehen! Sofort! Kannst du dich wegschleichen? Sitze im Auto, in deiner Straße, vor der Hausnummer 32.

Die 32 – das war vor Meyerhoffs. Riesenhecke, durch die man vom Haus aus nicht auf die Straße sehen konnte. Sehr klug.
Komme, schrieb Lissy zurück.
Eilig sprang sie in ihre Jeans, zog sich das erstbeste Sweatshirt über und schlüpfte in eine dünne Jacke. Die Sneakers in der Hand, schlich sie nach unten. Es war zwar erst elf Uhr, doch schon völlig still im Haus. Ihre Eltern gingen sehr früh schlafen, für ihren kleinen Bruder war der Tag spätestens um halb neun vorbei. Als sie vor das Haus kam, ging automatisch das Licht an. Das passierte dauernd, weil hier jede Menge Katzen rumschlichen. Sie zog die Sneakers an, huschte auf die Straße und lief hinab zur Nummer 32. Sie wagte es kaum, sich vorzustellen, warum Steffen um diese Zeit bei ihr auftauchte.
Die Straße vor Lissy lag im orangefarbenen Schein der Laternen. Sie erkannte Steffens Auto schon von Weitem. Aus dem Seitenfenster auf der Fahrerseite stieg Zigarettenrauch. Sie klopfte erst an die Scheibe, dann stieg sie ein. Ihr Herz schlug so heftig, dass sie es noch in den Haarspitzen spürte.
»Hey«, sagte sie nur, ziemlich außer Atem.
Er wandte kaum den Kopf, warf ihr nur einen flüchtigen Blick zu und antwortete mit einem Nicken. Kein Kuss. Keine Berührung.
»Was ist los?«
Er schnippte die Zigarette auf die Straße. »Die Hölle ist los.«
Er griff hinter sich auf den Rücksitz und holte seinen Laptop hervor. Sie konnte erkennen, dass er einen Film startete, und als er das Display in ihre Richtung drehte, starrte sie mit riesengroßen Augen und offenem Mund auf das, was sie sah: sie und er in der Datsche, sein Kopf an ihrer Schulter, ihre Finger in seinem Haar.

Was sich so wunderbar angefühlt hatte, wirkte jetzt befremdend, ja, peinlich auf sie. Sie wandte den Blick ab.
»Das Ende musst du dir ansehen«, sagte Steffen.
Lissy schaute also tapfer bis zum Schluss zu und las dann: LASSEN SIE DIE FINGER VON LISSY! Steffen drückte auf *Pause*, sodass die Worte auf dem Display einfroren.
Erwischt, dachte sie. Scheiße!
Wie war das möglich? Sie waren übervorsichtig gewesen – und doch nicht vorsichtig genug, wie es nun schien. Jemand hatte sie beobachtet. Sogar gefilmt. Jemand wusste Bescheid, und dieser Jemand hatte was dagegen, dass sie mit Steffen zusammen war.
Konni, dachte sie sofort. Offenbar war es kein Bluff gewesen. Wahrscheinlich wusste er schon sehr lange, was lief. Doch wieso diese Aktion? Wieso schickte er das Video nicht an Eltern und Schule? Oder kam das als Nächstes?
»Das war's«, sagte Steffen, den Blick starr nach vorne gerichtet. »Ich bin erledigt. Familie. Beruf. Alles futsch. So eine verdammte Scheiße!« Er wandte sich ihr zu, sah sie aus feuchten Augen an, flüsterte: »Und dich verliere ich auch.«
»Ich weiß vielleicht, woher das Video kommt«, sagte sie kleinlaut.
Er horchte auf. »Was? Von wem?« Seine Miene veränderte sich schlagartig. Er schöpfte Hoffnung. Zugleich erwachte sein Zorn.
»Ich bin nicht hundertprozentig sicher«, sagte sie, »aber zu achtzig Prozent.«
»Wer ist es?«, drängte er.
Sollte sie ihm den Namen nennen? Was würde er tun? Ausrasten, vielleicht sogar so schlimm wie bei Vanessa?

»Du hast jemandem von uns erzählt, oder? Elif. Es ist Elif. Na klar, die beste Freundin.«

»Es ist nicht Elif«, widersprach Lissy mit fester Stimme, »und nein, ich hab keinem was von uns erzählt.«

»Dann sag mir, wer's ist.«

»Es ist …« Sie zögerte und sagte schließlich doch: »Ich glaube, dass es Konni ist.«

»Konni? Welcher Konni?«

»Der Sohn vom Hausmeister.«

Die Stille, in der Steffen den Namen in sich einsinken ließ, missfiel Lissy, genau wie die Art, in der er danach mit beiden Händen fest das Lenkrad umfasste, so als würgte er jemanden. »Dieser kleine Scheißkerl. Ja, zu dem würde so was passen. Wie kommst du auf ihn? Ist er in dich verknallt?«

»Der ist in niemanden verknallt. Der ist einfach nur schräg drauf. Er hat mal so 'ne komische Bemerkung gemacht, drum komm ich auf ihn.«

Steffens Niedergeschlagenheit hatte sich nun, da er zumindest eine winzige Chance erblickte, in nervöse Aufgeregtheit verwandelt. »Und wenn er doch in dich verliebt ist? Dann könntest du ihn vielleicht dazu bringen, dass er die Klappe hält.«

»Ich rede mit ihm.«

Sie wunderte sich selbst, wie ruhig sie war. Vielleicht, weil Konni ihr versprochen hatte, dass er niemandem etwas sagen würde? Aus einem unerfindlichen Grund glaubte sie ihm das.

»Super«, sagte Steffen indes und atmete hörbar aus. »Du bist ein Goldschatz. Du kriegst das hin. Du wickelst ihn einfach um den Finger. So wie du mich um den Finger gewickelt hast.«

Er wandte ihr sein Gesicht zu, sah sie auf eine Art an, die ihr ein heftiges Kribbeln unter der Bauchdecke verursachte, legte seine Hand an ihre Wange und fuhr mit dem Daumen über ihre Lippe. »Ich war so blind«, sagte er, den goldenen Glanz der Straßenlaterne in den Augen. »Du bist was ganz Besonderes, und ich hab's nicht gemerkt. Ich hätte von Anfang an auf dich setzen sollen, statt auf Vanessa reinzufallen.«

Hättest du mal, dachte Lissy stolz, während sie seinen Daumen zwischen ihre Zähne nahm und sanft zubiss.

HALB SITZEND, HALB LIEGEND fläzte Konni auf seinem Bett und streamte auf dem Laptop alte Folgen der *Simpsons.* Da vibrierte sein Handy. Er schaute auf die Uhr. Kurz vor Mitternacht. Wer rief um diese Zeit noch an? Eigentlich gab es außer seiner Mutter niemanden, der ihn überhaupt jemals anrief. Und seine Mutter war es sicher nicht. Ein Blick auf das Display bestätigte seine Annahme. *Lissy* stand dort.

Ein feines Lächeln umspielte seine Mundwinkel. Er hatte sie eher erwartet. Wegmann musste das Video gleich an dem Tag angesehen haben, an dem Elif es eingeworfen hatte. Seitdem war er jedenfalls krankgeschrieben. Offenbar hatte er Lissy erst jetzt eingeweiht. Was hatte ihn vorher davon abgehalten? Der Typ war echt ein Witz. Er glaubte, er könnte es irgendwie unter einen Hut kriegen, mit Schülerinnen rumzumachen und trotzdem ein guter Lehrer zu sein. Wie konnte Lissy so jemanden toll finden?

Konni wartete, bis das Handy verstummte, und dann noch einmal ein paar Minuten, ehe er seine Mailbox abhörte.

»Ich muss dringend mit dir reden«, sagte Lissy. »Ruf mich an oder schick mir eine Nachricht. Wir können uns auch treffen.«

Gleich danach kam eine SMS mit ungefähr demselben Inhalt.

Sie wollte zweifellos wissen, ob er das Video gemacht und Wegmann zugespielt hatte. Er war der natürliche Verdächtige, und er hatte sich mit Absicht noch verdächtiger gemacht, indem er ihr gesagt hatte, dass er über sie und Wegmann Bescheid wusste. Sie sollte zu ihm kommen, damit er ihr einen Weg zeigen konnte, der sie aus dem Schlamassel herausführte. Oder tiefer hinein. Es war allein ihre Entscheidung. Vorher aber sollte sie ruhig noch ein bisschen zappeln. Morgen früh eine SMS. Gespräch in zwei Tagen.

Gutes Timing ist alles, dachte er und wandte sich wieder den *Simpsons* zu.

SIE VERABREDETEN SICH wieder vor der Schule. Um sieben Uhr abends, damit außer ihnen keiner mehr da war. Lissy fragte sich auf dem Weg, wieso es Konni überhaupt interessierte, mit wem sie zusammen war? Ob er doch insgeheim in sie verliebt war, wie Steffen meinte? Die Sache mit seinem neuen Outfit hätte dazu gepasst. Wenn er allerdings glaubte, dass ihr Erpresseraktionen imponierten, lag er voll daneben. Er sollte es lieber mal mit einem Kompliment versuchen.

Als sie den Schulhof erreichte, saß er schon auf den Stufen vor dem Eingang und spielte mit seinem Handy rum. Er trug seine üblichen Klamotten, seine übliche Nerd-Frisur: Seitenscheitel, die Haare am Kopf klebend. Lissy fuhr mit dem Rad zu ihm. »Hallo«, grüßte er und stand gemächlich auf. Sie schwieg, nickte nur. »Nimm das Rad mit rein, damit es keiner sieht«, sagte er und hielt ihr die Tür auf.

Sie stellte ihr Bike in der Aula ab und folgte Konni in die Cafeteria.

»Ich wollte eigentlich gleich wieder los«, sagte sie.

Keine Reaktion.

Die Cafeteria wirkte verlassen viel größer als sonst. Kaum hatten sie sich an einen Tisch gesetzt, stand Konni schon wieder auf und schlurfte zum Getränkeautomaten rüber, um für sie beide Cola und Gläser zu holen.

Macht er das mit Absicht?, dachte Lissy genervt. Sie wollte dieses blöde Gespräch endlich hinter sich bringen.

Wieder da, sagte er: »Die geht auf mich«, schraubte die Flaschen auf und schenkte ihnen beiden Cola ein. »Was wolltest du mit mir besprechen?«

»Das weißt du ganz genau«, behauptete sie mit mühsam unterdrücktem Ärger.

»Eigentlich nicht.«

Okay, dachte sie, entweder weiß er wirklich nichts, oder er will es mir so schwer wie möglich machen. Auf jeden Fall spielte er den Ahnungslosen ziemlich gut. Sie durfte sich nicht aus der Ruhe bringen lassen.

»Was du beim letzten Mal gesagt hast«, begann sie vorsichtig, »dass du weißt …«

»Von Wegmann und dir. Meinst du das?«

Sie nickte.

»Und?«

»Du weißt wirklich nicht, warum ich mit dir reden will?«

»Nein.«

Sollte sie ihm glauben? Konnte sie? Wie auch immer, sie musste deutlicher werden.

»Es ist ein Video aufgetaucht … bei Steffen … Herrn Wegmann. Darauf sieht es so aus, als … na ja …«

Konni schlürfte an seiner Cola. »Verstehe. Was will derjenige?«
»Dass ich ... dass Herr Wegmann ... dass Schluss ist ...«
»Also entweder ein eifersüchtiger Rivale oder ein wohlmeinender Freund. Oder beides. Fällt dir da jemand ein?« Konni klang, als hätte er schon längst eine Idee. Oder sogar mehr als nur eine Idee.
Auch Lissy kam sehr schnell auf einen Namen, doch alles in ihr protestierte dagegen.
»No way! Finn würde so was nie tun.«
»Na ja, es wäre jedenfalls nichts, was er nicht schon mal getan hat. Das heimliche Filmen, meine ich.«
Das stimmte leider. Vanessa. Aber zum einen war er verliebt gewesen, und zum anderen hatte Vanessa ihn gelinkt.
Und wenn er jetzt wieder verliebt war?
»Das ist was völlig anderes«, verteidigte Lissy Finn, allen Zweifeln zum Trotz. »Finn und ich kennen uns ewig. Wir reden über die Dinge, sagen uns ehrlich die Meinung.«
»Sicher. Aber mal angenommen, er ist in dich verliebt, dann würde er bei dir wohl eher weniger punkten, indem er dich und deine ...« Er suchte nach einem Wort für das, was Lissy mit Steffen hatte, fand aber anscheinend keines, weshalb er eine Lücke in seinem Satz ließ und schloss: »... indem er dich kritisiert.«
Das musste Lissy wohl oder übel zugeben. Ihr fiel ein, dass Finn sie ja schon mal auf Steffen angesprochen hatte. Ohne was bei ihr zu verändern. War er nun einen Schritt weiter gegangen? Nein, sie konnte es sich nicht vorstellen. Doch wie auch immer, sie hatte keine Lust, jetzt über Finn zu reden. »Bleiben wir erst einmal bei dir«, sagte sie.
Konni lächelte überlegen. »Mal ehrlich, Lissy. Welchen Vorteil

sollte ich von so einer Aktion haben? Rache? Gerechtigkeit für Vanessa? Ich hab euch allen gesagt, wie das gelaufen ist und dass ich bedauere, was ich getan hab. Und eure kleinen Gemeinheiten mir gegenüber sind verziehen. Aber mal angenommen, ich wollte mich wirklich rächen, dann würde ich so ein Video bestimmt nicht an Wegmann schicken, sondern an deine Eltern, die Schulleitung, oder ins Internet stellen.«

Das hatte sie sich auch schon gedacht. Dennoch blieb ein Rest an Misstrauen. Konni war schlau, und seine wahren Absichten waren so schwer zu durchschauen wie seine bis ins letzte durchdachten Manöver.

»Wenn du einen Rat von mir willst …« Er machte eine Pause, wartete auf ein Signal von Lissy, dass sie diesen Rat wirklich wollte, und sie gab es ihm durch ein Nicken. »Du kannst denjenigen austricksen, indem du zum Schein was mit einem Jungen in deinem Alter anfängst. Gleichzeitig läuft die Sache mit Herrn Wegmann weiter. Ein Doppelleben, sozusagen.«

Verstehe, dachte Lissy, jetzt kommen wir auf den Punkt.

»Und wer soll dieser andere Junge sein? Du vielleicht?«

Konni lachte laut auf. »Verarschen kann ich mich auch alleine«, sagte er. »Und für so eine Alibi-Sache würde ich mich sowieso nie hergeben.«

»Siehst du. Ich auch nicht.«

»Na ja, im Gegensatz zu dir hab ich nichts zu vertuschen. Manchmal muss man eben auch über seinen Schatten springen. Vielleicht gibt es ja jemanden, mit dem du ein harmloses Geplänkel anfangen kannst. Jemanden, der sich eh nichts sehnlicher wünscht als das.«

Vierzehn

»HE, FINN«, raunte Tommy Schreiber Finn zu. »Hast du das Video von Svenja aus der Zehnten auch gekriegt?«
»Hä?«, machte Finn nur, weil er keine Ahnung hatte, wovon Tommy sprach.
»Ich leit's dir weiter.«
Finn konnte nichts mehr dazu sagen, weil Geschichtslehrer Horst genau in diesem Moment zu ihm hersah. Er wusste, wer Svenja aus der Zehnten war. Jeder wusste das. So wie sie durch die Gänge und über den Schulhof stolzierte, noch dazu in den ausgefallenen sexy Klamotten, die sie immer trug, war es unmöglich, sie nicht wenigstens vom Sehen zu kennen. Angeblich entwarf und schneiderte sie ihre Outfits selbst. Angeblich wollte sie Modedesignerin werden. Angeblich standen alle Jungs der Schule auf sie. Finn nicht. Das war sicher.
Erst nach dem Ende der Stunde schaute Finn auf sein Handy. Feixend sah Tommy Schreiber ihm zu. Er las zuerst die Nachricht: *Wer mehr von der schönen Svenja sehen will, soll 10 Euro an das städtische Tierheim überweisen!* Das Video zeigte Svenja aus der Zehnten, ihr Gesicht war klar zu erkennen. Der Rest war verpixelt.
»Ich hab die zehn Euro schon überwiesen«, sagte Tommy mit breitem Grinsen.

»Schön blöd«, gab Finn zurück. »Das ist doch bloß ein Joke. Woher soll der Absender wissen, dass du Geld überwiesen hast?«
Tommy guckte verdutzt aus der Wäsche. »Ich dachte ... das kommt vom Tierheim.«
»Ernsthaft? Glaubst du, die treiben mit Nacktvideos von einer Fünfzehnjährigen Spenden ein? Denk doch mal nach! Da hat dich jemand verarscht.«
»Oooch«, machte Tommy enttäuscht, »das ist ja blöd.«
Das Einzige, was hier blöd ist, dachte Finn genervt, das bist du.
Er löschte die weitergeleitete Nachricht mitsamt dem Video. Als gebranntes Kind wollte er so was nicht auf seinem Handy haben.

UNRUHIG TIGERTE LEON in der Wohnung auf und ab. Elif wollte ihn gleich zum Laufen abholen. Eigentlich war Joggen nicht unbedingt sein Ding, er ging lieber schwimmen, doch da Elif das gechlorte Wasser in der Schwimmhalle zuwider war, hatten sie sich auf Laufen geeinigt. Er war aber nicht wegen des Laufens nervös, sondern wegen Elif. Ihre Worte von vor ein paar Tagen klangen ihm noch im Ohr: *So schnell kommt mir kein Mann mehr ins Haus.* Sie hatte vollkommen recht. War vernünftig. Seine seltsamen Gefühle für sie musste er wie eine Erkältung angehen. Ignorieren. Ausschwitzen. Ablenken. Wahrscheinlich wäre es besser gewesen, ihren Vorschlag, künftig regelmäßig zusammen laufen zu gehen, abzulehnen. Doch als ihm das bewusst wurde, hatte er bereits Ja gesagt.
»Was bist du so aufgekratzt, Junge?«, fragte sein Vater zwischen Bad und Wohnzimmer.
»Bin ich nicht«, leugnete Leon.

Statt wie üblich einfach weiter vor den Fernseher zu schlurfen, trat sein Vater näher an ihn heran. »Es gefällt mir, dass du dein Leben ändern willst, Leon«, sagte er. »Ich weiß, ich war die letzten Jahre nicht der Vater, der ich hätte sein müssen. Das soll jetzt anders werden. Wenn einer sich ändert, müssen alle sich ändern. Und ob du's glaubst oder nicht, dein alter Herr weiß ein paar Sachen, die du noch nicht weißt.«

»Klar, Pa. Hab ich nie bezweifelt.«

»Das Mädchen, das dich abholt ... wie heißt sie noch mal?«

»Elif.«

»Was ist mit ihr? Bist du in sie verliebt?«

»Quatsch«, log er. »Elif ist eine uralte Freundin. Du hast sie schon kennengelernt.«

Sein Vater überlegte und schüttelte dann den Kopf.

Es klingelte. Elif war da.

Leons Vater verschwand ins Wohnzimmer und machte die Tür hinter sich zu, Leon ging an die Gegensprechanlage. »Ich komm runter«, sagte er.

»Kann ich kurz hoch?«, kam es aus dem kleinen Lautsprecher.

Früher hätte Leon versucht, sie abzuwimmeln, aber jetzt drückte er einfach auf den Knopf. Wenig später stand sie vor ihm, in engen Radlerhosen, einem weiten Shirt und mit einer Tüte in der Hand, aus der sie eine kleine Flasche holte. Prosecco, wie er auf dem Etikett las.

»Hast du Gläser?«, fragte sie. »Er ist noch halbwegs kühl.«

»Du trinkst vor dem Sport Alkohol?«, wunderte sich Leon.

»Nur heute und nur mit dir. Ist außerdem ja nur ein Piccolo.«

Er holte zwei Sektgläser aus der Küche und verschwand mit Elif in seinem Zimmer.

»Oh«, sagte sie, »du hast umgestellt.«
»Eigentlich nicht. Nur aufgeräumt.«
Sie öffnete die Flasche und goss ein. »Ich wollte bloß mit dir begießen, wie toll ich es fand, dass ihr mir bei Benedict geholfen habt«, sagte sie, »vor allem du. Das vergesse ich dir nie.«
»Das hast du jetzt schon tausend Mal gesagt. Also ex und hopp, und dann vergessen wir's, okay?«
Er hielt ihr das Glas hin, sie stießen an. Während er seines in einem Zug leerte, nippte sie nur an ihrem.
»Ich hab auch eine Bitte«, sagte sie dann und ließ sich auf der Armlehne seines Sessels nieder. »Bisschen heikel, ehrlich gesagt.«
»Raus damit.«
»Ich würde gern meinen Geburtstag feiern, aber weil ich den Führerschein ganz alleine zahlen muss …« Sie machte eine Pause, fuhr dann fort: »Du hast doch jetzt das Geld von Rico. Vielleicht könntest du mir ja …«
Leon verstand. Rico hatte ihm das Geld für Freundschaftspflege hinterlassen. Elifs Geburtstag zu feiern fiel eindeutig darunter.
»Ich zahl's dir auch zurück«, fügte sie rasch hinzu.
»Brauchst du nicht. Das geht klar. Aber du musst was dafür tun.«
»Was denn?«
»Du musst uns zu dem Trip fahren. Das heißt, wenn du bis zu den Herbstferien den Führerschein hast. Wovon ich ausgehe. Mein Vater hat einen alten Opel in der Garage stehen. Der muss mal wieder auf die Straße.«
Ihre Augen leuchteten. »Klar, liebend gern! Übrigens, dieser Trip, den du für die Herbstferien ausgesucht hast, den find ich echt super. Da freu ich mich schon total drauf!« Sie wollte noch mal

anstoßen, sah aber, dass er schon ausgetrunken hatte, und füllte etwas Prosecco aus ihrem Glas in seines um. Dann sagte sie: »Auf unsere *Back-to-the-Roots*-Tour!«

»LIEBESBRIEF AN SYLVIE?«
Finn schaute auf. Lissy stand vor ihm, mit einem Grinsen auf dem Gesicht. Er lächelte bemüht zurück.
»Nur ein Essay für Englisch. Muss ich nachher abgeben. Bin aber so gut wie fertig.«
Lissy ließ sich neben ihm nieder und sah zu, wie er die letzten Wörter hinschrieb. Aus dem Augenwinkel kriegte er mit, wie sie dabei den Arm auf die Stuhllehne legte und eine Strähne ihres langen blonden Haares um den Finger wickelte. Wollte sie ihn die ganze restliche Pause so ansehen? Es machte ihn so nervös, dass er ganz vergaß, was er hatte schreiben wollen. Obwohl der Satz noch nicht zu Ende war, setzte er demonstrativ einen Punkt hinter das letzte geschriebene Wort, klappte den Block zu und richtete seinen Oberkörper auf.
»Alles klar bei dir?«, fragte er.
Sie lächelte. »Alles bestens. Und bei dir?«
»Auch gut.«
»Wie läuft's eigentlich mit Sylvie?«
Hitze kroch in ihm hoch. Wieso ging es schon wieder um Sylvie?
»Wir sind nur befreundet.«
»Echt? Ihr seid nicht zusammen?«
Sie brauchte nicht so überrascht zu tun, das wusste sie doch. Es wirkte fast so, als wollte sie auf Nummer sicher gehen.
»Sind wir nicht.« Noch nicht, hätte Sylvie wohl gesagt.
Lissy neigte sich vor und stützte ihren Fuß auf die Sitzfläche sei-

nes Stuhls. Ihre Fußspitze drückte sich sanft in seinen Oberschenkel. Er konnte deutlich ihren Duft riechen und war wie berauscht davon.

»Mal wieder Filmchen gemacht in letzter Zeit?«, fragte sie grinsend. »Oder hast du das ganz aufgegeben?«

Er sah sie irritiert an. Wie war die denn heute drauf? Und was sollte diese Anspielung? Dann fiel ihm Svenja aus der Zehnten wieder ein, und er sagte: »Hey, mit der Sache hab ich nichts zu tun! Keine Ahnung, wo das herkommt.«

Lissy zuckte zurück, ihr Lächeln verflüchtigte sich, schließlich fragte sie: »Welche Sache meinst du?«

»Na, dieses Video von Svenja, das gerade rumgeht.« Als er ihre Erleichterung merkte, hakte er nach: »Gibt es noch eine andere Sache?«

»Nein. Quatsch. Also … nicht, dass ich wüsste.« Sie wurde rot.

»Und was hat du vorhin mit Filmchen gemeint?«

Ihr Fuß rutschte von seinem Stuhl, ihr Oberkörper wich zurück.

»Nichts. Sollte nur ein Scherz sein« Ein unbeholfenes Lächeln.

Ein Scherz also, dachte er verstimmt. Der Spring Break war noch keine vier Monate her, und sie machte solche Scherze.

»Du, ich muss dann«, sagte er und stand abrupt auf.

»Sorry«, entschuldigte sie sich noch, »ich war bloß …«

Sie wusste selbst nicht, was. Wie sie es erklären sollte. Sah nur zu, wie Finn nach einem genuschelten »Man sieht sich« die Cafeteria verließ.

Das hatte sie sich irgendwie anders vorgestellt. Eigentlich war sie nach ihrer Ranpirsch-Aktion so klug wie zuvor. Wenn Finn wirklich derjenige war, der das Video gemacht und Steffen den Stick zukommen lassen hatte, hatte er sein Pokerface gewahrt.

Und wie sollte es jetzt weitergehen?
Wenn du dich zwischen der Freundschaft mit Finn und der Liebe zu Steffen entscheiden müsstest, fragte sie sich selbst, was würdest du wählen?

ELIF HATTE IHRE WAHL GETROFFEN. Schluss mit dem Herumspringen zwischen den Extremen. Künftig würde sie sich immer schön in der Mitte halten. Die Erkenntnis kam ihr während ihrer Fahrstunde. Sie fuhr gerade die schnurgerade Ausfallstraße lang, die zur Bundesstraße führte, als ihr klar wurde, dass genau wie diese Straße auch ihr künftiges Leben aussehen sollte: schön gerade und übersichtlich. Sie hatte genug von Kurven und Holperstrecken. Also Schluss mit den Bauchentscheidungen gegen jede Vernunft, die stets in Katastrophen endeten. Schluss mit allzu schnellen Entscheidungen, selbst wenn sie auf den ersten Blick vernünftig wirkten. Nein, sie machte sich keine Vorwürfe wegen all der Fehler, die sie begangen hatte. Aus Fehlern lernte man. Aber irgendwann musste man auch mal was richtig machen.
Sie würde die Schule abschließen, so gut sie eben konnte, aber ohne den Krampf des letzten Jahres. Jura studieren und Anwältin werden – der Traum war wohl eine Nummer zu groß für sie. Es gab sicher auch ein anderes Fach, das sie interessierte und weiterbrachte im Leben und für das man keine Bestnoten brauchte.
»Dort vorne an der Feldstraße wenden«, sagte die Fahrlehrerin.
Zufall oder ein Wink von irgendwoher, dass sie genau an dieser Stelle wenden sollte? Es war die Straße, die zu der Datsche führte, in der sie Lissy und Steffen Wegmann gefilmt hatte. Auch wenn sie nicht toll fand, was sie getan hatte, so hatte sie Lissy gegenüber

auch kein schlechtes Gewissen mehr. Die Beziehung zu Wegmann war ein Fehler, einer, den sie irgendwann bereuen würde. Wenn der kleine Anstoß ihr half, das zu erkennen, wäre das nur gut.

Die Fahrt zurück in die Stadt endete vor dem *Roxy*, wo Elif schon von draußen ihre drei Freunde am Fensterplatz sah. Sie waren verabredet, um den Trip in den Herbstferien und ihre Geburtstagsparty zu planen.

»Dann melde ich dich zur nächsten Prüfung an«, sagte die Fahrlehrerin, nachdem Elif den Motor abgestellt hatte. »Keine Sorge, du kommst locker durch.«

Elif stieg aus und winkte ihren Freunden, die alle drei zu ihr herüberschauten. Sie winkten zurück. Alle, bis auf Leon. Der schaute sie nur an. Sein Blick drang tief in ihr Herz.

Irgendetwas hatte sich zwischen ihr und ihm verändert. Doch sie durfte dem auf keinen Fall nachgeben. Sie machte alle Männer, mit denen sie zusammen war, unglücklich. Und Leon war der eine Mensch auf der Welt, den sie nie, nie, niemals unglücklich machen durfte. Also: Finger weg von Leon!

Fünfzehn

IN GEMÄCHLICHEM TEMPO schritt Steffen Wegmann durch die Schulflure und aß dabei seinen Pausensnack: ein mit Schinken, Käse und aufgeschnittenen kleinen Gürkchen belegtes Brot, das seine Frau ihm am Morgen gemacht hatte. Er war als Aufsicht eingeteilt. Da es, wie nun schon seit einer Reihe von Tagen, regnete, mussten die Schüler nicht auf den Hof, sondern blieben im Schulgebäude. Manch einen von ihnen sprach er mit einer witzigen Bemerkung an. Die Reaktionen waren manchmal nett, manchmal frech, doch stets so, dass er merkte: Er wurde respektiert, ja gemocht. Oder wie die Schüler wohl unter sich sagten: Er war cool.

Nachdem er das Video mit der Botschaft erhalten hatte, war er in Panik ausgebrochen und hatte schon sein ganzes Leben in Trümmern gesehen. Er hatte erst Lissy verflucht, weil er durch sie in diese Situation geraten war, dann Vanessa, weil er ohne sie niemals die Grenze überschritten hätte, hinter die es anscheinend kein Zurück gab, und schließlich sich selbst, weil er in einem Moment der Schwäche seine Prinzipien verraten hatte.

Nun schöpfte er Hoffnung, dass vielleicht doch alles wieder ins Lot kam. Lissy hatte eingesehen, dass es besser war, mit ihren Treffen eine Weile zu pausieren, damit es wenigstens so aussah,

als würden sie der anonymen Forderung nachgeben. Vielleicht, so dachte er, würde sie sich von ihm entwöhnen und die Sache zwischen ihnen auf diese Weise langsam, beinahe unmerklich für sie, ausklingen.
Zunächst erleichterte ihn diese Aussicht. Doch mit der Zeit wich die Erleichterung einem anderen Gefühl: Er fing an, sich nach Lissy zu sehnen. Nach ihrer Leidenschaft. Nach ihren Küssen und Berührungen. Danach, wie sie duftete und sich anfühlte. Ein wenig bereute er es, dass er die letzten Schritte nicht mit ihr gegangen war. Wie hätte es sich wohl angefühlt, ihr so nah zu sein?
Es war mehr als nur körperliches Verlangen. Vielmehr stellte er Anzeichen echter Verliebtheit an sich fest. Er fühlte sich wohl, wenn er sie sah. Wenn sie ihm verstohlen zulächelte. Dass sie als Einzige wusste, was beim Spring Break wirklich geschehen war (was er getan hatte), und ihn trotzdem liebte, hatte eine Nähe erzeugt, die ihm erst jetzt bewusst wurde. Selbst wenn die ganze Welt ihn verdammte (und das würde sie, sollte die Wahrheit jemals ans Licht kommen), Lissy würde zu ihm stehen. Doch ihm war klar, dass diese Gefühle sein Handeln nicht bestimmen durften. Er war der Erwachsene, der Lehrer, sie die Jugendliche und ihm anvertraute Schutzbefohlene. Dieser Verantwortung musste er endlich wieder gerecht werden.
Steffen Wegmann bog in den Gang ein, der zur Turnhalle führte. Dorthin zogen sich in den Pausen gerne die Pärchen zurück, saßen auf den kniehohen Abdeckungen der Heizkörper und tauschten Zärtlichkeiten aus. Zu seiner Überraschung sah er auch Lissy dort sitzen. Da sie ihm den Rücken zuwandte, bemerkte sie ihn nicht. Sie hatte ihre Beine hochgenommen und ließ sich von Finn die Füße massieren. Von Lissy wusste Steffen, dass die bei-

den zu einer Vierer-Clique gehörten, die sich selbst *Bad Boys and Little Bitches* nannte. Freunde seit Kindheitstagen. Aber aus Freunden wurden manchmal Liebende.

Er blieb stehen und betrachtete die beiden. Offenbar zu auffällig, denn er wurde bemerkt, erst von Finn, dann von Lissy. Sie wandte sich zu ihm um, sah ihn an, ein Lächeln, kaum zu erkennen, umspielte ihre Mundwinkel. Spöttisch, fand er. Sich über ihn mokierend. Um der Situation die Spannung zu nehmen, hätte er etwas sagen müssen, am besten etwas Witziges, doch ihm fiel nichts ein. Deshalb drehte er sich einfach um und ging weg. Erst als er sich ein Stück entfernt hatte, wurde ihm das Brennen in seinem Innern bewusst, das sich anfühlte, als hätte er Säure in den Adern, und danach erkannte er auch, was es bedeutete: Er war eifersüchtig. Auf einen siebzehnjährigen Jungen. Etwas in ihm rebellierte dagegen, dass dieser unbedarfte Kerl das zu besitzen schien, was eigentlich ihm gehörte.

»Geht's dir gut, Steffen?«

Er hob den Blick, der sich verbissen vor den eigenen Fußspitzen in den Boden gebohrt hatte, und erblickte seine Kollegin Melanie Meiser mit einer Schokomilch in der Hand, aus der ein Trinkhalm ragte. Nach einer Schrecksekunde schaffte er es wieder, das übliche lockere Lächeln auf sein Gesicht zu zaubern.

»Alles bestens«, sagte er, »ich war nur in Gedanken.«

»Hast du den Rundruf über die Lehrergruppe schon gesehen?«

Es gab eine WhatsApp-Gruppe aller Lehrer, über die offizielle Mitteilungen des Direktors, Termine, Aufrufe und allerlei sonst verschickt wurden.

»Hab ich nicht. Mein Handy liegt im Lehrerzimmer. Was ist denn schon wieder los?«

Sie sog kurz an ihrer Schokomilch, ehe sie sagte: »Steht nicht dabei. Angeblich geht es um ein Video, das unter den Schülern kursiert. Wir sollen nach der sechsten Stunde erst mal im Lehrerzimmer bleiben.«
Steffen erstarrte vor Schreck. »Ein … Video? Was denn für ein Video?«
»Keine Ahnung. Wir werden es erfahren.«

»WAS HAT DER DENN FÜR EIN PROBLEM?«, sagte Finn, nachdem Steffen Wegmann verschwunden war. »Hast du gesehen, wie er geguckt hat?«
Lissy zuckte nur mit den Schultern. »Mir doch egal.« Sie wusste nur zu gut, was los war. Steffen war eifersüchtig. Genau nach Plan! Wenn er glaubte, dass eine Auszeit ihnen beiden guttäte, dann sollte er ruhig sehen, wie ihm das bekam.
»Wirklich?«, fragte Finn. »Seit wann ist Wegmann dir egal?«
Seine kleine Spitze prallte an ihr ab. »Nur eine Schwärmerei«, log sie. »Ist längst Geschichte.«
»Und wieso grinst du dann so?«
»Tu ich gar nicht!« Sie nahm ihre Füße von seinem Schoß. »Du hast echt magische Hände, Finn. Massierst du mir noch den Nacken? Ich bin total verspannt.«
Schon drehte sie sich um und nahm ihre Haare nach vorne.
Sie wusste selbst, auf was für einem schmalen Grat sie sich mit Finn bewegte. Sie unternahm neuerdings vermehrt Sachen mit ihm allein, flirtete ein wenig, aber nicht zu viel, sodass alles schön in der Schwebe blieb. Annäherungsversuchen seinerseits wich sie geschickt aus und nahm sich dann eine Weile zurück. Ein gefährliches Spiel, und eines, das sie nur für begrenzte Zeit spielen

konnte. Doch wenn sie den anonymen Spion und Absender des Videos damit in Sicherheit wiegen und gleichzeitig Steffen ein wenig anstacheln konnte, war es das Risiko wert.

ALS DIE SCHULGLOCKE DAS ENDE der sechsten Stunde verkündete, packte Steffen Wegmann eilig seine Sachen zusammen und verließ überstürzt und mit kleinen Schweißperlen auf der Stirn die Klasse. Sein Ziel war nicht das Lehrerzimmer, wo sich gleich das Kollegium versammelte, sondern sein Auto auf dem Parkplatz. Dort nahm er sein Handy, rief die Kollegen-WhatsApp-Gruppe auf und schrieb, dass er an der Besprechung nicht teilnehmen könne, weil es zu Hause einen Notfall gebe. Dann schaltete er das Handy aus. Hastig startete er den Motor und fuhr los. Die Vorstellung, wie seine Kollegen ihn gleich auf einem Video in leidenschaftlicher Umarmung mit Lissy sahen, fraß ihm schier ein Loch in die Magengrube. Aus, dachte er, es ist alles aus.

Statt nach Hause zu fahren, steuerte er den Parkplatz eines Elektrogroßmarkts am Stadtrand an. Dort wartete er. Wer von den Kollegen würde es übernehmen, ihm das Todesurteil zu überbringen? Natürlich Direktor Appel selbst. Er hatte von Anfang an was gegen ihn gehabt, er war ein Pauker der alten Schule, der den Schülern lieber mit Strenge als mit Verständnis begegnete. Steffen konnte ihn jetzt schon hören, wie er selbstzufrieden lächelnd sagte: Da sehen wir, wohin so ein Ansatz führt.

Steffen schaute auf die Uhr. Wie lange würde die Besprechung dauern? Appel war geradlinig und konsequent. Er kam schnell auf den Punkt, redete Klartext und erwartete das auch von seinen Mitarbeitern. Wahrscheinlich war alles schon vorbei. Steffen

schaltete das Handy an, um zu sehen, ob bereits jemand angerufen hatte. Fehlanzeige. Sollte er es versuchen? Bei wem? Melanie Meiser stand ihm von allen Kollegen am nächsten.
Er wählte ihre Nummer, brachte es aber nicht über sich und steckte das Handy weg. Er fuhr in der Stadt herum, ging im Park spazieren. War es ein gutes Zeichen, dass niemand ihn anrief? Oder eher ein schlechtes? Schließlich hielt er die Ungewissheit nicht mehr aus, atmete ein paarmal tief durch, um seinen Puls zu beruhigen, und wählte noch einmal Melanie Meisers Nummer.
»Hi, Steffen«, meldete sie sich, »was war denn los? Hoffentlich nichts Schlimmes.«
»Falscher Alarm. Sah heftiger aus, als es war. Und bei euch? Was gab's in der Besprechung?«
»Ja, das ist wirklich eine komische Sache. Eine von den Schülerinnen, du kennst sie –«, er hielt den Atem an, »– Svenja aus der Zehnten.« Erleichtert amtete er aus. Noch mal davongekommen.
»Es gibt ein Video, das sie nackt zeigt. Also nicht wirklich zeigt, ihr Körper ist verpixelt, und angeblich darf jeder mehr sehen, der zehn Euro ans Tierheim spendet. Ein Schülerjux halt.«
»Geschmacklos«, sagte Steffen und kam sich vor wie der größte Heuchler auf der Welt.
»Ja, schlimm, und für die Schule wird das Ganze zum echten Problem, weil das Video anscheinend in der Mädchenumkleide der Turnhalle aufgenommen wurde. Wenn das stimmt, hatte dort jemand eine Kamera installiert.«
»Übel«, sagte Steffen.
»Appel ist außer sich. Der Hausmeister hat schon alles abgesucht, konnte aber nichts finden.«
»Und jetzt?«

»Appel hat eben die Polizei angerufen. Die machen aber nicht viel Hoffnung, dass sie den Schuldigen finden. Wir sollen erst mal intern suchen. Ich hab eben mit Svenja gesprochen. Die steckt die Sache ziemlich cool weg, sieht darin so was wie Publicity in eigener Sache und sich selbst schon auf dem Weg zum YouTube-Star. Schon der Wahnsinn, wie manche dieser Kids so drauf sind.«
»Und wie geht's jetzt weiter?«
»Appel will, dass du an vorderster Front nachforschst.« Als Beratungslehrer war er der Erste, der dafür infrage kam. »Vielleicht erzählt dir einer was. Du kriegst noch eine Mail von ihm. Er will dich gleich morgen früh sehen.«
»Ich häng mich rein.«
Nachdem er aufgelegt hatte, atmete Steffen Wegmann noch einmal tief durch. Erst jetzt merkte er, dass er völlig verschwitzt war. Glück gehabt, dachte er. Diesmal.

ZUFRIEDEN BEOBACHTETE KONNI, wie sich das Video unter den Schülern verbreitete. Dass er sich mit Svenja das richtige Opfer ausgesucht hatte, sah er daran, dass sie noch ein wenig eingebildeter durch die Schule stolzierte. Sie hielt sich jetzt auch noch für eine Art Promi. Genau wie erwartet. Manche Menschen waren so flach, man musste sie nur einmal kurz gegen das Licht halten, um sie komplett zu durchschauen. Eigentlich die meisten.
Konni passte Finn nach dem Ende des Nachmittagsunterrichts in der Fahrradhalle ab. Sie waren allein, nur noch wenige Räder standen herum. Als Finn ihn sah, wurde seine Miene abweisend. Dann tat er so, als hätte er ihn nicht bemerkt, und wandte sich dem Zahlenschloss an seinem Bike zu. Konni ging zu ihm.

»Hi«, sagte er. »Hast du 'ne Minute?«
»Nicht für dich.«
Finn steckte das Schloss in seinen Rucksack und hob das Rad aus dem Ständer.
»Es geht um dieses Video von Svenja. Du weißt schon.«
»Und? Was geht's mich an?«
»Kann es sein, dass du das warst? Du machst doch gerne verbotene Aufnahmen.«
Finns Hände würgten den Lenker seines Bikes. »Was soll der Scheiß? Warum sollte ich so was machen? Bin ich bescheuert?«
»Weiß ich nicht. Vielleicht. Und vielleicht will ich genau das rausfinden: ob du bescheuert bist oder nicht.«
»Was laberst du hier für einen Müll. Keine Ahnung, was das soll. Und was es dich überhaupt angeht. Außer, du hast das Video selbst verschickt.«
Finn sah ihn forschend an, Konni lächelte hintergründig.
»Was ist nur los mit dir, Konni? Du tickst doch nicht richtig.« Mit mühsam unterdrücktem Zorn im Bauch schob Finn sein Rad ins Freie.
Konni blieb lauernd hinter ihm und sagte: »Du denkst, du bist aus der Sache mit Vanessa raus. Bist du aber nicht. Die Leute kaufen dir den Scheiß mit dem angeblichen Musikclip nur so lange ab, bis wieder ein Spanner-Video auftaucht. Dann fangen sie an, sich Gedanken zu machen.«
Finn blieb stehen. »Selbst wenn. Das beweist gar nichts.«
»Klar. Aber wenn zum Beispiel der gesamte Film auftauchen würde, aus dem die Sequenz mit Svenja genommen ist, sagen wir, auf einem Stick in deinem Rucksack … Das würde etwas beweisen, oder?«

Finn drehte sich zu Konni um. Sein Gesicht glühte vor Zorn. »Was soll das, Konni? Worum geht's hier? Um Vanessa? Um Rache?«

»Rache? Ach was!« Er machte eine abfällige Handbewegung. »Es geht hier nur um dich, Finn, sonst nichts.«

»Jetzt red endlich mal Klartext, Alter, oder ich bin weg.«

Konni kam näher.

»Es ist so, Finn: Dieser Film wird auftauchen. Entweder bei dir oder bei deinem Kumpel Leon. Deine Entscheidung.«

Was quatschte der Typ da nur? Was sollte das werden? Finn bekam allmählich richtig schlechte Laune.

»Leon? Was hat Leon damit zu tun?«

»Gar nichts. Bis jetzt.«

»Ich soll Leon hinhängen, damit du mich nicht hinhängst? Soll das der Deal sein?«

»Wenn du es so nennen willst. Ich würde es, wie gesagt, eine Entscheidung nennen. *Deine* Entscheidung.«

»Was hat Leon dir getan? Oder ich?«

»Gar nichts.«

Stumm vor fassungsloser Wut stand Finn da.

»Du kannst mir ja sagen, wie du dich entschieden hast. Bis morgen hast du Zeit. Dann geht der anonyme Tipp an Appel raus.«

Konni drehte sich um und war weg.

Finn stand noch lange da. Er musste sich auf seinem Rad abstützen, damit ihm die Knie nicht wegsackten.

SCHON DREI UHR, aber Finn fand keinen Schlaf. Die Angst, die Verzweiflung, die Panik jener Spring-Break-Nacht – alles war sofort wieder da. Nie würde er vergessen, wie er, am Meer sitzend, den Wellen lauschte und dachte, sein Leben sei zu Ende. Damals hatte Konni den Film, den Finn heimlich von der schlafenden Vanessa aufgenommen hatte, in alle Welt geschickt. Eine Zeit lang hatte ihn deshalb jeder für einen üblen Spanner gehalten. Er würde nie im Leben vergessen, wie er sich dabei gefühlt hatte. Der reinste Horror! Zum Glück hatten die Leute ihm später die Lüge abgekauft, dass die Aufnahmen aus einem Musikclip stammten, den er und Vanessa gemeinsam gedreht hatten. Stand ihm das jetzt wieder bevor? Wie sollte er da schlafen? Sein erster Gedanke war gewesen, den *Boys and Bitches* alles zu erzählen. Und dann? Sollten sie Konni gemeinsam bearbeiten, um ihn von seinem fiesen Vorhaben abzubringen? Nein, nichts würde diesen Freak davon abbringen, man musste ihn schon umbringen. War das die Lösung? Quatsch!

Durfte er darauf hoffen, dass Leon noch einmal freiwillig den Sündenbock spielen würde, so wie er es nach Vanessas Tod getan hatte? Was für eine Strafe war zu erwarten? Verschärfter Verweis? Suspendierung? Rauswurf? Leon tat so ziemlich alles für seine Freunde, aber sich den Abschluss zu vermasseln wäre selbst für ihn zu viel gewesen.

Welche Möglichkeiten blieben noch? Sie konnten Konni zuvorkommen und gemeinsam zu Appel oder Wegmann gehen. Ihnen alles erzählen. War das die Lösung? Aber bestimmt hatte Konni längst für diesen Fall vorgesorgt, ja, vielleicht lief sein Plan sogar genau darauf hinaus, und am Ende hockten sie alle beide in der Scheiße.

Ich opfere mich, dachte Finn. Dann muss ich da eben durch.

Seine Freunde würden wissen, dass er unschuldig war. Wenn auch niemand sonst, sie würden ihm glauben.

Wirklich? Würden sie?

Jeder von ihnen hatte mitgekriegt, dass er Vanessa beim letzten Mal wirklich heimlich gefilmt hatte. Nackt. Er hatte es nach ihrem Tod zugegeben. Sie würden natürlich trotzdem sagen, dass sie ihm glaubten. Aber sie würden zumindest Zweifel haben. Wahrscheinlich mehr als nur das. Und genauso würde es seiner Familie, seinen Verwandten, den anderen Freunden gehen. Sie würden alle vermuten, dass wahrscheinlich schon die Erklärung zu dem Clip mit Vanessa eine Lüge gewesen war. Er würde geächtet sein. *Der Spanner-Typ* würden sie ihn von da an für immer nennen, und niemand würde mehr etwas mit ihm zu tun haben wollen.

Sylvie!

Auch sie würde sich von ihm abwenden. Würde ihn nur noch für einen verklemmten Freak halten und froh sein, dass sie aus der Nummer glimpflich wieder rausgekommen war.

All das sah Finn deutlich vor sich. Und es war, als schaute er in einen bodenlosen Abgrund. Ihm wurde schwindlig.

Und wenn der Film doch bei Leon gefunden werden würde? Würde Appel wirklich so fies sein, ihm das Abi zu versauen? Wegmann würde für Leon sprechen. Er mochte ihn. Außerdem hatte Leon, was solche Geschichten anging, keine Vorgeschichte. Die Drogensache war ewig her und nur Kleinkram gewesen. Alle würden das Ganze als einen dummen Schülerstreich ansehen. Und schon in wenigen Monaten würde Gras darüber gewachsen sein, und kaum jemand würde sich noch daran erinnern.

Aber was bin ich dann für ein Freund, wenn ich Leon ans Messer liefere?, dachte er. Wenn ich ihn opfere, um mich zu schützen? Wäre das nicht das Ende von allem?

Sechzehn

NACHDEM STEFFEN WEGMANN eine Weile zu ermitteln versucht hatte, wer das Video von Svenja angefertigt und in Umlauf gebracht hatte, tauchte ein Zettel in seinem Fach auf. Die Ergebnisse seiner Nachforschungen waren bis jetzt dürftig, alle hofften nur noch, dass es keine weiteren Veröffentlichungen dieser Art mehr geben würde und die Aufregung sich von selbst legte. Fest stand, dass die Minikamera im Rauchmelder versteckt gewesen sein musste. Da die Umkleiden durch die Sporthalle leicht zugänglich waren, konnte der manipulierte Rauchmelder sogar während der Sportstunden ausgetauscht worden sein. Man musste sich nur auf die Toilette abmelden und brauchte auch keine Leiter, um an ihn heranzukommen, es reichte, eine der Bänke darunterzuschieben. Der Austausch konnte in weniger als einer Minute erledigt sein. Die Polizei hatte das Video technisch untersucht und ermittelt, dass es erstmals von einem Prepaid-Handy aus verschickt worden war. Doch das hatte auch nur ins Leere geführt. Steffen war also kurz davor, die Nachforschungen aufzugeben, als er eben diesen Zettel in seinem Fach fand, auf dem stand: *Durchsuchen Sie heute in der Pause die Rucksäcke von Finn Ehlers und Leon Wittner. Dort werden Sie einen Stick mit dem gesamten Film finden. Unverpixelt!* Natürlich stand kein Name darunter.

Steffen Wegmann hielt diese Denunziation für einen schlechten Scherz, den sich ein paar Schüler erlaubten. Dennoch ging er damit zu Direktor Appel. Appel sah es im Grunde ähnlich, entschied aber trotzdem, dass die beiden Schüler in der Pause durchsucht werden sollten.

»Glauben Sie wirklich, dass Leon Wittner und Finn Ehlers hinter diesem Unsinn stecken?«, fragte Appel Steffen Wegmann.

»Kann's mir nicht vorstellen. So was passt nicht zu ihnen.«

Appel überlegte einen Moment, um dann zu sagen: »Man kann in keinen reinschauen.«

»IS WAS MIT DIR, ALTER«, fragte Leon, »oder warum bist du so schweigsam?«

Es war große Pause, und Leon und Finn waren auf dem Weg zur Cafeteria. Finn hatte schon eine ganze Weile seinen Schuhen beim Laufen zugesehen, Leons Worte ließen ihn aufblicken. Er wollte was sagen, doch ihm fiel nichts ein. Obwohl ihm sonst eigentlich immer was einfiel, und sei es der größte Blödsinn.

»Lissy oder Sylvie?«, fragte Leon.

Finn schüttelte nur den Kopf. Konni, hätte er sagen müssen. Und Leon. Das war es, was ihn beschäftigte.

Elif und Lissy warteten schon in der Cafeteria, Leon hatte über die WhatsApp-Gruppe bei den Mädchen ein Schokonusshörnchen und einen Tee geordert, Finn nur Kaffee, schwarz. Als sie an ihren angestammten Tisch kamen, stand beides bereits da. Doch sie kamen nicht mal dazu, etwas zu trinken, denn Steffen Wegmann tauchte auf und sagte mit gedämpfter Stimme: »Kommt ihr beiden mal mit?«

»Wohin?«, fragte Leon.

»Zu Direktor Appel.«
»Und warum?«
»Das erfahrt ihr dort.«
Leon sah Finn an, Finns Blick flackerte.
Scheiße, dachte er, jetzt geht's los.
Alle in der Umgebung verstummten und schauten zu ihnen herüber, als sie aufstanden und Steffen Wegmann sagte: »Eure Rucksäcke auch.«
»Sind wir verhaftet?«, scherzte Leon. »Wo ist der Haftbefehl? Ich kenne meine Rechte.«
Er musste nicht zum ersten Mal zum Direktor. Weil er in der Zehnten mal mit ein bisschen Gras erwischt worden war, gehörte er stets zum Kreis der Verdächtigen, wenn irgendwo mal wieder Drogen auftauchten.
Steffen schwieg und wies mit der Hand den allseits bekannten Weg.
Lissy und Elif sahen den dreien gleichermaßen besorgt und verwundert hinterher. Hatten die *Bad Boys* irgendwas ausgefressen? Jemandem, der keinen Humor hatte, einen dummen Streich gespielt? Das hätten sie bestimmt erzählt. Eher zufällig fiel Lissys Blick in eine Ecke des Saals, wo Konni auf einem Stuhl hinten an der Wand saß und zu ihr herübersah. Was mit Finn und Leon war, schien uninteressant für ihn, er hatte nur Augen für sie. Vielleicht, weil er längst wusste, was mit den beiden passieren würde?

FINN UND LEON WURDEN INS BÜRO des Direktors gebracht. Appel saß hinter seinem Schreibtisch, aber Steffen Wegmann stellte die Fragen.

»Ihr wisst, warum ihr hier seid?«
»Echt keine Ahnung«, sagte Leon. Er wusste, wie man sich in solchen Situationen verhielt. Bloß nicht ängstlich wirken. Das ließ einen nur schuldig aussehen.
Finn schwieg, die Hände tief in den Taschen seiner Jacke.
»Svenja?«, fragte Appel. »Das Video? Davon habt ihr doch gehört.«
»Klar, ich hab's sogar gesehen«, gab Leon zurück. »Und?«
»Ihr habt nichts dazu zu sagen?«
»Die Kleine ist gut entwickelt für ihr Alter. Auch wenn man das auf dem Clip nicht wirklich sieht. Da gewährt sie selbst auf dem Schulhof tiefere Einblicke.«
»Finn?«
Finn schüttelte bloß den Kopf, bemüht, niemanden direkt anzusehen. Dabei dachte er sich: Mensch, Leon, hör doch auf, rumzualbern.
»Wenn ihr ein reines Gewissen habt, ist es wohl okay, dass wir eure Handys und Rücksäcke durchsuchen, oder?«
»Okay ist es eigentlich nicht, aber wenn's hilft, unsere Zeit hier abzukürzen ... Irgendjemand hat euch ziemlich verarscht, Leute, aber ihr tut wohl nur, was ihr tun müsst.«
Finn schniefte, als kriegte er einen Schnupfen.
Steffen Wegmann nahm die Rucksäcke und stellte sie auf den Schreibtisch von Direktor Appel. Zuerst war Leons Rucksack dran. Wegmann suchte alles durch, auch die kleinsten Seiten- und Nebenfächer. Schließlich fischte er einen kleinen silbernen Gegenstand heraus und hielt ihn hoch.
»Was ist das?«, fragte Direktor Appel.
»Sieht wie ein USB-Stick aus«, antwortete Leon lässig. »Könnte

meiner sein. Danke, dass Sie ihn gefunden haben, den suche ich schon eine Weile.«

»Junge, das hier ist ernst!«, ermahnte Appel ihn streng.

Finn schniefte erneut und starrte ein Stück Teppichboden an. Er hielt die Anspannung langsam nicht mehr aus. Appel und Wegmann, die keine Ahnung hatten, was sie hier machten. Und Leon, der glaubte, witzig sein zu müssen.

»Wir werden uns jetzt ansehen, was auf dem Stick ist«, erklärte Steffen Wegmann. »Besser gesagt, Frau Pitzke wird das tun. In Ordnung?« Frau Pitzke war die Sportlehrerin.

»Und wenn wir sagen, dass es nicht in Ordnung ist?«, platzte Finn plötzlich heraus. »Was ist dann? Holt ihr dann die Polizei?«

»Vielleicht«, antwortete Appel kühl. »Gibt es denn etwas, was wir nicht sehen dürfen?«

»Es geht ums Prinzip! Wir werden hergeschleppt wie Verbrecher, vor den Augen der ganzen Schule.«

»Niemand hat euch hergeschleppt«, wandte Steffen Wegmann ein. »Ihr wurdet aufgefordert, mit mir zu kommen. Es passiert öfter, dass Schüler ins Direktorzimmer geholt werden.«

»Trotzdem! Das ist eine totale Frechheit!«

»Schon okay, Alter«, beschwichtigte Leon, »sollen sie ruhig meine alten Fotos sehen. Aber Frau Pitzke sollte auf einiges gefasst sein. Ein paar von den Aufnahmen sind nichts für zarte Gemüter.«

Steffen Wegmann brachte den Stick in ein Nebenzimmer.

»Wenn Sie auf dem Stick was finden«, rief Finn ihm nach, »dann hat das jemand dort platziert! Dann sind wir gelinkt worden! Wir haben nichts getan!«

Mann, dachte Leon, genau das sagen Typen, wenn sie eine ganze Menge getan haben. Finn musste noch viel lernen.

Nach Finns lautstarkem Ausfall wirkte die Stille danach umso drückender. Direktor Appel lehnte sich in seinem Bürostuhl zurück, das Leder knirschte. Leon tat es ihm gleich und schlug lässig die Beine übereinander. »Und«, fragte er den Direktor, so als wären sie zwei alte Vielflieger-Kumpel, die sich zufällig in der Lounge eines Flughafens begegnet waren, »zu Hause alles bestens? Frau und Kinder wohlauf?«

Direktor Appels Miene wurde noch ein wenig eisiger. Er wusste, dass er verarscht wurde, aber er wollte sich keine Blöße geben, indem er eine Reaktion zeigte. Wahrscheinlich hoffte er jetzt aber ein kleines bisschen mehr, dass sie auf Leons Stick etwas Verbotenes fanden, am besten das, was sie suchten. Er hob sich seinen Zorn lieber dafür auf.

Nach einer gefühlten Ewigkeit kam Steffen Wegmann zurück.

»Und?«, wollte Appel wissen.

Wegmann schüttelte den Kopf.

»Dann bist du dran«, sagte Appel an Finn gewandt, und Wegmann griff nach seinem Rucksack.

Konni, du verdammte Drecksau, dachte Finn, während dicke Schweißperlen auf seine Stirn traten.

FÜR LISSY UND ELIF KONNTE ES NUR einen Grund geben, wieso Finn und Leon zum Direktor geholt worden waren: Drogen. Doch wieso Finn? Er hatte noch nie mit Drogen zu tun gehabt, und Leon hatte, nachdem er einmal mit Gras erwischt worden war, nie wieder was davon in die Schule mitgenommen. Elif kam schließlich auf eine weitere Möglichkeit.

»Vielleicht geht es um dieses Video, das vor Kurzem rumgegangen ist«, meinte sie. »Du weißt schon, welches.«

Natürlich wusste Lissy Bescheid. Nur vorstellen konnte sie es sich nicht. Ihr Blick ging, während sie mit Elif dasaß, immer wieder zu Konni hinüber. Ob dort die Lösung des Rätsels zu finden war?

»Finn hat ja …«, begann Elif zögerlich, »nun ja … eine gewisse Vorgeschichte.«

»Blödsinn«, fuhr Lissy sie an. »Finn hat keine Vorgeschichte. Er war verknallt in Vanessa, deshalb hat er sie heimlich gefilmt. Blöder Scheiß, den man macht, wenn man verliebt ist. Diese Svenja ist ihm völlig egal, er kennt sie nicht mal.«

»Okay, okay«, ruderte Elif sofort zurück, »hast ja recht.«

Das Schrillen der Schulglocke beendete die Pause.

Elif stand auf. »Ich muss in Ethik. Pünktlich diesmal, sonst krieg ich Ärger. Du?«

»Bio. Das kann warten. Hempel kommt selbst immer zu spät.«

»Ich stell mein Handy auf stumm. Wenn's was Neues gibt, schick sofort 'ne Nachricht, okay?«

Elif schulterte ihre Schultasche und schwamm im Strom der Schüler davon. Lissy wartete, bis sie verschwunden war, und danach noch zehn Sekunden, dann steuerte sie auf Konni zu, der auch auf dem Weg nach draußen war. Nachdem er vorhin dauernd zu ihr rübergesehen hatte, tat er jetzt plötzlich so, als bemerkte er sie nicht. Deshalb hielt sie ihn am Arm fest.

»Weiß du, was da gerade läuft?«, fragte sie ihn. »Mit Leon und Finn, meine ich.«

»Wieso sollte ich das wissen?«

»Weil du immer alles weißt.«

»Da täuschst du dich. Ich weiß auch nicht mehr als jeder andere. Ich schau nur genauer hin.« Er machte eine Pause und fragte

dann: »Wie läuft es eigentlich mit Finn? Und mit du-weißt-schon-wem?«
Ein feines Lächeln umspielte seine Lippen, das Lissy kaum ertrug.
»Ach, vergiss es«, stieß sie aus und ließ ihn einfach stehen. Es ärgerte sie maßlos, dass sie ausgerechnet mit ihm ein Geheimnis teilte, über das sie nicht einmal mit ihren besten Freunden sprechen konnte.

»NICHTS«, sagte Steffen Wegmann und ließ Finns Rucksack sinken. Er hatte ihn mehrfach durchsucht, nach verborgenen Geheimfächern abgetastet, doch vergebens.
»Dann zeigt mal eure Handys her«, verlangte Appel nun. »Und macht die Hosentaschen leer.«
»Das geht jetzt wirklich ein bisschen weit«, sagte Leon.
»Es war ausdrücklich nur von Rucksäcken die Rede«, wandte auch Steffen Wegmann ein.
»Jetzt sind wir schon dabei. Und ihr könnt euch hinterher beschweren.«
Finn hatte schon aufgeatmet, doch nun kehrte die Panik zurück. Weil Konni was von einem Rucksack gesagt hatte und Appel und Wegmann sich gleich auf die Rucksäcke gestürzt hatten, hatte er auch nur an die Rucksäcke gedacht. Aber Konni konnte den Film überall versteckt haben. Er hatte ja schon mal ihre Handys gehackt.
Sie stülpten alle Hosen- und Jackentaschen aus, gaben ihre Handys ab und sahen zu, wie Wegmann und Appel sie durchforsteten. Irgendwie schien sie dabei der Mut zu verlassen, denn sie gingen nur noch oberflächlich vor.
»Es lebe das Denunziantentum«, sagte Leon süffisant.

Appel und Wegmann reichten die Handys schließlich zurück.
»Wir hatten einen Hinweis«, erklärte Appel schmallippig und förmlich, »dem mussten wir nachgehen. Ich entschuldige mich für die Unannehmlichkeiten.«
»Sorry, Jungs«, sagte auch Steffen Wegmann.
Als die Vorzimmertür des Direktorats wenig später hinter ihnen zuging, standen Finn und Leon verloren auf dem Flur. Die Pause war schon eine Weile vorüber, die Schüler saßen längst wieder in ihren Klassenzimmern, und es war völlig still. Finn war, als wäre ihm ein ganzes Gebirge von den Schultern gefallen. Gleichzeitig hatte er ein flaues Gefühl im Magen.
»Echt cool von dir, dass du da drinnen für mich einen Aufstand gemacht hast«, sagte Leon, »aber völlig unnötig. Was hätten die auf dem Stick finden sollen? Ich hab nix zu verbergen.«
»Manchmal wird einem auch was untergeschoben«, meinte Finn. »Das haben wir doch erlebt. Mit Vanessa und … Konni.«
»Klar. Aber wenn du dich aufregst, machst du dich erst recht verdächtig. Also, Tipp fürs nächste Mal: immer schön gechilled bleiben, Alter. Trotzdem … danke. Bist ein guter Freund.«
Bin ich eben nicht, dachte Finn, klatschte aber trotzdem mit Leon ab. Danach trennten sich ihre Wege. Leon hatte Geschichte, Finn irgendetwas anderes, er kam jetzt nicht drauf, und es war ihm auch egal, weil er eh nicht hingehen würde.
Ein guter Freund, hallte Leons letzte Bemerkung in ihm nach. Pah! Das hätte Leon ganz bestimmt nicht gesagt, wenn ihm klar gewesen wäre, dass er seinen Besuch im Direktorat eben dem ach so guten Freund Finn zu verdanken hatte! Der ihn geopfert hatte.
Das flaue Gefühl in Finns Magen wurde heftiger, stieg hoch, wurde zu einem Würgen. Er stürzte zur nächsten Toilette und schaffte es

gerade noch in eine Kabine, ehe er sich übergeben musste. Ihm war, als würde er sich die Seele aus dem Leib kotzen.
Danach saß er erschlagen da, wischte sich den Mund mit Klopapier ab und schnaufte wie nach einem Zehnkilometerlauf.
Konni, du Mistkerl, dachte er.
Erst jetzt kapierte er, was er mit dem Satz *Es geht hier nur um dich* gemeint hatte. Er hatte nie vorgehabt, ihm oder Leon irgendwas unterzuschieben. Finn sollte nur eine Entscheidung treffen. Und das hatte er getan. Keine, auf die er stolz war. Im Gegenteil.
Wie sollte er Leon je wieder unter die Augen treten? Sollte er ihm alles erzählen? Wahrscheinlich wäre das das Beste gewesen. Vielleicht sogar das einzig Richtige. Und eines Tages würde er es auch tun. Aber noch nicht. Erst wenn er bewiesen hatte – Leon und sich selbst –, dass er trotzdem ein Freund war, auf den man sich verlassen konnte. Er wusste nur noch nicht, wie.

Siebzehn

ICH WEISS AUCH NICHT MEHR als jeder andere. Ich schau nur genauer hin. – Diese Worte Konnis gingen Lissy noch immer durch den Kopf. So wie der ganze Typ. Eigentlich war das schon so, seit sie ihn im Sommer wegen seiner Rolle bei den Spring-Break-Intrigen von Vanessa zur Rede gestellt hatte. Dann diese neuen Klamotten, die er nur ihr gezeigt hatte. Und schließlich die Sache mit dem Video, das Steffen gekriegt hatte. Konni stritt zwar ab, etwas damit zu tun zu haben, aber das musste man ihm ja nicht glauben. Wenn er wirklich dahintersteckte, wieso wollte er, dass Steffen die Finger von ihr ließ? War er doch heimlich in sie verliebt? Eine Vorstellung, die sie mit merkwürdig gemischten Gefühlen erfüllte.

Es gab nur eine Möglichkeit, wie sie Konni auf den Zahn fühlen konnte: Sie musste sich mit ihm verabreden. Sein Vertrauen gewinnen. Sie schrieb ihm eine SMS: *Hi, was machst du? Lust, was zu unternehmen?* Es sollte klingen, als wäre es keine große Sache.

Er sagte Ja. Ohne zu fragen, warum und wieso.

Und wo?, wollte sie wissen.

Bestimmst du.

Sie war unsicher. Bei allem Interesse, sie wollte möglichst nicht mit ihm gesehen werden, sonst hieß es noch, sie hätten was miteinander. Und wie hätte sie Elif, Leon und Finn erklären sollen,

warum sie sich plötzlich für Konni interessierte? Für die war er das Böse schlechthin. Das *Roxy* fiel als Treffpunkt also schon mal aus. Was gab es noch?
Stadtpark, an der eisernen Brücke, schrieb sie, *um* 2.
Als sie sich fertig machte, ging eine SMS bei ihr ein. Kriegte Konni etwa kalte Füße? Sie schaute auf ihr Handy. Die Nachricht stammte von Steffen. Die erste seit einer gefühlten Ewigkeit. Sie öffnete sie und las: *Wir müssen uns sehen. Unbedingt. Sofort! Ich vermisse dich so!*

PUNKT ZWEI UHR STAND KONNI an der Brücke, die über den Stadtbach führte. Alle waren da: die Enten; die Omas, die sie fütterten; die Mütter mit den Kindern, die den Enten nachrannten. Wer fehlte, war Lissy. Konni wünschte, er wäre gar nicht erst gekommen; vor allem wünschte er, er hätte darauf verzichtet, diese blöden Klamotten anzuziehen, die ihr angeblich gefielen, während er sich reichlich dumm darin vorkam. Wieso hatte er das für sie gemacht? Bloß weil ihm die Art gefiel, wie sie ihn beim letzten Mal darin angesehen hatte? Seit wann war er für so was anfällig?
Während er auf und ab ging, kickte er Steinchen ins Wasser. Sie kam nicht. Versetzte ihn. Überraschte ihn das wirklich? Was hatte er erwartet? Etwa ein Date? Nein, so naiv war er auch wieder nicht. Er hatte gedacht, dass sie ihn aushorchen wollte. Dinge über ihn erfahren. Um Trümpfe für später zu sammeln. So wie er es machte. Eine wirklich gelehrige Schülerin. Erst hatte sie sich alles Mögliche von Vanessa abgeschaut, nun wollte sie das vielleicht auch bei ihm. Konnte man ihr verübeln, dass sie von den Besten lernen wollte?

Aber anscheinend hatte er sie überschätzt. Sie wollte ihn bloß verarschen. Fand das wohl irgendwie lustig, wenn er rumstand wie ein Idiot und auf sie wartete. Es war schon Viertel nach zwei, als er sich entschloss, den Rückzug anzutreten. Genau in diesem Moment erblickte er sie auf der anderen Seite des Baches. Sein Ärger verrauchte im Nu, sein Herz tat sogar einen heftigen Schlag. Er ging ihr entgegen.

»Sorry, dass ich zu spät bin«, sagte sie, ein wenig außer Atem. »Ich musste auf meine Mutter warten, und die wurde ewig nicht fertig.« Sie rollte mit den Augen.

Er versuchte ein Lächeln, merkte aber selbst, dass es ihm misslang.

»Ich finde es cool, dass du deine neuen Klamotten angezogen hast.« Sie lächelte. »Du siehst so viel besser darin aus. Nur das mit deinen Haaren, das musst du echt üben. Ich zeig's dir noch mal.« Wie beim letzten Mal wirbelten ihre Finger durch seine Haare. Und es löste wieder dieselbe Mischung unterschiedlichster Gefühle aus: Erregung, Unbehagen, Glück. »Das Lächeln steht dir übrigens auch gut«, sagte sie. Er hatte gar nicht gemerkt, dass er lächelte.

»Warum sind wir hier, Lissy?«, fragte er. »Was willst du von mir?«

Sie lehnte sich mit dem Hintern an das eiserne Brückengeländer und sah ihn aus ihren schillernden grünen Augen an. »Du weißt Dinge von mir, die sonst niemand weiß. Und ich weiß gar nichts von dir.«

»Ach so. Du willst mich aushorchen.«

»Kennenlernen klingt besser, finde ich.«

Jetzt lächelte er schon wieder. Er wischte sich das Lächeln mit der

Hand aus dem Gesicht. Was soll's?, dachte er. Quatschen wir halt ein wenig. Muss ja nicht die Wahrheit sein.

ELIF HATTE ES VON ANFANG AN für keinen guten Plan gehalten, und nun wünschte sie, sie hätte ihrem Instinkt vertraut. Aber ihre Mutter hatte darauf bestanden, dass sie im Supermarkt ihres Vaters aushalf. »Häng dich rein«, hatte sie gesagt. »Wenn Papa sieht, dass du dich anstrengst, vergisst er die alten Geschichten irgendwann. Du weißt doch: Leistung ist bei ihm alles.« Das stimmte zwar, aber es zeigte sich rasch, dass ihre Mutter auch ihren Vater zu dem Aussöhnungsversuch überredet hatte und dass er, genau wie Elif, nicht an den Erfolg glaubte. Dauernd mäkelte er an ihr rum, nichts konnte sie ihm recht machen. Entweder war sie beim Einräumen der Regale zu langsam oder zu hektisch, oder sie beschädigte angeblich die Ware, oder sie war schnippisch zu den Kunden. »Wenn du eine Angestellte wärst, würde ich dir was vom Lohn abziehen«, maßregelte er sie mit eiserner Miene, was sie entnervt aufschreien ließ: »Ich krieg noch nicht mal Lohn! Also, was willst du?«

Als sie einige Zeit später Finn in den Markt schlendern sah, traute sie zuerst ihren Augen nicht, doch er war es wirklich. Sie war überglücklich, endlich mal jemand Normalen zu sehen. Mit einem Grinsen kam er auf sie zu. »Schickes Outfit.« Er meinte ihre knallgrüne, sackförmige Schürze mit dem kleinen roten Halbmond gleich neben dem Revers. Dagegen war die Uniform von Aldi glatt Haute Couture. Elif überging die Bemerkung und fragte: »Was machst du hier?«

»Ach …« Er schaute sich um und sagte dabei: »War bloß in der Gegend, und ich dachte mir, ich schau mal rein, wie's dir geht.«

Elif hatte in der WhatsApp-Gruppe gepostet, was ihr heute bevorstand. Nun rollte sie nur mit den Augen, und als sie sah, wie ihr Vater hinter einem Regal hervorlugte, sagte sie mit gedämpfter Stimme: »Frag nicht. Hölle!«

»Was von Lissy gehört?« Er wollte es wohl beiläufig klingen lassen, doch das misslang.

»Nee«, antwortete Elif gedehnt.

»Komisch. Sie geht auch nicht ans Handy. 'ne Ahnung, wo sie sein könnte?«

»Neeee«, sagte Elif noch ein wenig gedehnter.

Natürlich hatte sie mehr als nur eine Ahnung. Lissy war bestimmt bei Steffen Wegmann und ließ sich von ihm … Sie wollte das gar nicht zu Ende denken. Das war auch allein Lissys Sache. Sie wusste schon viel zu viel darüber und hatte mehr gesehen, als ihr lieb war.

Überhaupt nicht korrekt fand sie aber, was die liebe Lissy mit dem armen Finn abzog. Mit dem Flirten und Schäkern und Schöntun der letzten Zeit wollte sie – so durchschaubar! – nur von ihrem schmutzigen Geheimnis ablenken. Wenn sie so weitermachte, war Finn bald bis über beide Ohren in sie verknallt. Und dann? War es ihr egal, dass sie ihrem besten Freund das Herz brach? Am liebsten hätte Elif mit Finn Klartext über Lissy geredet. Aber wie sollte sie das, ohne sich selbst zu verraten? Offiziell wusste sie ja nichts von Steffen Wegmann. Gab es einen anderen Weg, wie sie Finn einen Wink geben konnte?

Elifs Vater trat hinter dem Regal hervor und kam auf die beiden zu. »Wenn du dich mit deinen Freunden unterhalten willst«, sagte er spitz, »dann solltest du das besser draußen machen.«

»Weißt du was, Papa«, versetzte Elif, »das ist das erste Vernünftige, was du heute gesagt hast.« Sie zog ihre Schürze aus, legte sie in ein Regal und ging zum Ausgang. »Komm, Finn. Ich bin hier fertig.«

IM STADTPARK GAB ES eine kleine Anhöhe, auf der eine mit Efeu bewachsene Laube stand, wie geschaffen für Liebespaare. Dass Konni und Lissy ausgerechnet darin landeten, hatten weder sie noch er beabsichtigt. Aber da sie nun einmal hier waren, gingen sie hinein und setzten sich auf eine der verwitterten Bänke. Keiner von ihnen sagte ein Wort. Ihre Blicke glitten vielmehr in klammer Verlegenheit über die mit Filzstiften und Messern ins Holz eingeschriebenen Liebesbekenntnisse an der Balustrade. Meist waren es nur Initialen in ungelenk gezeichneten Herzen. Lissy überlegte, ob sie sich mit einem L für Lissy oder einem A für Alissa verewigen würde. Wahrscheinlich mit einem A. Das hatte mehr Gewicht.
»Wie viele von denen sind wohl noch zusammen?«, brach Konni das Schweigen.
»Ist das wichtig? Hauptsache, sie hatten eine schöne Zeit.« Lissy wunderte sich selbst über das, was sie gesagt hatte. Eigentlich glaubte sie an die große und ewige Liebe.
Der Spruch hätte von meiner Mutter kommen können, dachte Konni, und sofort war ihm die Laune verdorben. »So wie du mit Wegmann«, sagte er bitter.
»Das verstehst du nicht.«
»Stimmt.«
Er weiß, wie man einen besonderen Moment zerstört, dachte sie. Kein Wunder, dass er keine Freunde hat. Von einer Freundin ganz zu schweigen.

»Warum verbreitest du auf einmal so eine komische Stimmung?«, fragte sie. »War doch ein schöner Nachmittag.«
»Na ja«, sagte er nur.
»Und ich hab eine Menge über dich erfahren.«
»Weniger, als du denkst.«
Wenn du dich da mal nicht täuschst, dachte sie. Die Sachen, die er über seine Familie und sein Leben erzählt hatte, mochten wahr oder gelogen sein, das war ihr egal. Die Art jedoch, wie er ihr und wahrscheinlich auch sich selbst beweisen wollte, dass er keine tieferen Gefühle für sie hatte, sprach Bände. Es war keine Überraschung, wenn sie ehrlich war, hatte sie es von Anfang an gespürt. Und nun würde sie etwas daraus machen. Wenn er glaubte, dass nur er Menschen manipulieren konnte, dann hatte er sich getäuscht.
»Ich muss langsam los«, sagte sie.
»Okay. Ich bleib noch.«
Lissy überlegte, wie sie sich von ihm verabschieden sollte. Einfach Tschüss sagen und verschwinden? Sie hatte eine bessere Idee. Ohne Vorwarnung küsste sie ihn auf die Wange. Er erstarrte und ließ es geschehen. Ein wenig kam es ihr vor wie ein kleiner Sieg. Deshalb lächelte sie schadenfroh in sich hinein, als sie von ihm wegging.

LISSYS GESPRÄCH MIT ELIF dauerte schon ewig. Elifs Vater, der verunglückte Versöhnungsversuch im Supermarkt. Überhaupt ihr ganzes Leben, das gerade megaanstrengend war. Das Übliche eben, und schwupps, war es elf Uhr am Abend. Lissy konnte nicht verhindern, dass ihre Gedanken abschweiften. Konni und ihr gemeinsamer Spaziergang am Nachmittag beschäftigten sie. War es

okay, dass sie ihn nicht ganz so verachtenswert fand wie die anderen? Sie würden sicher keine Freunde werden, was er getan hatte, war für sie unverzeihlich, und so einiges andere an ihm fand sie nach wie vor seltsam, aber musste man ihn deshalb für immer und ewig hassen? Es gab ja auch Gründe, warum er so geworden war. Elif und den anderen brauchte sie mit solchen Überlegungen allerdings nicht zu kommen, die hätten sie für verrückt erklärt.
»Finn hat mich gerettet«, sagte Elif auf einmal.
»Was?« Lissy hatte gerade wieder den Faden verloren. Wie kam Finn plötzlich ins Spiel? Ging es noch immer um den Supermarkt?
»Er kam rein, wollte mich aufbauen und so. War aber schon zu spät. Ich bin einfach mit ihm abgehauen. Wir sind in die Stadt und haben uns Cappuccinos und Cupcakes gegönnt. War echt nett. Finn ist so was von okay. Mehr als okay sogar.«
»Weiß ich.«
Es blieb still, nur leises atmosphärisches Rauschen, wie fein rieselnder Schnee.
»Willst du mir mit deinem Schweigen was Bestimmtes sagen?«, fragte Lissy, die Elif zu gut kannte, um nicht auch die Stille, die sie ließ, deuten zu können.
»Läuft eigentlich zwischen dir und Finn was?«, rückte sie schließlich heraus.
»Wieso?«, fragte Lissy vorsichtig.
»Nur so.«
»Hat Finn irgendwas gesagt?«
»Finn sagt gar nichts. Wie alle Jungs. Aber glaub es oder nicht, sie haben auch Gefühle!«
»Wie?! Du meinst, so richtige Gefüüühle? So wie wir?«

»Jaaa!«
Sie mussten beide lachen.
»Im Ernst«, setzte Elif nach, »ich glaube, bei Finn entwickelt sich was. Also wenn das bei dir auch so ist, wunderbar. Wenn nicht, pass ein bisschen auf. Auf ihn, mein ich. Er wirkt auf mich gerade ein wenig verloren. Und verletzlich.«
Ihre Worte gaben Lissy einen feinen Stich ins Herz. Wie recht Elif hatte. Sie missbrauchte Finn, und wenn einer das nicht verdient hatte, dann er.
»Schon klar.«
Lissy beendete das Gespräch danach rasch. Im ersten Moment dachte sie, sie sei sauer auf Elif, weil sie sich einmischte, doch in Wahrheit war sie sauer auf sich selbst.
Lissy hatte ihr Handy kaum weggelegt, als es klingelte. Eine unterdrückte Nummer. Sie nahm ab.
»Ich bin's.«
Sie glaubte es nicht. Steffen! Zum zweiten Mal an diesem Tag. Und diesmal keine SMS, er rief sie richtig an! Die SMS vom Mittag hatte sie nett, aber ausweichend beantwortet. *Vermisse dich auch. Ist aber gerade schwierig.* XO Nicht mehr. Seit sie wusste, wie gut die Eifersuchtsnummer bei ihm funktionierte, spielte sie diese Karte voll aus.
»Alles gut bei dir?«, fragte sie.
»Können wir uns sehen? Jetzt gleich?«
»Eigentlich bin ich ziemlich kaputt.«
»Ich steh dort, wo ich beim letzten Mal war. Komm einfach raus. Nur kurz. Um zu reden.«
Die Versuchung war riesig. Aber sie war nicht sicher, ob er schon am Siedepunkt war. Und genau dorthin wollte sie ihn bringen.

»Eigentlich gern, nur … Ich muss morgen total früh raus, und wie gesagt … ich bin total kaputt. Reden können wir doch auch so. Sag einfach, was du willst.«

Sie spürte seine Frustration und seinen Zorn förmlich zu ihr herüberschwappen. Früher hätte ihr das Angst gemacht. Heute erregte es sie.

»Ich will dich«, sagte er mit mühsam beherrschter Stimme. »Verstehst du?«

»Glaub schon.«

»Ich will mit dir zusammen sein. Richtig. Ganz.«

»Du meinst …« Sie versuchte, cool zu wirken, während ihr in Wahrheit das Herz bis in die Haarspitzen schlug. Aber dann versagte ihr doch die Stimme.

Sie hörte ihn atmen. Abwartend.

»Was schlägst du vor?«, fragte sie.

LISSY HATTE IHN GEKÜSST. Ihn, den Freak Konni. Nur auf die Wange, aber trotzdem. Und wie sie ihn manchmal angesehen hatte aus ihren verwegenen grünen Augen. Dazu die vielen Fragen. Er musste aufpassen, dass er sich nicht von ihr einlullen ließ. Dass sein Blick für die Realität nicht getrübt wurde. Wieso sollte ein Mädchen wie sie, das eine Affäre mit ihrem attraktiven Lehrer hatte, einen Jungen wie ihn mögen? Wahrscheinlich suchte sie nach einer Schwachstelle in seiner Deckung. Hatte sie sie gefunden?

Konni schaute auf die Leuchtziffern seines Weckers, die im Dunkeln schwebten. Schon halb zwei. Ob er in dieser Nacht überhaupt noch zu Schlaf kommen würde? Wahrscheinlich nicht. Auch egal.

Er drehte sich auf den Rücken, verschränkte die Hände hinter dem Kopf und starrte in die Dunkelheit. Die Schwachstelle in seiner Deckung, überlegte er wieder. Wenigstens wusste er jetzt, wo sie lag. Es war immer Lissy gewesen. Nur Lissy. Er erinnerte sich, wie sie ihm zum ersten Mal aufgefallen war. Ein hübsches, eher schüchternes Mädchen, das nur im Kreis seiner Freunde aufblühte. Etwas war an ihr, das ihn anzog, er konnte nicht sagen, was es war, aber dafür spürte er es umso deutlicher. Und auch wenn er es sich nie eingestanden hatte, er hatte es immer gespürt.

Seufzend warf er sich auf die Seite und starrte die Leuchtziffern des Weckers an. Sah zu, wie aus der Vier am Ende eine Fünf wurde.

Sie war nichts Besonderes. Ihre Freunde waren nichts Besonderes. Er selbst war auch nichts Besonderes. Aber sie und ihre Freunde hielten sich für was Besonderes. Er war dabei, ihnen zu beweisen, dass sie das nicht waren. Und wenn es getan war, würde Lissy sich wieder von ihm abwenden, und er würde – hoffentlich – wieder Ruhe finden.

Achtzehn

DER SILBERNE OPEL OMEGA rollte weich wie auf einem Luftkissen über die Bundesstraße. Dass er schon siebzehn Jahre auf dem Buckel hatte, war ihm weder am Motor noch am Lack anzumerken. Leon sah mit Freude, wie sein Vater am Steuer seines alten Wagens aufblühte. Sonst fuhr er höchstens kurz in die Stadt, zu einem Arzt oder zum Friedhof. Aber ein wenig damit zu cruisen (oder *eine Spritztour zu machen,* wie sein Vater es nannte), war etwas völlig anderes. Sie hatten auf der Rückfahrt am herbstlich gestimmten Badesee für einen kleinen Spaziergang gestoppt, jetzt befanden sie sich auf dem Heimweg. Und die ganze Zeit kaum ein Hustenanfall.

»Elif wird heute achtzehn«, sagte Leon in das zufriedene Schweigen hinein, das sich zwischen ihnen ausgebreitet hatte. »Und bald hat sie ihre Führerscheinprüfung. Sie kommt garantiert durch, meint Lissy, sie ist eine super Fahrerin.«

»So.«

»Denkst du ... ähem ... wir könnten uns den Omega ausleihen ... für unsere Fahrt in den Herbstferien?«

»Daher weht also der Wind. Deshalb das ganze Engagement.«

»So ist das nicht, Pa! Ich wollte wirklich mit dir –«

»Schon gut.« Sein Vater lachte. »Ich glaub's dir ja. Natürlich könnt ihr den Omega haben. Steht schon lange genug in der Garage. Ein bisschen Auslauf wird ihm guttun.«

»Cool.«

Sie hatten das Ortsschild gerade passiert, als Leon eine Nachricht erhielt. Eine unterdrückte Nummer. Er öffnete sie und las: *Können wir uns treffen? Müssen reden. Konni.* Wie kam Konni dazu, ihm zu schreiben? Und worüber wollte er mit ihm reden? Sicher nicht über seine Sammlung an B-Movies. Da Leon allerdings auch fand, dass sie mal miteinander reden sollten, schrieb er zurück: *Wann? Wo?* Die Antwort war ähnlich knapp: *Schule. Am liebsten gleich.*

»Gibt's Probleme?«, fragte Leons Vater.

»Vielleicht. Kannst du mich bei der Schule absetzen?«

»JETZT SAG ENDLICH, wo wir hinfahren«, drängte Finn, zunehmend ungeduldig.

»Das wirst du schon sehen«, antwortete Sylvie.

»Um sechs muss ich zurück sein.« Um sieben trafen sich die *Boys and Bitches* und noch ein paar andere Freunde von Elif in einem alten Bauwagen, um ihren Geburtstag zu feiern.

»Hallo? Es ist doch erst kurz nach Mittag! Jetzt chill mal.«

Sylvie war am Morgen überraschend in ihrem gelben VW Beetle aufgetaucht, nachdem sie den Tag davor bei ihren Verwandten verbracht hatte. Finn freute sich riesig, sie, statt immer nur via Skype, mal wieder im richtigen Leben zu sehen. Doch was war eigentlich so schwer daran, vorher Bescheid zu sagen, wenn man jemanden besuchte? Normale Leute machten das so. Und sie sagten einem auch, wo man hinfuhr und was man dort vorhatte. Sie hatte nur mitgeteilt: »Keine Sorge, es ist egal, ob du die gute Unterwäsche trägst.«

Sie erreichten eine Kleinstadt, von der Finn noch nie in seinem Leben was gehört hatte. Was wollten sie hier? Es wirkte auch nicht so, als würde Sylvie sich auskennen, sie folgte nur den Anweisungen ihres Navis. Als das schließlich verkündete, dass sie ihr Ziel erreicht hatten, war das Rätsel für Finn eher größer als kleiner. Sie parkten vor einer hohen Mauer, hinter der offenbar ein Park oder ein Wäldchen lag.

»Und was machen wir hier?«, fragte er.

»Wir gehen ein wenig spazieren«, gab sie zurück.

Wenn das nicht der schönste Park der Welt ist, raste ich aus, dachte Finn.

Als sie am schmiedeeisernen Eingang standen, sah er endlich, wohin Sylvie ihn gebracht hatte: zu einem Friedhof.

»Was machen wir hier?«, wiederholte er, diesmal eindringlicher als zuvor.

»Wir besuchen das Grab einer ... Freundin von mir.«

Sylvie hakte sich bei ihm unter und zog ihn mit sich.

Die Gräber wurden beschattet von hohen Bäumen, die die Geräusche der Außenwelt zurückhielten. Auch das Licht wurde durch sie gedämpft. Trotzdem fühlte Finn sich unwohl. Er mochte Friedhöfe nicht besonders, und Sylvies Erklärung warf mehr Fragen auf, als sie Antworten bot.

»Wer ist diese Freundin?«, wollte er wissen.

»Wirst du gleich sehen.«

Vor ihnen tauchte ein Erdhügel auf. Offenbar ein noch recht frisches Grab. Finn wurde eng in der Brust, er wusste nicht, warum. Als sie nahe genug waren, erfasste sein Blick das eingerahmte Foto, das an einem am Kopfende steckenden Kreuz lehnte. Er hatte dieses Bild, nur vielfach vergrößert, schon einmal gesehen,

und er wusste auch sofort, wann und wo: am ersten Schultag, bei der Gedenkveranstaltung für Vanessa!
Abrupt blieb er stehen, riss sich von Sylvie los.
»Was soll der Scheiß?«, schrie er sie an. »Findest du das lustig?«
Er drehte sich um und eilte den Weg zurück. Sein Herz schlug wild, der Schweiß brach ihm aus, während sich in seinem Kopf die Bilder überschlugen. Bilder, die er am liebsten für immer vergessen hätte: Vanessa in der Schule, von allen umschwärmt; Vanessa mit ihm allein in der Datsche; Vanessa beim Spring Break. Der Kuss am Strand. Über allen Bildern aber lag jenes letzte Bild von ihr: wie sie dalag, regungslos, tot. Dieses eine Bild, das ihn immer dann einholte, wenn er glaubte, er sei halbwegs darüber hinweg, und ihm so zeigte, wie weit entfernt er davon noch war.
»Warte!«, rief Sylvie hinter ihm. »Es tut mir leid!«
Finn lief einfach weiter. Er blieb erst stehen, als er wieder auf der Straße stand. Er war so sehr außer Atem, dass er kein Wort hervorbrachte. Sylvie, die ihm nachgelaufen war, schnaufte auch. Sie blieb ein Stück abseits, traute sich nicht, näher zu kommen, geschweige denn, ihn anzufassen.
»Was hast du dir dabei gedacht?«, fuhr er sie an, kaum dass er sich etwas erholt hatte. »Soll das ein Witz sein?«
»Nein! Ich dachte nur …«
»Was?«
Sie schaute zu Boden, rang nach Worten.
»Dass es dir vielleicht hilft. Damit du … abschließen kannst … mit ihr. Ich dachte … Leon hat mir erzählt, dass ihr am Bach wart, wegen Rico, wie ihm das geholfen hat, als Abschluss … und dass es deine Idee war. Da dachte ich …«
Finn sah ihr an, wie leid es ihr tat. Trotzdem versöhnte ihn ihre

Zerknirschung kaum. Wieso hatte sie ihm nicht von Anfang an gesagt, was sie vorhatte? Dann hätte er sich vorbereiten können. Wahrscheinlich hatte sie befürchtet, er würde nicht mitkommen. Und damit lag sie verdammt richtig. Es musste seine Entscheidung sein, nicht ihre!

»Es tut mir wirklich leid, Finn«, wiederholte sie. »Es macht mich bloß wütend, dass Vanessa noch immer über allem schwebt. Selbst jetzt, da sie tot ist, versaut sie mir alles!«

»Dir? Geht es hier nur um sie und um dich?«

»Nein, so hab ich –«

»Du hast dich von Anfang an rangeschmissen an mich«, schrie er. »Was willst du eigentlich von mir? Was reizt dich an mir? Dass ich Vanessa geliebt habe? Willst du mich deshalb? Um sie noch mal auszustechen?«

Die Worte saßen. Sylvie stand nur da und sah ihn an. »Denkst du das … wirklich?«

»Keine Ahnung, was ich denke! Oder halten soll von all dem.« Er ließ offen, was genau er meinte. Etwas ruhiger fügte er hinzu. »Ich will nach Hause, Sylvie. Meine Ruhe haben. Nur das.«

Schweigend gingen sie zum Auto zurück. Finn setzte sich auf den Rücksitz. Während der ganzen Fahrt, geschlagene zwei Stunden, sprachen sie kein Wort.

LEON STAND AUF DEM SCHULHOF und schaute sich nach Konni um, doch weit und breit war niemand zu sehen. Er würde schon noch kommen. Leon konnte sich ungefähr vorstellen, was der Freak von ihm wollte. Bestimmt hatte es mit der unverhofften Einladung ins Büro des Direktors zu tun. Irgendwie hatte Konni dabei seine Finger im Spiel gehabt, davon war Leon längst

überzeugt. Wer sonst hätte ihn und Finn anonym anschwärzen sollen?
Endlich tauchte Konni am anderen Ende des Hofs auf. Beide Hände tief in den Taschen seiner Windjacke vergraben, schlurfte er herüber. »Hi«, sagte er bloß.
Leon nickte nur. »Und?«, fragte er. »Was liegt an?«
»Will nicht lange drum herum reden. Es gibt ein paar Sachen, die du wissen solltest.«
»Lass mich raten: Finn und ich waren wegen dir beim Direktor. Und in Wirklichkeit hast du das bescheuerte Video mit dieser Svenja verbreitet. Bloß, um es uns anzuhängen.«
Leon hatte sich in Rage geredet, doch Konni blieb völlig ruhig. Er ließ sich nicht in die Karten schauen.
»Ganz so ist es nicht, Leon«, sagte er. »Es stimmt, ich habe Wegmann den Hinweis auf euch zugespielt. Aber das ist nicht der Punkt.«
»Ach ja? Finde ich schon. Drum würde mich interessieren, warum du uns den Film nicht untergeschoben hast. Was ist schiefgegangen?«
»Gar nichts.«
»Und was sollte der Scheiß dann?«
»Ich hatte ein paar Tage vorher ein Gespräch mit Finn. Hab ihm gesagt, was passieren würde, und ihm die Wahl gelassen, wem von euch beiden ich den Stick zustecken sollte. Entweder dir oder ihm. Er hat sich für dich entschieden.«
»Aber du hast mir nichts zugesteckt, oder?«
»Nee. Mir ging's nicht darum, dich in die Scheiße zu reiten. Ich wollte bloß rausfinden, was Finn tut. Ob ihm eure Freundschaft wichtiger ist als sein Ruf.«

Leon zweifelte noch immer, ob er Konni richtig verstand. Das Ganze sollte so was wie ein Charaktertest für Finn gewesen sein? Und wozu? Wem wollte er was damit beweisen? Besser, er fragte gar nicht danach. Die Antwort war sicher genauso verwirrend wie alles an dem Typen.

»Keine Ahnung, wen du verarschen willst, Konni. Finn oder mich oder die ganze Menschheit. Deine Spielchen sind mir scheißegal. Merk dir das und lass mich und die anderen einfach in Ruhe, klar?«

Die Worte prallten wie Gummibälle an Konni ab. Er grinste nur überheblich. »Ich finde es total sympathisch, dass du auf Finn nichts kommen lässt. Und dass du mir nicht glaubst … okay, das würde ich an deiner Stelle wahrscheinlich auch nicht. Mein Vorschlag: Frag Finn. Dann kannst du auch gleich Elif fragen.«

»Elif? Was hat die denn damit zu tun?«

»Nichts. Das ist ’ne andere Geschichte. Interessiert dich sicher auch nicht, aber ich erzähl sie dir trotzdem: Damit ich ihr gewisse Informationen über Benedict besorge, hat sie Lissy ausspioniert und Steffen Wegmann anonym ein Video zukommen lassen, das ihn und Lissy in einer ziemlich eindeutigen Situation zeigt.«

»Moment mal!«, rief Leon. »Lissy hat wirklich was mit Steffen Wegmann?«

»Ach, stimmt. Das weißt du ja auch nicht. Deshalb flirtet sie doch mit Finn. Macht ihn total heiß. So lenkt sie von ihrer Sache mit Wegmann ab.«

Sprachlos stand Leon da. All das sollte passiert sein, während er glaubte, zwischen ihnen sei alles bestens? Wenn es stimmte, wie hätte er davon nichts mitbekommen können? Unmöglich! Konni

wollte nur Unruhe stiften. Aber auf dieses Spiel wollte Leon sich nicht einlassen.
»Bullshit!«, schrie er Konni an und ließ ihn stehen.
Konni sah ihm nach, bis er den Schulhof verlassen hatte und damit aus seinem Sichtfeld verschwunden war. Dann griff er in die Innentasche seiner Windjacke und holte sein Handy heraus. Er drückte auf Stopp und beendete damit die Tonaufzeichnung.
Damit hatte er das letzte Puzzlestück, das er brauchte. Denn er hatte alle diese Gespräche aufgezeichnet: Elif, als er ihr den Auftrag gab, Lissy zu bespitzeln; Lissy, als er ihr den Rat gab, Finns Gefühle auszunutzen; Finn, als er ihn vor die Wahl stellte, sich selbst oder Leon zu opfern; und nun Leon, der als Einziger die Sünden aller kannte und es in der Hand hatte, ob er mit seinem explosiven Wissen die Freundschaft der *Bad Boys and Little Bitches* sprengte. Und falls er es nicht tun würde, würde Konni es eben selbst machen.

Neunzehn

FINN HATTE ALLES EINGEPACKT, was er für den Trip nach Bayern brauchte. Elif und die anderen wollten ihn in ungefähr einer halben Stunde abholen. Eine Sache musste er vor der Abfahrt allerdings noch erledigen: mit Sylvie skypen. Zwei Wochen waren seit seinem unfreiwilligen Besuch an Vanessas Grab vergangen. Zwei Wochen, in denen er jeden Kontakt mit ihr vermieden und doch jeden Tag an sie gedacht hatte. Er hatte versucht, mit Leon darüber zu reden, und der hörte ihm zwar zu, sagte dann aber bloß Sachen wie: »Ja, das ist echt kacke«, oder: »Mach so, wie du denkst.« Lissy und Elif fanden Sylvies Verhalten einerseits total daneben und unsensibel, andererseits hielten sie ihr zugute, dass ihr Finn offenbar sehr wichtig war. Doch wie wichtig war Sylvie ihm? Er mochte sie, sehr sogar, aber er hatte es satt, dass andere über ihn bestimmten: erst Vanessa; jetzt, sicher mit besseren Absichten, Sylvie.

»Hi«, grüßte sie vom Display, in gedämpfter Stimmung, wie er sofort merkte, »meldest du dich doch noch.«

»Klar.« Er versuchte ein Lächeln. »Hab ich doch versprochen.«

»Und? Alles gut bei dir?«

»Alles bestens. Die anderen kommen gleich, dann geht's in die Berge. Mal sehen, wie schnell wir uns auf den Geist gehen.«

Lächelte sie? Nein. »Und sonst?«
»Leons Nicht-Kiff-Phase ist schon wieder Geschichte. Er hat übrigens morgen Geburtstag, falls du's nicht weißt. Den achtzehnten. Will aber nicht feiern. Geburtstage sind auf einmal ein Scheiß. Irgendwas ist mit ihm.«
»Willst du mir sonst noch was sagen?«
Er wusste, worauf sie hinauswollte: sie und ihn, ihn und sie. Die Sache, um die er die ganze Zeit herumredete. Ihm wurde plötzlich heiß. Er musste daran denken, wie sie beide, nach dem Besuch an Vanessas Grab, auseinandergegangen waren: kein lauter Streit, kein Kampf. Sylvie hatte erklärt, was sie sich gedacht hatte, und sich entschuldigt, er hatte zugehört und am Ende »Okay« gesagt und: »Ich muss nachdenken, ich melde mich bei dir.«
»Also?«, fragte sie nun.
»Irgendwie ... keine Ahnung ... na ja, vielleicht wär's besser ...«
»Sag schon.«
»Wenn wir ein bisschen Abstand ...«
Er glaubte, selbst auf dem Display zu erkennen, wie sie blasser wurde und wie ein Zug um ihre Mundwinkel sich verhärtete.
»Wie viel Abstand willst du noch?«, fragte sie sarkastisch.
»Es ist halt ...« Er hatte, während er sprach, vergessen, was er sagen wollte. Die Leere in seinem Kopf breitete sich aus, fraß seine Gedanken.
»Hör zu, Finn. Ich hab mich entschuldigt. Für etwas, das dir helfen sollte. Du bist eben jemand, den man zu seinem Glück zwingen muss. Oder wenigstens ein bisschen schubsen.«
Ihre Worte schossen ihm wie ein Stachel ins Fleisch. »Woher willst du wissen, wie ich bin?«, brauste er auf. »Ich will nicht geschubst werden. Was ist daran so schwer zu verstehen?«

»Nichts. Mach's gut. Ich hab genug.«
Sie brach die Verbindung ab. Die Stille danach traf Finn mit unerwarteter Wucht. War's das jetzt? War es vorbei? Einen Moment fühlte er sich erleichtert, einfach weil der Druck von ihm genommen war, erst dann bemerkte er den Abgrund dahinter.
Er hörte ein Auto in der Auffahrt. Seine Freunde. Sie kamen genau zur rechten Zeit.

DAS EHEMALIGE FORSTHAUS lag abseits von jeder Ortschaft im Wald. Wie verabredet, war der Schlüssel bei einem netten jungen Ehepaar, Bekannten der Besitzer, im nächstgelegenen Dorf hinterlegt. »Wenn ihr wandern gehen wollt«, warnten sie, »dann macht das besser gleich in den ersten Tagen. Danach schlägt das Wetter um, und das kann hier ganz schön heftig werden.« Kaum hatten sie die Ortschaft verlassen, wurde die Straße immer schmaler und steiler. Elif steuerte den Opel mit erstaunlicher Sicherheit durch alle Engstellen und Haarnadelkurven. Neben einem geraden Stück ragte eine Felswand mehrere Meter weit auf, darüber stand, unmittelbar am Rand, eine riesige Tanne und krallte sich mit ihrem Wurzelwerk ins Gestein.
»Krass«, sagte Finn. »Wenn das Ding runterkracht, will ich lieber ganz weit weg sein.«
»Angsthase«, sagte Lissy. »Ich würde das unbedingt sehen wollen.«
Angsthase? Sie meinte es sicher nicht so. Aber es verletzte ihn trotzdem.
Sie kamen auf einen unbefestigten Weg. Laut Beschreibung waren es jetzt nur noch wenige Hundert Meter. Und tatsächlich öffnete sich vor ihnen eine Lichtung, auf der ein unerwartet großes Haus

stand. Wie um ihnen den Anblick zu versüßen und die gesamte Szenerie noch mehr ins Märchenhafte zu entrücken, goss die Oktobersonne gerade jetzt ihr goldenes Licht aus. Elif hielt den Wagen an, sie stiegen alle aus, schauten sich um und sogen dabei die frische Luft tief in die Lungen. Sie roch nach Moos und Harz und Tannenzweigen. »Cool«, sagte Lissy, und Finn ging auf etwas neben dem Haus zu, das von fern wie ein Grill aussah. »Seht euch das an!«, rief er. »Unser Barbecue kann steigen!«
»Bin gespannt, wie es drinnen ist«, meinte Lissy.
Leon ging vor, denn er hatte die Schlüssel eingesteckt. Die ganze Fahrt war er ziemlich schweigsam gewesen. Wie schon in den Tagen davor. Eigentlich seit seinem Gespräch mit Konni. Irgendwie kam ihm seitdem jedes Wort wie eine Lüge vor. Aber das hier – der Wald, das Haus, die bemoosten Felsen –, daran war alles wahr und echt. Wenn überhaupt irgendwo, so schien es ihm, dann konnte hier etwas Neues, Wahres beginnen. Aber wollte er das? Wollte er überhaupt irgendwas?
Er schloss die schwere Eingangstür auf. Kaum drinnen, strömten alle in verschiedene Richtungen auseinander und erkundeten die Räume. Das Haus besaß mehrere Schlafzimmer, wobei die Eigentümer einige Büro- und Arbeitsräume durch den Umbau von Schlafsofas erst zu Gästezimmern gemacht hatten, sodass jeder ein Zimmer für sich bekam. Ganz Gentlemen, überließen Leon und Finn den Mädchen die schöneren, größeren Zimmer. Gleich nachdem sich alle eingerichtet hatten, fuhren sie gemeinsam hinunter ins Dorf, um sich im Supermarkt mit Lebensmitteln einzudecken. Leon achtete besonders darauf, dass genügend Bier eingekauft wurde, Finn kümmerte sich um Grillkohle. »Das wird ein extrem gechilltes Barbecue heute«, meinte er.

DAS WURDE ES AUCH. Obwohl der Abend ziemlich kühl war, wollte niemand nach drinnen umziehen. Zum Glück hatte Leon hinter dem Haus einen Feuerplatz entdeckt und an der Wand einen Stapel großer Holzscheite. Trotzdem brauchten sie Decken, um nicht zu frieren. Finn gab den Chef am Grill, und später spielte er auf einer Gitarre, die er in einem der Zimmer gefunden hatte. Immer, wenn Sylvie in seinen Gedanken auftauchte, schaute er zu Lissy und lächelte sie an. Sie lächelte zurück, wandte den Blick nach ein paar Sekunden aber stets ab. Leon schaute die ganze Zeit nur stumm ins Feuer, beobachtete die Wendigkeit der Flammen und dachte dabei: Lagerfeuerromantik – wie kitschig. Nachdem er sich eine Weile zurückgehalten hatte, fing er an, den ersten Joint des Abends zu bauen. Ohne diesen besänftigenden Schleier um seine Sinne fühlte sich die Welt unangenehm an, wie kratzige Klamotten. Alles war ihm zu nah, zu aufdringlich, zu schrill. An diesem Joint rauchten auch die anderen mit, und die Ruhe, die sich danach breitmachte, fühlte sich an wie ein warmes, weiches Bett, in dem sie alle lagen. Das Knacken des Holzes im Feuer und die Geräusche des Waldes blieben als letzte Verbindung zur Wirklichkeit, während das Bewusstsein davondriftete. Wieso konnte es nicht für immer so bleiben? Und wieso mussten Dinge wie die, die Konni ihm erzählt hatte, eigentlich für immer wahr bleiben? Wieso machte die ewig fließende Zeit sie nicht einfach unwahr, so wie die Flammen Holz in Asche und Rauch verwandelten, und der Wind trug beides davon …

Irgendwann vernahm Leon Getuschel um sich herum, doch er ließ die Augen lieber zu. Was immer da vorging, die Welt sollte noch ein wenig warten. Doch dann wurde er angestoßen und sanft geschüttelt. »Ey, Alter, Schluss mit Pennen!« Eindeutig Finn.

Zwei elfenhafte Stimmen flüsterten ihm ins linke und rechte Ohr: »Aufwachen, Sweetheart. Es ist so weit …« Das waren Elif und Lissy. Er blinzelte. Im Schein des heruntergebrannten Feuers erblickte er die drei über sich, mit knisternden, Funken sprühenden Wunderkerzen in der Hand. »Happy birthday to you!«, sangen sie, »happy birthday to you …« Als die Wunderkerzen abgebrannt waren und Leon sich endlich mühsam aus seiner halb liegenden Position aufrappelte, knallte ein Korken, Finn ließ Sekt in Gläser perlen, die die beiden gut gelaunten Mädchen ihm hinhielten, und eines der Gläser fand sich wenig später in Leons Hand wieder.

»Auf dich, Alter!«, rief Finn, und Elif ergänzte lachend: »Willkommen im Club der Volljährigen!«

»Ihr seid Hammer«, sagte Leon nur, obwohl ihm kein bisschen zum Feiern zumute war, und stieß mit allen an. Lissy küsste ihn auf beide Wangen, Elif auf den Mund, Finn umarmte ihn und klopfte ihm kräftig auf den Rücken. »Geschenke gibt's morgen«, teilte er mit.

»Keine Geschenke«, widersprach Leon hilflos. »Ich hab doch gesagt …«

»Ja, ja, schon klar.«

Sie lachten alle.

Dann war der Sekt geleert, Finn und Lissy begannen zu frieren und verzogen sich nach drinnen. Wo eben noch das Feuer gebrannt hatte, war jetzt nur noch Glut. Elif war geblieben, sie hatte sich zu Leon unter die Decke gekuschelt. Ihr Blick ging nach oben, in das Stück Himmel, das sich über der Lichtung auftat. »Hast du schon mal so viele Sterne gesehen?«, fragte sie staunend.

Hatte er noch nie. Der Weltraum war riesig und die Erde nur ein

Staubkorn darin oder noch weniger. Wenn aber selbst die Erde weniger als ein Staubkorn ist, dachte er, was sind dann wir?
Er wandte seinen Blick wieder nach unten, auf näher liegende Dinge, genauer gesagt auf Elif. Er hatte große Lust, sie zu küssen. Doch er tat es nicht. Besser, man beginnt erst gar nichts, dachte er, dann kann man auch nichts verlieren.

OBWOHL SIE ERST GEGEN halb eins todmüde ins Bett gefallen war, wachte Lissy schon um sechs Uhr wieder auf. Vor ihrem Fenster setzte gerade die Dämmerung ein und mit ihr das Gezwitscher der Vögel. Sie nahm ihr Handy. Kein Empfang. Natürlich. Warum sollte sie heute Empfang haben, nachdem sie gestern keinen gehabt hatte? Bestimmt hatte Steffen ihr längst eine Nachricht geschickt. Sie brauchte Handyempfang. Unbedingt. Jetzt!
Auf leisen Sohlen schlich sie aus dem Haus und ging dann zügig die unbefestigte Zufahrtsstraße hinab. Nachdem sie die asphaltierte Straße erreicht und auf ihr noch ein Stück weiter gegangen war, piepte endlich das Handy in ihrer Tasche. Sie hatte Netz und auch schon eine Nachricht erhalten. Ihre Finger zitterten, als sie nachschaute, und das lag nicht nur an der morgendlichen Kälte. Wie erwartet stammte die SMS von Steffen. Er schrieb: *Liebes, treffe Mittwoch gegen Mittag ein und bleibe zwei Nächte. Komm so schnell wie möglich! Ich sehne mich so nach dir.* Dahinter drei Herzen. Sie las die Nachricht ein zweites Mal. Dann löschte sie sie und steckte das Handy ein.
Komisch, dachte sie auf dem Rückweg. Ich hab mir das so gewünscht, und jetzt …
Was war jetzt? Sie war glücklich, ja. Aber es war nicht dieses überwältigende Glück, das sie erwartet hatte. Plötzlich dräng-

ten sich Bedenken auf, über die sie davor einfach hinweggesehen hatte. Steffen war ihr Lehrer. Er hatte eine Frau und zwei Kinder. (Beides hatte sich gerade in den letzten beiden Wochen mit Nachdruck in ihr Bewusstsein gedrängt, denn Steffens Frau war mit einer eitrigen Mandelentzündung ausgefallen, sodass Steffen sich um sie und die Kinder hatte kümmern müssen. Lissy hatte ihn nur in der Schule gesehen, und so waren sie sich plötzlich wieder nur mehr als Lehrer und Schülerin begegnet.) Er war schon über dreißig und mochte ganz andere Dinge als sie. Sie wusste nicht mal, welche. Außerdem nicht zu vergessen: Er war schuld an Vanessas Tod … und sie hatte, um ihn zu decken, alle Welt belogen. Nicht zuletzt die Polizei. Wahrscheinlich fielen ihr all diese Dinge jetzt bloß wieder ein, weil sie in Wahrheit Muffensausen hatte. Oder?

Was, wenn sie ihm schriebe, dass sie es sich anders überlegt hatte? Wenn sie es beendete, einfach so, mit einer SMS, ungefähr so: *Ich hab mich verändert, meine Gefühle haben sich verändert. Es ist aus.*

War es das, was Vanessa in jener Nacht getan hatte? War er deshalb zu ihr gekommen, in ihre Unterkunft? War er deshalb ausgerastet? Sie hatten kaum jemals über ihren Tod gesprochen. Nie mehr als nur ein paar oberflächliche Sätze lang. Das mussten sie auch gar nicht. Die Gründe für seine Tat lagen ja auf der Hand.

Würde er auch bei ihr ausrasten?

Wollte sie, dass er ausrastete?

MIST!, DACHTE ELIF, kaum, dass sie aufgewacht war. Das Bett, in dem sie lag, war definitiv nicht das, in dem sie liegen sollte. Was ihr noch mehr Sorgen machte, war, dass auf der anderen Seite jemand atmete und – vor allem – dass sie nackt war vom Scheitel

bis zum kleinen Zeh. Mist, dachte sie noch einmal. Der schöne, feuchte Traum war offenbar doch kein Traum gewesen. Sie hatte wirklich mit Leon geschlafen.
Und jetzt?
Sie musste hier weg. So schnell wie möglich. Erst mal in Ruhe nachdenken.
Die Decke raschelte leise, als sie aus dem Bett glitt. Sie sammelte ihre Sachen ein, die in einem weiten Umfeld vor ihr auf dem Boden verteilt lagen, schlüpfte aber nur in ihren Slip und ins Shirt. Den Rest behielt sie auf dem Arm. Sie war schon fast an der Tür, als Leon sich wohlig seufzend umdrehte. Abrupt blieb sie stehen. War er wach? Sie riskierte einen Blick. Nein, seine Augen waren geschlossen, sein Atem ging gleichmäßig. Sie wollte weiter, aber sie konnte sich nicht von dem Anblick lösen. Leon war schon immer ein besonderer Mensch gewesen. Ihr Fels und ihr Anker. Konnte er vielleicht noch etwas anderes sein? Oder, nach dem, was sie getan hatten, nicht einmal mehr das, was er davor gewesen war: ihr bester Freund? Eine Nacht konnte ein ganzes Leben verändern. In einer Nacht konnte man alles gewinnen – oder alles verlieren.
Auf Zehenspitzen huschte sie zurück ans Bett, drückte einen Kuss auf ihre Hand und legte ihn vorsichtig auf Leons Stirn. Stumm formten ihre Lippen die Worte: Ich liebe dich. Ja, das tat sie, nicht erst jetzt, sondern immer schon. Und genau deshalb würde sie diese Nacht als einmaligen Ausrutscher abhaken. Von allen Menschen auf der Welt war Leon derjenige, den sie auf keinen Fall unglücklich machen durfte. Das hätte sie nicht ertragen.
Die Tür knarrte verräterisch in den Angeln, als sie sie aufzog, doch Leon regte sich nicht. Erst als das Schloss wieder zu-

schnappte, schlug er die Augen auf. Nachdenklich berührte er die Stelle auf seiner Stirn, auf die sie den Kuss gelegt hatte. Von allen seinen Freunden hatte sie ihm immer am meisten bedeutet. Aber er und sie ein Paar? Nein, das hätte nicht funktioniert. Deshalb hatten sie auch gewisse Grenzen nie überschritten. Bis letzte Nacht. Warum hatte er es zugelassen? Vielleicht, weil in letzter Zeit schon so viele Grenzen überschritten worden waren? Er war bereit gewesen, über alles, was er von Konni erfahren hatte, hinwegzusehen. Auch über seine Enttäuschung. Warum also nicht auch über das, was letzte Nacht passiert war? Kam es darauf noch an? War ja bloß Sex, dachte er. Doch sein Herz war schwer.

ZUM GLÜCK WAR LEON nicht der Torten-Typ. Er stand eher auf einfache Kuchen. Sandkuchen. Nusskuchen. Marmorkuchen. Kuchen, die vielleicht sogar Elif hinkriegte. Trotzdem war sie froh, dass Lissy ihr zur Hand ging, was darauf hinauslief, dass Lissy mehr und mehr die Regie übernahm, während Elif ihr Zutaten und Sachen reichte und später am Teig schleckte. »Du wirst mal eine super Hausfrau«, meinte sie grinsend.

»Dann weiß ich wenigstens, wofür ich mein Abi mache.«

»Hey, Kochen und Backen will auch gelernt sein.«

Schon klar, dachte Lissy.

»Wie lange habt ihr gestern eigentlich noch draußen gesessen?«, fragte sie dann, während sie den Teig in die Form gab. »Du und Leon, meine ich.«

Elif nahm sich mit dem Finger einen Klecks süßen Teig aus der Schüssel. Ahnte Lissy was? Hatte sie was mitgekriegt?

»Keine Ahnung«, sagte sie. »Wieso?«

»Nur so.«
Lissy beobachtete Elif mit allen Sinnen außer den Augen, deren Aufmerksamkeit sich ganz auf die Kuchenform vor ihr konzentrierte. Elif und Leon – irgendwas war da.
Elif spürte Lissys Misstrauen sehr wohl, ließ es aber an sich abperlen. Wenn sie etwas konnte, dann war es, anderen was vorzumachen. Bei den vielen verschiedenen Leben, die sie schon gehabt hatte, wäre sie ohne diese Kunst schon zigmal aufgeflogen.
Als der Kuchen im Ofen war, bereiteten die beiden den Tisch für Leons Geburtstagsfrühstück. Angelockt vom Kuchenduft, schneite irgendwann Finn herein. Noch ziemlich verschlafen, mit zerknautschten Haaren. »Erst duschen«, bestimmte Lissy und schickte ihn gleich wieder weg.
»Ich seh mal nach, wo unser Geburtstagskind bleibt«, sagte Elif schließlich, als sie die Anspannung nicht mehr aushielt. »Stellst du schon mal die Geschenke hin?«
Mit heftig pochendem Herzen klopfte sie an Leons Tür. »Ja?«, kam es sofort. Er war also schon wach.
Sie ging rein.
Leon war gerade dabei, sich anzuziehen. Als er Elif sah, hielt er inne. »Na?«, fragte er nach einer Weile und machte weiter.
»Alles klar?«
»Logisch.«
»Super. Du kannst bald … zum Frühstück …«
Sie spürte, wie sie rot wurde.
Leon tat so, als bemerkte er es nicht. Die Spannung zwischen ihnen war schier mit Händen zu greifen. Was sollten sie tun? Was sollte er tun? Den Dingen einfach ihren Lauf lassen? Auch auf die Gefahr hin, am Ende alles zu verlieren: Freundschaft und Liebe?

Elif räusperte sich. »Wegen letzter Nacht«, sagte sie. »Wir sollten da bloß nicht …« Sie lächelte verlegen.
»Ganz deiner Meinung«, sagte er rasch. »War ja nur Sex.« In dem Moment, in dem der Satz über seine Lippen kam, bereute er ihn schon. Deshalb fügte er hinzu: »Sehr schöner Sex.«
»Ja. Fand ich auch.«
War sie erleichtert, dass er es locker sah? Keine große Sache daraus machen wollte? So wie sie? Ja, das war sie. Und enttäuscht war sie auch.
»Das schönste Geburtstagsgeschenk ever«, sagte er.
Gut, dass er es so sah. Ein Geschenk. Eine einmalige Sache.
Sie lächelte. »Nächstes Jahr kriegst du wieder was anderes.«
»Es braucht ja keiner zu wissen …«
»Nein. Keiner.«
Sie sahen sich an. Schweigend. Sie würden es beide hinkriegen. Über diese Sache hinwegzugehen. Die alten Rollen wieder zu übernehmen und weiterzuspielen. War besser so.
Nur eine weitere Lüge, dachte Leon. Fiel gar nicht mehr auf.
»Frühstück dauert noch ein wenig«, sagte sie. »Der Kuchen.«
»Ich lass mir Zeit.«
Sie wandte sich um und ging.
Er sah ihr nach.
Ist besser so, dachte er. Sie würden das hinkriegen.

Zwanzig

KONNI HATTE SICH FRÜH am Morgen auf den Weg nach Bayern gemacht und war den ganzen Vormittag durchgefahren. An die Adresse der Unterkunft der *Boys and Bitches* zu kommen, war einfach gewesen. Er hatte Leons Vater so oft angerufen, bis der endlich abnahm, und dann vorgegeben, er wolle Leon zu seinem Geburtstag mit einem Päckchen überraschen. Wieder und wieder hatte er sich während der langen Fahrt die Aufnahmen angehört, die er von seinen Gesprächen mit Lissy, Elif, Finn und zuletzt Leon gemacht hatte. Gespräche, in denen er sie vor die Wahl zwischen dem Wohl eines Freundes und dem eigenen Vorteil stellte. Er hatte niemanden zu irgendwas gezwungen, sondern nur eine Entscheidung verlangt. Würde Elif die Chance ergreifen, Benedict für immer loszuwerden, auch wenn sie dafür Lissy verraten und unglücklich machen musste? Würde Finn zulassen, dass Leon vor aller Welt als jemand dastand, der eine Kamera in der Mädchenumkleide installiert und ein Mädchen im wahrsten Sinne des Wortes bloßstellt? Würde Lissy, nur um ihre verirrte Beziehung zu ihrem Lehrer zu schützen, ihrem besten Freund falsche Gefühle vorgaukeln, in dem Wissen, dass sie ihm dadurch eines Tages das Herz brechen würde? Schließlich Leon, dem er, Konni, all das eröffnet hatte: Würde er reinen Tisch machen oder alle mit ihren Lügen und Betrügereien durchkommen lassen, nur weil er die Nestwärme dieser falschen Freunde nicht verlieren wollte? Er hatte bei jedem gewusst, welche Wahl er oder sie treffen würde. Auch dass Leon schweigen würde, war ihm klar gewesen. Seit sein Kumpel Rico weg war, hatte er ja außer seiner Clique niemanden mehr. Das war also die Bilanz: Jeder Einzelne von ihnen dachte zuerst an sich. Hauptsache, niemand erfuhr davon. Aber welchen Unterschied machte das, da doch jeder um die eigenen Sünden wusste? Wenn sie ihr Verhalten nicht vor den anderen rechtfertigen konnten, wie konnten sie es dann vor sich selbst?

Es war kurz nach Mittag, als er auf den Parkplatz vor dem *Gasthof Sterzinger* fuhr, wo er online ein Zimmer reserviert hatte. Er stellte den Wagen auf der Rückseite des Gebäudes ab, sodass er von der Straße aus nicht zu sehen war.

Das Zimmer war einfach, er hatte keine besonderen Ansprüche. Nachdem er sich ein wenig ausgeruht hatte, setzte er sich an den kleinen Schreibtisch. Von der Gemeinde-Homepage dieses Kaffs hatte er sich eine Karte heruntergeladen, auf der sämtliche Wanderwege verzeichnet waren, und das Haus, das ihn interessierte, mit einem roten Punkt markiert. Bei einem Fahrradverleih für Touristen mietete er online ein Mountainbike, mit dem sich die Gegend besser erkunden ließ als mit dem Auto oder zu Fuß. Zuletzt holte er den vorbereiteten USB-Stick aus seiner Tasche und legte ihn vor sich hin. Er hatte darauf eine Art *Best-of*-Sammlung aus seinen Gesprächen mit den vier Freunden zusammengestellt. Natürlich hätte er sie ihnen auch mit der Post schicken können. Aber er wollte in der Nähe sein, wenn die Bombe hochging.

AM DRITTEN TAG fuhren die *Boys and Bitches* ins Dorf, um ihre Vorräte aufzufüllen. Der Wetterbericht sagte für den späteren Nachmittag und die Nacht Gewitter voraus, doch das konnte die ausgelassene Stimmung nicht trüben. Nur Lissy war ruhiger als sonst. Es war schließlich Mittwoch – Steffen-Tag! Finn dagegen lief zu Bestform auf, er riss einen Gag nach dem anderen, Leon spielte ihm die Bälle zu, und Lissy und Elif taten das ihre. Gleich am ersten Tag hatten sie eine große Wanderung unternommen, dafür am Tag danach gechillt; lange geschlafen, ewig gefrühstückt, gequatscht, rumgealbert, kleine Spaziergänge gemacht. Finn hatte schon mehrere Songs geschrieben, er war kreativ wie lange nicht mehr. Leon hielt sich mit den Joints zurück, er fühlte sich auch so gut unter seinen Freunden. Selbst zwischen Elif und ihm war es trotz ihres Ausrutschers entspannt, eigentlich wie immer oder sogar noch besser. Abends kochten sie gemeinsam, aßen und tranken und hatten einfach eine gute Zeit.

Gleich am Ortseingang befand sich ein kleiner Supermarkt. Elif lenkte den Wagen auf den Parkplatz. Lissy bemerkte ein paar Häuser weiter eine Gaststätte. *Gasthof Sterzinger,* las sie in geschwungenen Lettern über dem Eingang. Würde Steffen dort absteigen? Allzu viele Möglichkeiten gab es in einem so kleinen Ort wohl nicht. Sie musste sich irgendwie von den anderen abseilen, nur so lange, wie sie brauchte, um zu telefonieren.

»Hey, Leute«, sagte sie, kaum, dass sie alle ausgestiegen waren, »ich hätte wohl besser vor der Abfahrt aufs Klo gehen sollen. Ich frag mal dort drüben beim Gasthof. Bin gleich wieder da.«

»Gute Idee«, sagte Finn, »ich muss auch.«

Mist!, dachte Lissy. Ahnt er irgendwas? Will er mich überwachen? Sie konnte es sich eigentlich nicht vorstellen.

Gemeinsam überquerten sie die Straße. Finn versuchte, den Dialekt hier in der Gegend nachzuahmen. Lissy hörte nicht hin. Sie war mit anderen Dingen beschäftigt. Parkte Steffens Auto schon vor dem Gasthof? Drei standen da, seines war nicht darunter. Was nichts heißen musste. Wahrscheinlich kam er mit einem Mietwagen. Oder es gab noch andere Parkplätze.
Finn hielt Lissy die Tür auf. Sie traten in einen breiten Flur. Drinnen wies ihnen ein Schild den Weg.
Lissy verschwand auf der Damentoilette. Sie fröstelte, denn die Fenster standen alle sperrangelweit offen. Sie schloss sich in einer der Kabinen ein. Mit zittrigen Fingern wählte sie die Nummer von Steffens Zweithandy. Sekunden später nahm er ab.
»Lissy?«
»Wo bist du?«
»Laut Navi hab ich noch eine halbe Stunde zu fahren. Ich hab ein Zimmer in einem *Gasthof Sterzinger*.«
»Da bin ich gerade.«
»Wirklich? Sehen wir uns gleich?«
»Nee. Ich hab nicht viel Zeit, die anderen warten.«
»Und wann sehen wir uns dann?«
»Heute Nacht. Ich schleich mich weg. Kann aber spät werden.«
Sie legte auf, trat aus der Kabine und vor den Spiegel über dem Waschbecken. Bist du dir sicher, dass du das wirklich willst?, fragte sie ihr Spiegelbild.
Als sie auf den Flur kam, wartete Finn schon auf sie. Auf dem Weg zurück zum Supermarkt fragte er: »Mit wem hast du telefoniert?«
Sie erschrak. »Telefoniert? Ich?«
»Ich hab dich gehört. Durchs offene Fenster.«

»Nur mit zu Hause. Bescheid sagen, dass es mir gut geht und so.«
»Klar«, sagte er, aber es klang nicht so, als würde er ihr glauben.

SIE HABEN IHR ZIEL ERREICHT, sagte die Stimme aus dem Navigationssystem. Steffen Wegmann ließ den Mietwagen auf einen freien Parkplatz vor dem Gasthof rollen und stellte den Motor ab. Angekommen, dachte er, aber noch nicht am Ziel. Deshalb stellte sich keine Erleichterung ein, seine Anspannung wuchs sogar noch.
Es hatte ihn einige riskante Lügen gekostet, um überhaupt hierherzukommen. Angeblich besuchte er ein freiwilliges Fortbildungsseminar zum Thema *Schwer erziehbare Schüler.* Wie lange würde ihm Cornelia solche Ausreden noch glauben? Es bedrückte ihn und machte ihn sprachlos, wenn sie ihn für das viel zu große Engagement für seine Schüler kritisierte. »Du kannst sie nicht alle retten«, sagte sie manchmal. »Und danken sie es dir jemals? Auch nur einer von ihnen?« Er hatte keine Ahnung, wie lange er sein doppeltes Spiel noch durchhalten konnte. Nicht ewig, so viel stand fest. Im Moment dachte er allerdings nur bis zur kommenden Nacht.
Steffen checkte ein. Zwangsläufig mit seinem richtigen Namen, da er seinen Ausweis vorlegen musste. Er hasste es, Spuren zu hinterlassen. Er hasste Risiken. Leider waren manche unvermeidlich. Das Zimmer lag im ersten Stock und war im Landhausstil eingerichtet. Er setzte sich aufs Bett. Befühlte das Laken. Eine Gänsehaut lief über seinen Rücken.

AUF DER RÜCKFAHRT ZUM FORSTHAUS legte Elif eine CD mit Rockklassikern ein, die sie alle lautstark mitgrölten, Elif wie immer einen halben Ton daneben. Allein deshalb musste Leon die ganze Zeit lachen, Finn kniff ihn vom Rücksitz aus jedes Mal in die Seite, wenn es besonders übel war. Elif merkte, dass die beiden sich auf ihre Kosten amüsierten und strengte sich deshalb noch mehr an, richtig schön falsch zu singen. Sollten sie ihren Spaß haben.

So kamen sie in ausgelassener Stimmung an. Leon bemerkte den Umschlag, noch bevor der Wagen zum Stehen kam. Er lehnte an der kleinen steinernen Treppe, die zur Eingangstür hinaufführte. Eigentlich warf der Briefträger die Post stets in den Briefkasten, sie leerten ihn dann für ihre Gastgeber und legten alles in einen Korb in der Garderobe. Während sich die anderen um die Einkäufe kümmerten, ging Leon zum Haus und hob den Umschlag auf. *Für Lissy, Elif, Finn und Leon* stand darauf. Keine Adresse, keine Briefmarke. Der Absender musste ihn persönlich gebracht haben.

»Was ist das?«, rief Elif hinter ihm.

»Keine Ahnung. Lag hier einfach.«

»Vielleicht ein verspäteter Geburtstagsgruß.«

»Ist aber an uns alle adressiert.«

»Schließt du mal auf und hilfst beim Reintragen mit?«, sagte Lissy, die mit zwei schweren, bauchigen Jutetaschen bepackt war.

Leon kramte den Schlüssel hervor, sperrte auf und legte den Brief an der Garderobe ab. Gemeinsam brachten sie die Einkäufe in die Küche, und während Finn, Lissy und Elif alles verstauten, holte Leon den Umschlag und riss ihn auf. Ein USB-Stick kam zum Vorschein. Ohne einen erklärenden Brief oder eine Karte. Fragende Blicke gingen reihum.

»Uhh, wie geheimnisvoll«, brach Finn die angespannte Stille. »Musik? Fotos? Filme?« Er hechelte. »Pornos?«

»Gleich sind wir schlauer«, sagte Leon mit einem unguten Gefühl im Bauch.

Lissy brachte ihren Laptop. Alle versammelten sich davor, als Leon den Stick in den Port steckte. Wie sich zeigte, handelte es sich um eine Audiodatei. Leon öffnete sie und klickte auf *Play*.

Einundzwanzig

KONNI LAG AUF EINEM FELSEN zwischen Bäumen und Sträuchern und beobachtete durch einen Feldstecher das Forsthaus. Zu seinem Glück waren die Vögel alle ausgeflogen gewesen, als er hier ankam, sodass er den Umschlag mit dem Stick risikolos hatte platzieren können. Damit war alles getan, was zu tun war, und er hätte verschwinden können. Doch er war geblieben. Hatte sich diesen Platz als Beobachtungsposten gesucht und gewartet, bis sie zurückkamen. Warten fiel ihm leicht. Es kam ihm vor, als habe er sein ganzes Leben lang auf etwas gewartet, ohne zu wissen, worauf. Hier dauerte es nicht so lange. Schon nach einer halben Stunde hörte er das Auto die steile Straße heraufröhren, und wenig später sah er es auch. Elif saß am Steuer. Sie hielt vor dem Haus an, Leon stieg als Erster aus. Er hatte den Umschlag bemerkt und hob ihn auf. Nervosität kroch an Konni hoch, es fühlte sich an, als habe er Ameisen unter der Haut. Doch Leon öffnete den Umschlag nicht, sondern half den anderen beim Entladen des Autos.

Konni richtete das Fernglas auf Lissy. Für einen Moment spürte er wieder, was er in letzter Zeit immer gespürt hatte, wenn er mit ihr zusammen war. Doch er schob das Gefühl beiseite, wie eine Schwäche, die er sich nicht leisten durfte. Sie und ihre Freunde

wussten es noch nicht, aber ihre Welt würde gleich einstürzen. Tat es ihm leid? Oder freute es ihn? Irgendwie beides. Von nun an würden alle vier ihn hassen, denn auch wenn sie selbst einander verraten hatten und nicht er, würden sie ihm die Schuld geben. Auch Lissy würde das tun. Vielleicht gut so.
Die vier waren ins Haus verschwunden, die Tür hinter ihnen zugefallen. Seitdem wartete er wieder.

WIE ERSTARRT, STANDEN SIE im Halbkreis um den Laptop auf dem Küchentisch herum: Finn, Lissy, Elif, Leon. Verwirrt. Innerlich bebend. Was hatten sie da eben gehört? Stimmen, die ihnen gehörten und doch fremd klangen; Gespräche, an die niemand erinnert werden wollte und die doch keiner vergessen hatte. Konni. Das Treffen am Basketballplatz, in der Cafeteria, in der Fahrradhalle, auf dem Schulhof. Geheimnisse, von denen niemand erfahren sollte.
»Konni …«, sagte Elif voller Verachtung. »Dieser Mistkerl!«
»Und du bist viel besser?!«, fuhr Lissy sie an und verschwand in ihr Zimmer. Warf sich aufs Bett. Drückte das Gesicht ins Kissen. Ihr war zum Heulen.
Elif. Es war Elif gewesen. Sie hatte dieses verdammte Video gemacht. Und hatte es Steffen zugespielt. Sodass er fast Schluss mit ihr gemacht hätte. Wie konnte sie! Sie war ihre beste Freundin!
Jetzt nicht mehr.
Auf keinen Fall.
Tränen rollten über ihre Wangen. Sie presste sich die Hand auf den Mund, weil sie nicht wollte, dass jemand ihr Weinen hörte.
Im nächsten Moment verwandelte sich ihr Zorn in Scham.
Finn. Aus dem, was er gehört hatte, konnte er sich zusammen-

reimen, dass sie ihm die ganze Zeit was vorgemacht hatte. Dass sie ihn benutzt hatte, um ihre verbotene Liebe zu verschleiern. Dass sie absichtlich und aus rein egoistischen Gründen mit seinen Gefühlen gespielt hatte. Vielleicht – ihr stockte das Herz bei dem Gedanken – hatte er Sylvie nur ihretwegen auf Abstand gehalten. Weil er sich bei ihr Hoffnungen machte, die sich nie erfüllen würden. Wieso hatte sie nicht früher an all das gedacht? Oder war es ihr einfach nur egal gewesen? War sie wirklich so rücksichtslos? So gefühllos? Ein bitteres Lächeln trat auf ihr Gesicht. Hatte Konni ihr nicht genau das nach dem Spring Break vorgeworfen: dass sie gefühllos sei? Anscheinend hatte er es nun bewiesen.
Wie konnte sie jemals wiedergutmachen, was sie angerichtet hatte? Niemals! Finn würde ihr nicht verzeihen. Selbst wenn er irgendwann so tat, weil er einfach ein guter Kerl war und mit allen in Frieden leben wollte. Doch tief in seinem Innern würde er sie verachten und hassen. Für immer.
Konni. Bloß den Namen zu denken, fühlte sich an, als durchstäche jemand mit einer dicken Nadel ihr Herz. Obwohl sie ihm nie ganz getraut hatte, hatte sie angefangen, ihn zu mögen. Aber seine neue Nettigkeit war offensichtlich nur Getue gewesen. Eine Show, die er abzog, um sich ihr Vertrauen zu erschleichen. Dieser Dreckskerl! Er hatte sie in eine Falle gelockt. Sie und ihre Freunde. Aber wieso? Was hatte er davon? Rache? Für Vanessa? Gab er ihnen die Schuld für das, was mit ihr passiert war? Glaubte er gar, sie hätten sie auf dem Gewissen?
Ein sachtes Klopfen an der Tür. Eigentlich nur ein Kratzen.
Lissy erstarrte.
»Bitte. Lass es mich erklären.« Elif.

Lissy sah, wie die Klinke sich ein klein wenig senkte. Ihr fiel ein, dass sie nicht abgeschlossen hatte. »Bleib bloß weg!«, rief sie. »Ich will dich nicht sehen! Sonst weiß ich nicht, was ich tu!«
Elif nahm die Hand von der Klinke. Es war noch zu früh, um zu reden. Aber selbst wenn Lissy sich irgendwann beruhigt hatte und bereit dafür war, sich die andere Seite der Geschichte anzuhören, würde es wahrscheinlich nie mehr so werden wie früher. Verlorenes Vertrauen war wie zerschlagenes Glas. Selbst wenn es sich wieder zusammenkleben ließ, würde immer ein Sprung bleiben.
Elif machte ein paar Schritte in die Mitte des breiten Flurs. Dort blieb sie stehen.
Wie hatte sie nur so naiv sein können, Konni zu glauben, dass er nichts sagen würde? Leon hatte recht: Er war der Feind. Immer gewesen. Wieso sonst hätte er Vanessa helfen sollen? Vielleicht hatte er sie sogar zu ihrem Rachefeldzug angestiftet. Er war es schließlich auch gewesen, der Vanessa gesteckt hatte, dass die *Boys and Bitches* sie nicht mehr unter sich haben wollten. Nach ihrem Tod hatte er in eigener Regie weitergemacht, um auf seine Art zu Ende zu bringen, was sie gemeinsam begonnen hatten. Wie hatte sie ihm auch nur eine Sekunde lang vertrauen können? Sie kannte die Antwort: weil sie wegen der Situation mit Benedict so verzweifelt gewesen war, dass sie selbst dem Teufel vertraut hätte, wenn er ihr einen Ausweg gezeigt hätte. Der Typ wusste genau, was er tat. Er kannte bei jedem die Schwachstelle und nutzte sie für seine Intrigen.
Elif ging zurück in die Küche, wo Leon saß und auf das Schachbrettmuster schwarzer und weißer Fliesen auf dem Fußboden starrte. Sie ahnte, was er dachte, und gab ihm recht: Wie Figu-

ren auf einem Schachbrett waren sie herumgeschoben worden, und jeder hatte genau das getan, was der Spieler ihm zugedacht hatte.
Als sie Leon so dasitzen sah, tat er ihr im ersten Moment leid. Er hatte immer versucht, die *Boys and Bitches* zusammenzuhalten, und nun saß er doch vor einem riesengroßen Scherbenhaufen. Aber dann fragte sie sich, wie er die ganze Zeit hatte stillhalten können?
»Seit wann wusstest du es schon?«, fragte sie ihn. »Zwei Wochen? Drei? Oder noch länger?«
Leon blickte nur kurz auf, zuckte dann mit den Schultern. Er war nicht zum Reden aufgelegt.
»Du hättest es noch verhindern können«, warf Elif ihm vor. »Ich meine, dass wir jetzt alle dastehen wie die Deppen. Oder hat Konni dir mit irgendwas gedroht, damit du nicht redest?«
Er schüttelte den Kopf.
»Ich komme mir total verarscht von dir vor«, platzte es nun aus ihr heraus. »Eigentlich bist du nicht viel besser als Konni. Wahrscheinlich hast du dir auch einen Spaß draus gemacht, die kleinen Sünden deiner Freunde zu kennen und sie dabei zu beobachten, wie sie ihr verlogenes Leben weiterführen, so als wären sie die allerbesten Freunde. Was sie gar nicht sind. Sondern nur fiese Betrüger und Lügner.«
Leon hob den Kopf und sah sie überrascht an. Glaubte sie das wirklich? Oder suchte sie nur ein Ventil, um ihre Wut auf Konni abzulassen? Besser, er sagte nichts. Wenn sie noch einmal richtig nachdachte, würde sie schon merken, was für einen Unsinn sie eben von sich gegeben hatte.
Die ganze Zeit hatte Elif sich beherrscht, nun schaffte sie es nicht

mehr. Tränen liefen ihr über die Wangen, schniefend sagte sie: »Tut mir leid, Leon. So meinte ich es nicht. Ich bin nur so enttäuscht … von uns allen. Und vor allem von mir selbst.«
Leon nickte.
»Weißt du, was das Schlimmste ist?«, fuhr Elif fort. »So wie ich es verstanden habe, hat Konni keinen von uns zu irgendwas gezwungen. Also mich zumindest nicht. Was sagt das über uns aus?«
Sie wandte sich um und verschwand in ihrem Zimmer.
Leon blieb allein zurück. Er kam sich vor wie jemand, der versucht hatte, Wasser festzuhalten, und nun feststellte, dass es nichts gebracht hatte außer nassen Händen. Elifs Frage war berechtigt: Warum hatte er geschwiegen? Wäre es nicht besser gewesen, gleich nachdem Konni ihm alles erzählt hatte, mit jedem seiner Freunde zu reden? Alles zu klären? Er hätte sich denken können, dass Konni seine Karten irgendwann ausspielen würde. Und selbst wenn er das nicht getan hätte: Ihre Verfehlungen waren wie Geschwüre unter der Haut, irgendwann wären sie auf die eine oder andere Weise an die Oberfläche getreten. Hatte er nicht die ganze Zeit schon gespürt, dass die Bindungen zwischen ihnen sich zu lösen begannen und jeder eigene Wege ging?
Leon musste an Finn denken. Stumm wie ein Fisch war er aus der Küche gegangen, obwohl ihm anzusehen war, dass es in seinem Innern brodelte. Er war jedoch nicht in sein Zimmer verschwunden, sondern nach draußen ins Freie.

SEHR WEIT WAR FINN nicht gekommen. Er saß auf den Stufen vor der Haustür und schaute in das Stück Himmel, das sich über der Lichtung aufspannte und in dem sich schwarze Wolken zusammendrängten. Noch herrschte Stille im Wald, doch von ferne ließ sich schon leises Donnergrollen vernehmen. Finn hörte es mit Genugtuung. Ein wildes Gewitter würde viel besser zu dem Toben in seinem Innern passen als diese unnatürliche, reglose Stille im Wald.

Hinter ihm ging die Haustür auf. Ein kurzer Blick über die Schulter. Es war Leon.

»Hey, Alter. Wie geht's dir?«

Finn senkte den Kopf. »Dass du überhaupt noch mit mir redest.«

»Wieso sollte ich nicht?«

»Vielleicht, weil ich das größte anzunehmende Kameradenschwein bin?«

Leon ließ sich neben ihm nieder.

»Ich geb zu, das war hart.«

Finn sah ihn an, mit einem Anflug von Verzweiflung im Gesicht. »Wie kannst du so was von mir wissen und nichts dazu sagen, Leon?«

»Ich hab doch gesehen, wie es dir gegangen ist, nachdem Vanessa und Konni im Sommer dieses Video rumgeschickt haben. Wie fertig du warst.«

»Soll das heißen, du hast es verstanden?«

»Irgendwie schon, und es war ja schon passiert.«

Finn zog anerkennend die Brauen hoch. »Sehr edel von dir.« Doch es klangen Zweifel durch. »Versteh mich jetzt bitte nicht falsch, Leon, das soll kein Vorwurf sein, nur eine Frage. Kann es sein, dass du bloß so leicht über alles hinwegkommst, weil dir irgendwie alles egal ist, solange du Leute hast, zu denen du gehen kannst? Ich meine … so was Heftiges erfahren und einfach nichts sagen … zu niemandem, sondern weitermachen wie gehabt. Auf mich wirkt das irgendwie komisch.«

Finn und Leon sahen sich an. Es war einer dieser Momente, in denen ein vertrautes Gesicht plötzlich fremd aussieht, weil sich der Blick darauf verändert hat.

»Ich mag einfach keine Konflikte und Streitereien und all so was.«

Finn fand die Antwort unbefriedigend. Sie machte ihn traurig, ohne dass er genau wusste, warum. Ohne ein weiteres Wort stand er auf und ging nach drinnen.

Nachdenklich blieb Leon zurück. Was erwartete Finn? Dass er allen Vorwürfe machte? Jeden beschimpfte? Sagte, wie enttäuscht er von jedem Einzelnen sei? Er *war* enttäuscht. Natürlich. Aber das war seine Sache. Damit würde er selbst klarkommen. Wichtig war nur, dass sie zusammenblieben.

ALS FINN DIE TÜR zu seinem Zimmer aufstieß, blieb er abrupt stehen. Lissy stand mitten im Raum, schaute ihn erschrocken an, als habe er sie bei etwas Verbotenem ertappt. Sie stand neben dem Telefon. Es war der einzige Anschluss im Haus, und er befand sich in Finns Zimmer, weil hier eigentlich das Büro war. Sie sahen sich einen Moment lang an, beide von Scham erfüllt, wenn auch aus unterschiedlichen Gründen.

»Willst du zu mir?«, fragte Finn.

»Äh …« Sie wurde rot.

Da verstand er, warum sie wirklich hier war. »Du hast telefoniert, oder? Hast du *ihn* angerufen?« Er konnte den Namen nicht aussprechen.

»Ich konnte niemandem von Steffen erzählen«, sagte sie und kam näher. »Er hat es mir verboten. Das musst du mir glauben!«

»Muss ich das? So, wie ich an all die Augenaufschläge, das Lächeln, die Berührungen glauben sollte? Oder so, wie ich daran glauben sollte, dass es all die Verabredungen mit mir in letzter Zeit nur gab, weil du so gerne mit mir zusammen bist?«

»Es tut mir leid. Ich wollte dich nicht benutzen.«

»Warum hast du es dann getan?«

Sie atmete schwer. »Ich bin gerne mit dir zusammen, Finn! Wirklich! Als gute Freundin.« Sie senkte den Blick. »Aber das bin ich jetzt wohl nicht mehr.«

Er presste die Lippen aufeinander, um nach ein paar Sekunden mit schneidender Stimme zu sagen: »Die ganze Zeit! Die ganze Zeit hattest du was mit ihm! Ich finde das so … Es widert mich an! Er ist dein Lehrer! Er hat Familie! Was hast du dir bloß gedacht?«

Sie kaute auf ihrer Unterlippe.

Schließlich sagte er: »Ich dachte, du wärst … besser … irgendwie.«

Sie zuckte zusammen, wie unter einem Peitschenhieb. Etwas in ihr verhärtete sich. »Was ich tue, geht dich rein gar nichts an«, antwortete sie kühl.

»Klar, du kannst machen, was du willst. Aber eins sag ich dir: Wenn du glaubst, du kannst Vanessa übertrumpfen, dann irrst du dich. Du wirst immer nur die schlechtere Kopie sein.«

Das saß. Finn sah es in ihren Augen. Ein kurzes Flackern nur. Ohne ein weiteres Wort verließ sie sein Zimmer.

Bitch, dachte er, und diesmal war es nicht nett gemeint.

STEFFEN BETRAT DIE DUSCHKABINE und drehte das Wasser auf. Während es angenehm warm aus dem Duschkopf auf ihn herabregnete, wurde er langsam ruhiger. Doch das Gespräch mit Lissy ging ihm weiter durch den Kopf. Sie hatte vom Festnetz aus dem Haus angerufen, deshalb hatte er erst gar nicht ans Handy gehen wollen, wegen der unbekannten Nummer. Und dann hatte sie ihm gesagt, dass sie ihn zwar unbedingt sehen wolle, dass es aber heute Nacht wohl nicht klappen würde. Es gab irgendeinen Streit, aber bevor sie es ihm genauer erklären konnte, hatte sie auflegen müssen, weil jemand kam. Sie würde sich noch mal melden. Vielleicht.

Wahrscheinlich Lagerkoller, dachte Steffen missmutig. Selbst die besten Freunde zickten sich irgendwann an. Was kümmerte es ihn? Ich bin nicht so weit gefahren, um mir albernes Teenagergedöns anzuhören, dachte er. Wer was getan oder gesagt hatte. Im nächsten Moment fand er diesen Gedanken ziemlich fies und abgebrüht. Wie konnte er so abfällig denken? Er liebte Lissy. Sie war ihm wichtig. Wenn sie Sorgen hatte, würde er sie anhören. Ihr helfen. Natürlich.

Verdammte Scheiße, dachte er dann wieder. So hatte er sich das nicht vorgestellt. Statt sich mit der süßen Lissy in den Laken seines Bettes zu wälzen, steckte er hier in diesem blöden Gasthof fest und wartete auf einen Anruf von ihr, der doch nicht kam.

Zweiundzwanzig

KONNI HATTE DEN RICHTIGEN ZEITPUNKT zum Aufbruch verpasst. Gebannt hatte er das Forsthaus beobachtet, in der gierigen Hoffnung, dass er doch noch etwas von dem zu sehen bekam, was sein kleines Geschenk ausgelöst hatte. Dabei hatte er völlig übersehen, was sich über ihm zusammenbraute. Erst als heftige Windböen einsetzten, wurde es ihm schlagartig bewusst. Hastig verstaute er nun den Feldstecher in seinem Rucksack, zog den Regenschutz an und setzte den Helm und auch die Stirnlampe auf. Bis zum Radweg, der sich kurvenreich ins Tal wand, musste er sein Bike schieben. Wohl war ihm schon lange nicht mehr, denn im Geäst über ihm wühlte der Sturm mit immer größerer Wut. Ständig knarrte es irgendwo, kleinere Zweige und Tannenzapfen flogen wie Geschosse herum, und es war reines Glück, dass ihn noch nichts getroffen hatte. Dann setzten auch noch Blitz und Donner und heftiger Regen ein. Riesige Tropfen klatschten auf ihn herunter und durchnässten ihn innerhalb von Minuten bis auf die Haut.

Konni erkannte rasch, dass das, was um ihn herum tobte, kein gewöhnliches Gewitter war, sondern ein Megasturm, der schwere Äste und sogar Bäume brechen würde. Der Boden unter ihm hatte sich im Nu in eine Rutschbahn verwandelt. Unter diesen Bedingungen würde er es unmöglich ins Tal schaffen. Er brauchte einen Unterschlupf. Eine Höhle vielleicht. Doch wo sollte er eine Höhle finden? Er wusste nicht mal, ob es hier welche gab. Ihm fiel nur ein einziger sicherer Ort ein: das Forsthaus. Den Weg zurück würde er wohl finden. Er musste ja nicht an der Tür klopfen und um Tee und Gebäck bitten. Es gab dort auch einen Anbau, der wie ein Geräteschuppen ausgesehen hatte. Darin konnte er sich verstecken. Sobald der Sturm sich gelegt hatte, würde er verschwinden. Ungesehen, so wie immer.

MIT BEÄNGSTIGENDER KRAFT fegte das Gewitter ums Forsthaus. Immer wieder erhellten grelle Blitze für Sekundenbruchteile die Nacht, gefolgt von markerschütterndem Donner. Der Wind heulte um die Ecken und rüttelte an den Fensterläden, die Leon und Finn geschlossen hatten. Elif hatte das Auto in die Garage gefahren. Die Freunde der Besitzer aus dem Dorf hatten angerufen und sich erkundigt, ob alles in Ordnung sei. »Falls der Strom ausfällt, gibt es im Anbau hinter dem Haus einen Dieselgenerator«, erklärten sie. »Ist kinderleicht zu starten. Der Schlüssel zum Vorhängeschloss hängt mit am Schlüsselbund.« Ansonsten rieten sie, einfach im Haus zu bleiben, bis der Sturm vorüber war.

Aber so schnell ging er nicht vorüber.

Leon war der Einzige der *Boys and Bitches*, der nicht in seinem Zimmer hockte, sondern in der Küche. Auch wenn es kein gemeinsames Abendessen geben würde, würde wohl jeder, getrieben vom Hunger, irgendwann an den Kühlschrank gehen. Dann wollte er die Stimmung testen. Während er dasaß und auf das Gepolter des Sturms horchte, das ihn beängstigte, irgendwie aber auch faszi-

nierte, fiel ihm der Umschlag ins Auge, in dem Konnis Stick gesteckt hatte und der unbeachtet auf der Eckbank lag. Er hob ihn auf und betrachtete ihn. Der Brief war nicht mit der Post gekommen, Konni war also hier. Wahrscheinlich wohnte er in einer Pension im Dorf. Er scheute keine Kosten und Mühen. Wieso war das bloß so wichtig für ihn? Wegen Vanessa? Doch was kümmerten ihn Konnis Motive! Der Typ war einfach nur gestört.
Leon horchte auf. Eine Tür war aufgegangen. Schlurfende Schritte im Flur. Hörte sich nach Finn an. »Falls noch jemand telefonieren wollte«, rief er auch schon, »zu spät. Die Leitung ist tot.« Lag da etwa Häme in seiner Stimme? Das passte überhaupt nicht zu Finn.
Wenig später kam er in die Küche. Er hatte nicht damit gerechnet, Leon anzutreffen, blieb kurz in der Tür stehen und überlegte, ob er wieder kehrtmachen sollte, trat dann aber doch herein und ging ohne ein Wort an den Kühlschrank. Leon sah zu, wie er Schinken, Käse und ein angebrochenes Glas Gewürzgurken herausholte und Brot aus dem Brotkasten nahm.
»Ich hab nachgedacht«, begann Leon.
»Und?«
»Ich will, dass wir Freunde bleiben. Alle vier. Sonst hat Konni gewonnen.«
»Das hat er doch schon. Sieh uns an!«
»So schnell willst du aufgeben?«
»Nein, aber –«
In diesem Moment ging das Licht aus, und das Haus versank in Dunkelheit. Stromausfall.

DIE STIRNLAMPE BRACHTE GAR NICHTS. Der Regen war einfach zu dicht, der Boden zudem glitschig wie eine Eisfläche. Das Knirschen und Krachen in den Baumwipfeln versuchte Konni zu ignorieren. Was kaum möglich war. Ein Glück, dass er den Helm trug, mehrmals hatten abgebrochene Zweige ihn am Kopf getroffen. Obwohl er schon bald die Orientierung verloren hatte, ging er immer weiter. Was sollte er auch sonst tun?

Und dann traten die Bäume unverhofft zur Seite, und er kam auf eine Lichtung. Ein Blitz versetzte den Ort für ein paar wenige Momente in gleißende Helligkeit, und dabei erblickte Konni vor sich das Forsthaus. Er hatte keinen blassen Schimmer, wie er hierhergekommen war, ein gnädiger Gott musste ihn gelenkt haben. Noch nie zuvor war er so erleichtert gewesen. Erst jetzt, da die Angst von ihm abfiel, wurde ihm bewusst, in welcher Gefahr er geschwebt hatte.

Doch die Gefahr war noch nicht vorüber. Eine kleine Unachtsamkeit genügte, schon war er auf dem nassen, unebenen Waldboden ausgerutscht und über das Mountainbike an seiner Seite gestürzt. Ein Pedal schlug gegen sein Schienbein, die Querstange gegen seine Brust, und irgendwas traf ihn mitten im Gesicht.

Als er den Kopf hob, war ihm, als sei er kurz weggetreten gewesen. Oder bildete er sich das nur ein? Der Regen, der ihm ins Gesicht klatschte, machte ihn sofort wieder wach. Mühevoll rappelte er sich auf und schleppte sich zum Haus. Jede Bewegung schmerzte. Er sehnte sich nach einem Ort, an dem es trocken, warm und ruhig war. Sollte er nicht doch besser an die Tür klopfen?

Nur, wenn es keine andere Lösung gibt, dachte er mit dem Rest an trotzigem Stolz, den der Sturm übrig gelassen hatte. Ein halbwegs geschützter Platz irgendwo, das würde reichen.

Er wischte sich über das Gesicht. Als ein Blitz die Nacht erneut erhellte, sah er Blut an seiner Hand. Offenbar hatte er irgendwo am Kopf eine Platzwunde. An der Wand entlang schleppte er sich um das Haus herum, stieß auf einen angebauten Verschlag. Bitte, bitte, lieber Gott, dachte er, mach, dass die Tür offen ist.
Sie war mit einem dicken Vorhängeschloss verriegelt.
Okay, dachte er, viel zu erledigt für einen Zornesausbruch.
In der Ecke zwischen Bretterwand und Haus würde er zumindest etwas vor Wind und Regen geschützt sein. Müde rutschte er zu Boden und schloss die Augen.

ES WAR SO DUNKEL, dass Leon das Gefühl hatte, der Boden löste sich unter seinen Füßen auf. »Und jetzt?«, fragte Finn. Leon fiel ein, dass er in einer der Küchenschubladen eine Taschenlampe gesehen hatte. Vorsichtig bewegte er sich in die Richtung, in der er den Küchenschrank vermutete, und streckte dabei den Arm aus, bis seine Hand gegen die Anrichte stieß. Er ertastete die Schublade, griff hinein und fand die Lampe. Sie funktionierte sogar.
»Ich check mal die Sicherungen«, sagte Leon.
Er ging in den Flur, wo sich der Sicherungskasten befand. Finn folgte ihm. Alle Sicherungen waren drin.
»Es hat wohl irgendwo eine Stromleitung erwischt«, sagte er. »Ich geh den Generator anschmeißen.«
»Ich komm mit.«
Sie schlüpften in ihre Regenjacken und zogen die Kapuzen tief ins Gesicht.
»Wo wollt ihr hin?«, fragte eine Stimme aus dem Halbdunkel am oberen Ende der Treppe. Elif.

»Raus«, sagte Leon, und Finn: »Zum Generator.«
»Passt bloß auf.«
Okay, dachte Leon, sie macht sich Sorgen. Es ist also nicht alles verloren.
Kaum hatten sie einen Schritt vor die Tür gesetzt, schubste der Sturm sie bösartig herum. Regen klatschte ihnen ins Gesicht. Leon ging mit der Lampe voraus, dicht an der Wand um das Haus herum zum Anbau auf die Rückseite. Dort übernahm Finn die Taschenlampe und leuchtete Leon beim Aufschließen des Vorhängeschlosses. Der Generator stand hinten an der Wand. Sie checkten ihn. Es war nur ein gewöhnlicher Verbrennungsmotor. Leon drückte auf den Startknopf, der Motor sprang sofort an. Wieder draußen, leuchtete Finn Leon erneut, als dieser das Schloss anbrachte. Kurz glaubte er im Augenwinkel hinter sich einen Schatten wahrzunehmen, doch er achtete nicht weiter darauf. Erst als ihn eine Hand an der Schulter berührte, wurde ihm schlagartig klar, dass sie nicht allein waren.

LISSY FRAGTE SICH, was sie mehr schmerzte: Elifs hinterhältiger Verrat, ihr eigenes Verhalten gegenüber Finn oder die Tatsache, dass aus der Nacht mit Steffen heute wohl nichts werden würde. Wobei sie, was den letzten Punkt anging, noch ein Fünkchen Hoffnung am Glimmen hielt. Irgendwann musste selbst dieser Sturm sich legen. Und dann war da noch die Sache mit Konni. Bestimmt hassten die anderen ihn für das böse Spiel, das er mit ihnen getrieben hatte, und das tat sie auch. Da war aber noch etwas anderes. Sie war an einer Stelle ihres Herzens getroffen, ja verletzt, an der sie eigentlich nur Menschen treffen konnten, die ihr etwas bedeuteten. Wie konnte das sein? Was war schon zwi-

schen ihr und Konni gewesen? Hatte sie sich ihm nicht nur genähert, um mehr über ihn rauszukriegen?
Als das Licht ausfiel, hatte Lissy auf dem Bett gelegen und an die Decke gestarrt. Das tat sie auch noch, als es wieder anging. Wenig später hörte sie, wie die Jungs zurückkamen. Sie redeten miteinander. Irritiert horchte sie auf. War da noch eine dritte Stimme? Sie setzte sich auf. Wer konnte das sein? Vielleicht Steffen? Hatte er sich Sorgen gemacht und war ihretwegen durch den Sturm gefahren? War es ihm sogar egal, dass die anderen dadurch von ihnen beiden erfuhren? War er bereit, zu ihr zu stehen? Eine Sekunde lang glaubte sie es, dann schüttelte sie den Kopf. Träum weiter, dachte sie bitter. Aber wer war dann bei den *Boys*?
»Mädels!«, hörte sie da Finn rufen. »Kommt ihr mal? Wir haben einen Gast, der euch bestimmt interessiert!«
Lissy verließ das Zimmer. Als sie Elif auf der Treppe bemerkte, blieb sie stehen. Genau wie Elif. Sie sahen sich an. Lissy wandte den Blick ab und ging weiter in die Küche, wo die Jungs mit ihrem geheimnisvollen Gast saßen. Bei seinem Anblick hielt sie so abrupt inne, dass Elif auf sie drauf lief.
»Hey«, rief sie, »was soll denn das?«
Doch Lissy blieb wie erstarrt.
Konni! Es war Konni!
Müde, blutig, zerschrammt und von Kopf bis Fuß verdreckt, saß er auf einem Stuhl, mit der Lehne nach vorn, um sich abzustützen. Als er Lissy entdeckte, blitzte in seinen Augen etwas auf. Dann wich er ihrem Blick sofort wieder aus.
»Was macht der hier?«, fuhr Elif auf. »Ich will das Arschloch hier nicht haben! Schmeißt ihn raus! Meinetwegen soll ihn der Blitz erschlagen.«

»Na, na, na«, beschwichtigte Leon. »Da draußen kann er wirklich draufgehen.«
»Mir doch egal!« Sie winkte ab. »Ach, macht, was ihr wollt. Ich kann jedenfalls nicht in einem Raum mit dem Typen sein!«
Sie rannte davon, wenig später waren ihre polternden Schritte auf der Treppe zu hören, dann das Zuschlagen ihrer Tür.
Lissy jedoch kam näher. Mit verschränkten Armen stellte sie sich neben Finn, der an der Anrichte lehnte und an einem Wurstbrot kaute.
»Hast du uns vielleicht was zu sagen?«, fragte Leon.
Konni starrte nur auf den Boden und schwieg. War er zu kaputt zum Reden? Oder war das pure Arroganz?
Entnervt trat Leon gegen den Stuhl. »Ach, was soll's! Ist doch egal, was in deinem kranken Hirn los ist. Du kannst meinetwegen hier pennen, aber morgen haust du ab, klar?«
Er verschwand.
Finn machte auch Anstalten zu gehen, zögerte jedoch, als er sah, dass Lissy keine Regung zeigte.
»Geh ruhig«, sagte sie, »ich bleib noch ein wenig. Er ist verletzt und braucht Pflaster und so.«
Finn hatte Zweifel, ob das Lissys einziger Grund war, doch er beließ es dabei und verschwand.
Stille trat ein, während draußen weiter der Sturm tobte.
»Ich bin genauso sauer auf dich wie die anderen, nur damit das klar ist«, sagte Lissy. »Setz dich an die Spüle. Ich mach die Wunde im Gesicht sauber.«
Während sie Jodtinktur, Schere und Pflaster aus dem Medizinschränkchen holte, stand er auf und zog sein nasses Shirt aus, das wie eine zweite Haut an ihm klebte. Sie hielt kurz inne und be-

trachtete ihn. Sein überraschend gut trainierter Oberkörper wies Abschürfungen und Blutergüsse auf. Und sein linkes Knie wirkte geschwollen. Als er merkte, dass sie ihn ansah, wandte sie die Augen ab, holte ein frisches Geschirrtuch, machte es nass und wies ihn mit einer Bewegung an, sich wieder zu setzen.

»Bloß, dass du's weißt«, sagte sie, während sie begann, die Schramme zu reinigen, »du tust mir kein bisschen leid. Geschieht dir recht, dass du auf die Schnauze gefallen bist. Was wolltest du überhaupt noch hier? Sehen, was du angerichtet hast? Deinen Spaß dran haben, wie wir uns an die Gurgel gehen?«

Sie drückte das Tuch fest in seine Wunde, er zuckte zusammen und seufzte. Doch er blieb stumm.

Sein Schweigen erregte ihren Zorn. Was bedeutete es? Dass er bereute, was er angerichtet hatte? Oder sich im Gegenteil kein bisschen schuldig fühlte? Wünschte sie sich, dass er bereute? Wenn ja, wieso? Mit jeder Minute, die sie vor ihm stand und seine Krankenschwester spielte, wuchs ihre Verwirrung und mit ihr ihr Zorn und ihre Erregung.

Nachdem sie die Schramme endlich gesäubert und mit Jod desinfiziert hatte, klebte sie ein Pflaster darauf. Dann drückte sie ihm das Geschirrtuch in die Hand. »Den Rest kannst du selber erledigen.«

Sie standen sich ein paar Sekunden lang gegenüber, das Schweigen wog schwer wie Blei, ihre Blicke suchten und fanden sich und ließen sich sofort wieder los.

»Danke.«

Das war alles, was er sagte.

Sie drehte sich um und ging. Erst im Flur fiel ihr ein, dass er gar keinen Schlafplatz hatte, und dann, dass es auch im ganzen Haus keinen mehr gab. Er würde sich mit der Eckbank in der Küche zufriedengeben müssen. Sollte sie ihm nicht wenigstens ein Kissen und eine Decke bringen? Nein, entschied sie. Je härter diese Nacht für ihn war, desto besser.

ALS KONNI IN VÖLLIGER DUNKELHEIT erwachte, hatte er keine Ahnung, wo er sich befand. Dafür spürte er seine Blessuren, vor allem das angeschlagene Knie. Der Schmerz brachte die Erinnerung zurück. Wie lange hatte er geschlafen? War es Nacht oder Tag? Mühsam raffte er sich von der harten Eckbank auf und tastete sich durch die Küche zum Lichtschalter. Ein Blick auf die Uhr an der Wand verriet ihm: Es war erst elf. Er hatte also höchstens eine Stunde geschlafen.

Der Sturm hatte sich etwas beruhigt. Dafür prasselte der Regen umso heftiger gegen die Fensterläden. Konnis Blick fiel auf das blutige Geschirrtuch, das Verbandszeug und die Jodtinktur, die Lissy auf der Anrichte zurückgelassen hatte.

Gut, dass es vorbei ist, dachte er. Er fühlte sich wie von einem inneren Zwang befreit. So als hätte ein Bann, unter dem er gestanden hatte, sich gelöst. Doch er fühlte keinen Triumph. Auch keine Reue. Nur etwas wie … Er überlegte, welches Gefühl das war.

Traurigkeit.

So als hätten nicht nur die vier Freunde etwas verloren, sondern auch er.

Ich sollte nicht hier sein, dachte er, aber eigentlich will ich gerade nirgendwo anders sein.

Er horchte auf. Regte sich etwas im Flur? Ja, das waren eindeutig Schritte. Jemand schloss die Haustür auf, wenig später ging sie zu. Dann war es wieder ruhig im Haus.

Dreiundzwanzig

STEFFEN HATTE SICH NUR SCHWER damit abgefunden, dass aus seinem Date mit Lissy heute nichts werden würde. Er hatte in der Gaststube zu Abend gegessen und dort nebenbei erfahren, dass der Sturm am Morgen zwar nachlassen würde, für die weiteren Tage jedoch starke Regenfälle angesagt waren, sodass mit Überschwemmungen zu rechnen war. Na, wunderbar, dachte er, außer Spesen nix gewesen.

Wieder auf dem Zimmer, rief er seine Frau an und jammerte ihr vor, wie langweilig die Fortbildung und wie nervig die anderen Teilnehmer waren. Danach schlug er die Zeit tot, indem er dümmliche Reality-Dokus im Fernsehen schaute. Genervt ging er schließlich ins Bett. Es war erst halb elf.

Er hatte schon geschlafen, als sein Handy klingelte. Das Geheimhandy. Das Lissy-Handy. Schlagartig hellwach, fuhr er hoch und knipste die Nachttischlampe an. Er schaute auf das Display. Die Nummer von Lissys Handy.

»Ich bin's«, meldete sie sich. »Schläfst du schon?«

»Jetzt nicht mehr. Was ist los? Wo bist du?«

»Ich stehe auf dem Parkplatz vor deiner Pension.«

»Was? Wie bist du hergekommen?«

»Hab einen kleinen Spaziergang gemacht.«

»Bei dem Sturm?! Du bist verrückt!«
»Verrückt nach dir.«
»Ich komm runter. Geh auf die Rückseite. Dort sieht dich keiner. Ich bin gleich bei dir.«
Aufgeregt sprang er aus dem Bett, schlüpfte in seine Jeans und streifte sich ein T-Shirt über. Sie hatte alles riskiert, um zu ihm zu kommen. Sie sollte es nicht bereuen. Es würde die schönste Nacht ihres Lebens werden. Und die schönste Nacht seines Lebens.

VIELLEICHT WAR ES EIN FEHLER. Leichtsinnig war es auf jeden Fall. Das war Lissy klar. Auf dem Weg vom Forsthaus ins Tal hatte sie allerdings kaum Gelegenheit gehabt, sich darüber Gedanken zu machen. Eigentlich fand sie Gewitter toll. So wie alle Urgewalten. Aber das hier war mehr als nur ein Gewitter. Eher ein Orkan. Sie hatte auch nicht erwartet, dass es bis runter zum Ort so weit war. Mit dem Auto hatte die Strecke viel kürzer gewirkt. Ein Glück, dass im Haus wasserdichte Regenumhänge und Gummistiefel in unterschiedlichen Größen parat gewesen waren. Doch ihr Vater hatte unrecht mit seinem Spruch, es gebe kein schlechtes Wetter, nur schlechte Kleidung. Kleidung hin oder her, es gab Scheißwetter! Überall abgerissene Äste und Zweige, die der Wind vor sich hertrieb und die man erst im allerletzten Moment bemerkte. Einmal hatte ein Stück Plastikplane sie getroffen und regelrecht eingewickelt. Nur mit Mühe hatte sie sich befreien können. Der reinste Horrortrip! Und dann dauernd das Knacken und Knirschen in den Bäumen über ihr, und dass neben der Straße ein wild rauschender Fluss ins Tal schoss, war ihr auch neu. In den Tagen davor war der jedenfalls noch nicht da gewesen.

So ein Risiko einzugehen war wohl eine von diesen Dummheiten, die man begehen musste, wenn man etwas erleben wollte. Sogar wenn man vorher schon ahnte, dass man es später bereuen würde. So ähnlich, wie zu viel zu trinken oder zu feiern, als gäbe es kein Morgen. Aber es gab immer ein Morgen.

Sie hörte Geräusche hinter der Tür, die Steffen ihr genannt hatte, und trat einen Schritt zurück. Jemand kam heraus, Licht fiel in die verregnete Nacht. Es war viel zu dunkel, um zu erkennen, ob es Steffen war.

»Lissy?«, kam es gedämpft.

Er war es.

Sie trat ins Licht. »Ich weiß, ich seh total scheiße aus in dem Regenzeug«, sagte sie, »aber krieg ich trotzdem eine Umarmung und einen Kuss?«

»Verdient hast du eher, dass ich dir den Hintern versohle«, erwiderte er streng. »Bei so einem Wetter rumzulaufen, das ist reiner Wahnsinn! Du könntest tot sein!«

»Verhauen kannst du mich nachher. Oder freust du dich etwa nicht, dass ich hier bin?«

»Und wie!«

Sie breitete die Arme aus, und er packte sie so fest, dass sie glaubte, er wolle sie nie mehr loslassen.

NUN WAR LISSY DOCH ganz schön mulmig zumute. Es hatte angefangen, als sie das Zimmer betreten und das Bett gesehen hatte. Was mache ich hier eigentlich?, hatte sie dabei gedacht. Für Steffen schien das klar zu sein, so wie er sie ansah. Ihre Knie wurden weich. Um sich Zeit zu verschaffen, war sie duschen gegangen. Jetzt wischte sie das Kondenswasser vom Spiegel und sah ihrem Abbild tief in die Augen. Er dreht gleich durch, wenn ich nicht rauskomme, dachte sie, ein wenig stolz, aber auch verunsichert angesichts der Macht, die sie offenbar über ihn hatte. Und das nicht nur, weil sie etwas über ihn wusste, das niemand auf der Welt erfahren durfte. Sie selbst war es, die das mit ihm machte: ihr Körper, ihr Verhalten, alles an ihr. Doch es war auch eine Erwartung damit verbunden, und sie spürte sie wie eine Last. Was, wenn sie die Erwartung nicht erfüllte? Sie wollte keine Enttäuschung sein. Doch was musste ein Mädchen tun, um für einen Mann keine Enttäuschung zu sein? Noch dazu für einen so erfahrenen wie Steffen? Da konnte einem schon flau im Magen werden.

Sie griff sich das Badetuch von der Stange und trocknete sich ab. Wie würde es sein? Sicher nicht so wie in diesen Pornos, die einige in der Schule sich aus dem Internet zogen. Nicht Finn oder Leon. Behaupteten sie zumindest. Oder Elif. Die hatte keinen Bedarf für so was. Aber ein paar andere Mädchen. Die hatten diese Bilder und Filme auf dem Handy und sahen sie sich sogar in der Schule an. Zu Studienzwecken, wie sie gackernd meinten. Es hatte Lissy angeekelt. Nicht die Sache selbst, nur die Art, wie sie vorgeführt wurde.

Ein Kratzen an der Tür. »Du musst dich nicht anziehen, Süße.«

»Bin gleich da«, sagte sie.

Das Kribbeln in ihrem Bauch wurde stärker. Zum Glück wusste er, dass es ihr erstes Mal war. Und er fand das wunderbar. Es sollte ein unvergessliches Erlebnis für sie werden. Eine Nacht, an die sie sich ihr Leben lang gerne erinnern würde. Ja, das wollte sie. Auch wenn einige Mädchen (Elif inklusive) ihr erzählt hatten, dass das erste Mal bei ihnen eher ernüchternd war. Aber die hatten es auch mit Jungs zu tun, die keine Ahnung hatten, was sie da machten. Bei ihr sollte es anders sein. Und Steffen war der Richtige dafür. Trotzdem verunsicherte es sie, dass sie vor lauter Aufregung ihre Liebe kaum noch spürte. Ihr Herz war seltsam kalt. War das normal? Oder ließ nur die Angst es verstummen? Sie hoffte es so sehr, denn wie sollte sie *das* tun, ohne dabei ihre Liebe zu spüren?

Sie wickelte sich das feuchte Badetuch um, öffnete die Tür und trat vor Steffen hin.

Er stand vor ihr, bereits ausgezogen bis auf die Boxershorts, und sah sie schweigend an. Seine Blicke aber sprachen Bände. Er legte sich aufs Bett, das breit genug für sie beide war, drückte sich gegen die Wand, um ihr Platz zu machen. »Komm«, sagte er und streckte die Hand aus, als würde er sie zum Tanz auffordern.

Sie legte sich zu ihm, in seine ausgebreiteten Arme. Seine Finger kämmten durch ihr feuchtes Haar, während er sie ansah und küsste. Ihre Hände umrundeten seine Schultern, streichelten seinen Nacken, zupften an den feinen Härchen dort. Sie war dankbar für die Erregung, die nun in ihr hochstieg.

»Hast du Angst?«

Warum fragte er sie das? Stimmte etwas nicht? Machte sie etwas falsch?

»Nicht direkt Angst«, antwortete sie und wurde rot, als habe er sie bei irgendwas ertappt.

»Musst du auch nicht. Es wird alles gut.«

Er küsste ihre Stirn, ihre Nasenspitze, ihren Mund. Seine Hand löste das Badetuch. Als er es wegschob und sie völlig nackt war, schämte sie sich, aber das ging rasch vorüber, denn er sagte mit Worten, mehr aber noch mit seinen Augen, dass sie schön war.

Er nahm ihr Handgelenk, küsste ihre Handballen, leckte kurz an jeder ihrer Fingerkuppen, und jedes Mal lief ein kleiner wohliger Schauer durch sie hindurch. Dann legte er ihre Hand auf seinen Bauch, schob sie tiefer, bis an den Bund seiner Boxershorts und darunter.

»Hab keine Angst«, sagte er.

Sie hatte keine Angst. Nicht davor. Doch ihre Erregung schwand, fiel in sich zusammen. Sie spürte ihre Liebe noch immer nicht, und wie sollte es gut werden, wenn in ihrem Herzen keine Liebe war? Und es war sogar noch schlimmer: Sie erinnerte sich nicht einmal mehr daran, wie es gewesen war, ihn zu lieben. Alles weg. Nur noch sein Körper, der etwas von ihr wollte. Nicht wirklich von ihr, sondern bloß von ihrem Körper. Zwei Körper, die sich fremd waren.

Es ist falsch, dachte sie und sagte: »Nein.«

Er sah sie ungläubig an.

»Es geht nicht«, wiederholte sie, fester als zuvor.

»Überlass dich einfach mir«, redete er ihr zu. »Es wird alles gut, du wirst sehen.«

Er wollte sie küssen, doch sie wandte ihr Gesicht ab und versuchte auch, ihre Hand aus der seinen zu ziehen. Er hielt sie fest.

»Lass mich«, wurde sie nachdrücklicher. »Bitte!«

Seine Miene änderte sich schlagartig. Verdüsterte sich. »Willst du mich verarschen?«, fuhr er sie an.

Sie zuckte zusammen wie unter einem Peitschenhieb.

»Nein, es ist nur …«

»Was?«

Sie wollte sich von ihm entfernen, doch er packte sie an den Schultern, sah sie mit fiebrigen Augen an und wiederholte, nur lauter, drängender: »Was?!«

»Ich kann das nicht. Es ist falsch.«
»Was soll der Scheiß? Erst anmachen und dann stehen lassen? Ist das deine Masche?«
Er stieß sie von sich, so heftig, dass sie mit dem Kopf gegen den Bettpfosten knallte. Ein dumpfer Schmerz, sie schrie auf. Er presste sie mit einer Hand aufs Bett, die andere drückte er ihr auf den Mund, so fest, dass sie fast keine Luft mehr bekam. Ihr wurde schummrig.
Was passierte hier? Warum war er plötzlich so? Was hatte er vor? Sie wollte weg, nur weg. Schrie in seine Hand. Wand sich. Fast schaffte sie es, sich zu befreien, aber da warf er sich mit seinem ganzen Gewicht auf sie. Drückte sie nieder. Wie Erde, die sie begrub. Was sollte das? Wollte er sie vergewaltigen?
Vanessa! War es das, was passiert war, in jener Nacht? War er so ein Mensch?
Sie sah in sein Gesicht. In seine Augen. Doch sie fand darin keine Gier mehr. Keine Lust. Alles, was sie in ihnen sah, war: Angst! Angst vor sich selbst. Angst vor ihr. Angst vor der Welt, der sie alles erzählen würde. Sie erkannte sofort: Auch diese Angst konnte gefährlich sein.
Sie bekam einen Arm frei. Stieß ihm die Faust mit voller Wucht gegen den Hals, versuchte, seinen Kehlkopf zu treffen. Hatte sie es geschafft? Er röchelte. Taumelte zur Seite. Die Last schwand.
Frei! Sie war frei!
Sie sprang aus dem Bett. Würde sie es ins Bad schaffen? Nein, er konnte ihr den Weg abschneiden. Also in die hinterste Ecke, so weit weg von ihm wie möglich. Sie schnappte sich den Stuhl, hoffte, ihn damit irgendwie auf Distanz halten zu können, falls er sie angriff.

Doch er blieb, wo er war. Wie gelähmt. Zeigte keine Regung. Stattdessen sah er sie aus großen, erschreckten Augen an.

»Lissy …«, flüsterte er, »es tut mir leid …«

Sie schnaufte nur, wie ein gehetztes Tier.

Plötzlich sprang er auf und verschwand ins Bad.

Lissy atmete durch. Zitterte am ganzen Körper. Spürte erst jetzt, wie wild ihr Herz raste. Einen Moment lang hatte sie sich schon tot auf dem Bett gesehen. Ihre Knie wurden weich, sie sackte auf den Stuhl und musste sich an der Lehne festhalten, so schwach war sie plötzlich. Sie brach in Tränen aus. Was war nur passiert? Mit ihm? Mit ihnen beiden? Sie verstand es noch immer nicht. Würde es wahrscheinlich nie verstehen. Das war auch nicht wichtig. Nicht im Moment.

Es dauerte ein paar Minuten, bis sie sich gefangen hatte. Sie wischte ihre Tränen ab. Und jetzt? Die Antwort war klar: Sie musste weg. Sofort. Dumm nur, dass ihre Klamotten im Bad lagen. Selbst der Regenüberzug hing dort zum Abtropfen.

Sie schnappte sich das Badetuch und wickelte sich ein. Konnte sie nicht doch so auf die Straße gehen? Sie schaute auf ihre Füße mit den rot lackierten Nägeln. Nein, unmöglich! So würde sie keine hundert Meter weit kommen, schon gar nicht bei dem Sturm. Also, was tun?

Und wenn sie Sachen von ihm anzog? Sein Zeug lag bestimmt im Schrank. Und richtig. Hemden, ein Shirt, ein Pullover, Jeans, Unterwäsche, Socken, Schuhe. Alles da. Sie griff wahllos hinein.

»Lissy?«

Seine Stimme hinter der Badezimmertür. Gebrochen wie ein Baum im Sturm.

Sollte sie antworten?

»Bist du noch da?«
Sie schwieg.
»Bitte geh nicht weg. Ich darf heute Nacht nicht alleine sein, sonst … kann alles passieren.«
Na und?, dachte sie böse. Was geht's mich an, was aus dir wird?
»Nur bis zum Morgen. Ich bleib auch hier im Bad. Du kannst den Schlüssel haben und abschließen, wenn du dich dann sicherer fühlst. Ich will nur … wissen, dass jemand da ist.«
»Meine Sachen«, sagte sie mit rauer Kehle. »Alle meine Sachen.«
Es dauerte ein wenig, dann ging die Tür auf. Er legte ihre Klamotten und den Schlüssel auf den Boden. Sie wartete hinter der Tür, sodass sie nur seine Hand sah, die die Dinge herauslegte. Mehr Nähe hätte sie jetzt nicht ertragen.
Als die Tür schon längst wieder zu war, stand sie immer noch regungslos da und überlegte. Sie konnte einfach ihr eigenes Zeug anziehen und verschwinden. Was kümmerte es sie, was er wollte oder brauchte? Doch plötzlich geisterte Konnis Vorwurf durch ihren Kopf: »Du bist ein herzloser Mensch.« Wie würde sie sich fühlen, wenn sie jetzt ging und morgen oder übermorgen erfuhr, dass Steffen sich etwas angetan hatte in dieser Nacht? Dass er tot war? Wäre es ihr egal? Würde sie sogar Genugtuung empfinden? Oder bekäme sie ein schlechtes Gewissen, weil sie es vielleicht hätte verhindern können? Und wenn sie blieb, bewies das, dass sie vielleicht doch kein völlig herzloser Mensch war?
Sie trat vor die Badzimmertür und betrachtete den Schlüssel auf dem Boden. Hob ihn auf. Steckte ihn ins Schloss und drehte ihn um. Zweimal.
Dann legte sie sich hin, ohne jede Hoffnung, in dieser Nacht noch

ein Auge zuzutun. Erst da merkte sie, wie erschöpft sie wirklich war. Innerhalb von Minuten schlief sie ein.

ICH MUSS DIR NICHT SAGEN, dass es aus ist zwischen uns, oder? Und wir wissen auch, dass es von Anfang an falsch war. Manche Träume sollten nie wahr werden, weil sie sonst sehr schnell zu Albträumen werden können. Wegen der Sache mit Vanessa musst du unbedingt mit jemandem reden. Ich glaub nicht, dass du damit alleine klarkommst. Aber ich sag keinem was. Versprochen. Alles Gute, Lissy.

Während der Regen laut wie ein Maschinengewehr auf das Vordach trommelte, las Lissy noch einmal, was sie getippt hatte. War es feige, sich am Ende dieser schrecklichen Nacht dann doch einfach davonzustehlen und bloß eine SMS zu schreiben? Immerhin hatte sie sich, bevor sie verschwand, mit einem Blick ins Bad vergewissert, dass Steffen okay war. Er lag auf dem Boden und schlief.

Lissy drückte auf *Senden.*

Danach fühlte sie sich erleichtert. Wie von einer großen Last befreit. Sie wünschte, alles wäre anders gelaufen, und empfand doch keine Reue. Hinterher war man immer klüger. Aber zweimal denselben Fehler würde sie nicht begehen.

Das Dunkel der Nacht hatte sich zu einem schmutzigen Grau aufgehellt, und sehr viel heller als jetzt würde es unter den dicken Wolken wohl den ganzen Tag nicht werden. Es regnete wie aus Eimern, das Wasser sammelte sich in den Senken in riesigen Pfützen, die eher kleine Seen waren. Das Gewitter war vorübergezogen, aber der Wind war weiterhin ziemlich stark.

Lissy zog sich die Kapuze noch etwas tiefer ins Gesicht und stiefelte los. Wird schon gut gehen, dachte sie.

Hinter der nächsten Kurve wurde das Rauschen, das sie schon eine Weile davor vernommen hatte, plötzlich sehr laut. Anscheinend verlief hier unterhalb der Straße ein Bach. Sie trat an die Leitplanke, um einen Blick darauf zu werfen. Ein Stück unter ihr stürzten Wassermassen zu Tal, die sich vermutlich aus mehreren angeschwollenen Bächen weiter oben in den Bergen speisten. Krass, dachte sie in einer Mischung aus Furcht und bewunderndem Staunen und ging weiter.
Schon bald blinkten vor ihr die orangefarbenen Signallichter einer Absperrung. Sie blieb stehen. Was sollte sie jetzt machen? Wo sollte sie hin? Zurück zu Steffen? Auf keinen Fall. Also blieb ihr nur eine Möglichkeit: versuchen durchzukommen. Wahrscheinlich lagen ein paar abgebrochene Äste auf der Straße, oder ein Baum war umgeknickt. Als Fußgängerin würde sie sich schon irgendwie daran vorbeimogeln können.
Die Straße wurde, wie sich wenig später zeigte, von einigen Felsbrocken blockiert, die herabgestürzt waren. Dazwischen lagen Äste und Baumwipfel. Es war genau die Stelle, die ihr bei der Herfahrt schon aufgefallen war: Über der Felswand stand eine riesige Tanne. Der Sturm hatte ihr Wurzelwerk gelockert, sie neigte sich gefährlich über die Straße, hielt aber noch. Mit einem mulmigen Gefühl im Bauch schätzte Lissy auch den Rest der Szenerie ab. Unüberwindlich schienen ihr die Felsen nicht zu sein. Und der Baum über ihr würde schon nicht genau dann abstürzen, wenn sie darunter durchlief.
Na, dann los, dachte sie und machte sich auf.
Sie umrundete die ersten Steine, stieg über Äste hinweg, immer diese bedrohlichen Geräusche im Ohr. Da schreckte sie ein lautes Krachen über ihr auf. Sie blieb stehen, schaute hoch – und er-

starrte. Wie in Zeitlupe sah sie den Baum auf sich zukommen. Es gab weder ein Vor noch ein Zurück, sie konnte nur machtlos zusehen, wie der Stamm dicht neben ihr auf die Leitplanke schlug und seine gewaltigen Äste alles mitrissen auf dem Weg den Abhang hinunter, wo das schäumende Wildwasser wartete.

Vierundzwanzig

ES WAR ERST SECHS UHR, als Leon aufstand. Eine unruhige Nacht lag hinter ihm. Sein Kopf, seine Glieder, alles war schwer wie nach einer viel zu heftigen Party. Das Getöse des Sturms, der ohne Pause weitertobte, das Prasseln des sintflutartigen Regens zerrten zusätzlich an seinen Nerven. Immer wieder war er davon aufgewacht. Er schlurfte in die Küche und öffnete dort die Fensterläden. Bedrückt schaute er nach draußen in einen verwaschen grauen Morgen.

Hinter ihm ging die Tür mit einem leisen Knarren auf. Offenbar war er nicht der Einzige, der keinen Schlaf mehr fand.

»Hi«, grüßte Finn matt und trat zu Leon ans Fenster. »Wo ist Konni? Hast du ihn gesehen?«

Richtig!, fiel Leon ein. Der war ja auch noch da. Wo steckte der Typ?

»Vielleicht auf dem Klo«, vermutete er.

»Hoffentlich spült er sich versehentlich selbst runter.«

Leon lächelte verhalten, Finn auch.

»Alles klar bei dir?«, fragte Leon. »Auch wegen Lissy, meine ich.«

Er wiegte den Kopf. »Sie ist mir irgendwie fremd geworden. Die Sache mit Wegmann – das ist echt ein Hammer. Das krieg ich nicht in den Kopf. Auch wenn es keine Überraschung ist. Wir haben es uns ja die ganze Zeit schon gedacht. Ich wollte es bloß nicht sehen.«

»Ich meinte eigentlich wegen dir und ihr. Gefühlsmäßig.«

Finn winkte ab. »Schnee von gestern. So richtig verknallt war ich nie in sie. Ich wollte es irgendwie, keine Ahnung, wieso. Aber davon bin ich geheilt.«

»Scheißwetter«, sagte da jemand hinter ihnen.

Leon und Finn drehten sich um. Elif stand in der Tür. Mit zerzausten Haaren, kleinen Augen und blassem Gesicht. Anscheinend hatte in der letzten Nacht keiner gut geschlafen. Mit trägen Schritten schlurfte sie zur Kaffeemaschine.

»Hast du Konni gesehen oder gehört?«, fragte Finn.

»Der ist mir scheißegal«, sagte sie genervt. Sie nahm die Glaskanne aus der Kaffeemaschine und ging zur Spüle, um sie mit Wasser zu füllen. »Ich bin dafür, dass wir heute nach Hause fahren.«

»Wegen dem bisschen Regen?«, scherzte Finn kraftlos.

»Ist 'ne Menge passiert«, meinte sie. »Besser, jeder verdaut das erst mal für sich.«

Sie nickten beide. Es war vielleicht wirklich gut, etwas Abstand zu kriegen.

»Ich schau mal, ob Lissy auch schon wach ist«, sagte Leon, doch Finn meinte: »Ich mach das«, und verschwand.

Leon trat zu Elif. »Wie geht's dir heute? Noch immer sauer?«

»Auf dich? Nee. Eher auf mich selbst.«

»Lissy verzeiht dir. Spätestens wenn sie selbst gemerkt hat, dass ihre Affäre mit Wegmann eine Riesendummheit ist.«

»Schon möglich. Aber irgendwie ist das kein Trost.«

Sie goss das Wasser in den Tank der Maschine. Leon nahm einen Filter aus der Schachtel. »Sei nicht zu streng mit dir.«

»Und du? Was denkst du über mich? Hast du nicht jeden Respekt verloren?«
»Quatsch. Wir kennen uns zu lange, Elif. Das ist nicht alles weg, bloß weil du ein Mal eine falsche Entscheidung getroffen hast.«

FINN KLOPFTE an Lissys Tür.
»Ja?«, kam es von drinnen.
Er stutzte. Seit wann hatte Lissy eine so tiefe Stimme? Hatte sie letzte Nacht noch zwei Schachteln Zigaretten geraucht und eine Flasche Whisky alle gemacht? Wohl eher nicht. Ein unglaublicher Verdacht überkam ihn. Und er bestätigte sich zumindest halb, nachdem er die Tür geöffnet hatte. Konni schaute ihn aus dem Bett an. Konni! In Lissys Bett! Und wo steckte Lissy?
»Sie ist in der Nacht weg«, erklärte Konni, bevor er fragen konnte, »und sie ist bis jetzt nicht wiedergekommen. Ich nehme an, sie hat ein anderes Bett gefunden.«
Finn stand mit offenem Mund da.
»Ich tippe auf Wegmann«, sagte Konni. »Vielleicht hat er unten im Dorf ein Zimmer.«
»Weißt du was Bestimmtes, oder denkst du dir das nur?«, brauste Finn auf, so als wäre Lissys Verschwinden Konnis Schuld.
»Also … wissen in dem Sinne tu ich es nicht.«
»Dann erzähl hier keinen Mist!«
Finn musste wieder daran denken, wie er Lissy letzte Nacht in seinem Zimmer überrascht hatte, nachdem sie zweifellos Wegmann angerufen hatte. Konni hatte wahrscheinlich recht: Sie hatte ein Date mit ihm vereinbart. Ohne jemandem was zu sagen. Egal, ob Wegmann sie irgendwo abgeholt oder ob sie den ganzen Weg ins Tal zu Fuß zurückgelegt hatte, in diesem Sturm nach draußen

zu gehen, war für jeden gefährlich. Sie mussten sie unbedingt suchen!

Während Finn zu den anderen lief, setzte Konni sich stöhnend auf. Jede Bewegung schmerzte. Als er letzte Nacht gehört hatte, wie jemand das Haus verließ, hatte er gleich auf Lissy getippt. In ihr Zimmer war er nur gegangen, um sich zu vergewissern, dass seine Vermutung stimmte. Er hatte nicht vorgehabt, in ihrem Bett zu übernachten. Nach den beschwerlichen Stunden auf der Eckbank hatte er sich aber kurz hinlegen und ausstrecken wollen. Und war sofort eingeschlafen.

Erst jetzt sah er sich richtig im Zimmer um. Es war ein merkwürdiges Gefühl, inmitten all ihrer Sachen zu sitzen: ihrer Klamotten, die überall verteilt waren; ihrer Cremes, Lidschatten und Lippenstifte; ihrer Bücher, Zeitschriften und ihres Schreibkrams. Aus all dem stieg ihm ihre Aura entgegen. Er musste wieder daran denken, wie sie im Park gewesen waren. An den Kuss. Er berührte seine Wange. Da wurde ihm wieder bewusst, dass auch er etwas verloren hatte. Wahrscheinlich für immer.

LISSY SCHNAPPTE NACH LUFT. Schon wieder schoss eine Welle über sie hinweg, doch sie ging nicht unter, solange sie sich an den Ast klammerte. Der Baum, der sie mit in die Tiefe gerissen hatte, erwies sich nun als ihr Retter. Er hatte sich zwischen den Felsen verkeilt und war das einzige Feste in den wild zu Tal schießenden Wassermassen. Das zersplitterte obere Ende des Baumes ragte in die Straße. Vielleicht konnte sie daran hochklettern. Als sie ihren linken Fuß bewegen wollte, merkte sie, dass sie feststeckte. Panik ergriff sie. Sie zog und zerrte. Achtete nicht auf den stechenden Schmerz, der aus dem Fußgelenk bis ins Rückenmark schoss. Sie

versuchte loszukommen, indem sie den Stiefel abstreifte. Es ging nicht. Was sollte sie tun? Sie klammerte sich fester an den Ast. Das Wasser umspülte sie in der Höhe ihrer Achseln. War es nicht eben noch niedriger gewesen? Sie schaute nach oben, in die graue Flut, die aus dem Himmel unaufhörlich weiter auf sie herabfiel.
Werde ich hier sterben?, dachte sie.
Sterben. Tot. Ende. Wie oft hatte sie die Worte gesagt. Einfach so dahin. Bedenkenlos. Nun hatte jedes von ihnen die Wucht eines Hammerschlags. Wenn ihr Leben hier und heute endete, was ließe sich darüber sagen? Was würde davon bleiben, außer verpassten Möglichkeiten?
Hätte sie doch nur mehr Zeit gehabt. Und sie hatte auch noch so viel davon verschwendet. Mit Dingen, die es nicht wert gewesen waren. Mit Eitelkeiten. Mit falschem Streben. Steffen. Was hatte sie sich dabei gedacht? Wie hatte sie glauben können, dass sie ihn liebte? Was wusste sie denn schon von Liebe? Überhaupt vom Leben? Nichts wusste sie! Wie hätte sie sonst ihre albernen Träumereien mit dem Leben verwechseln können? Sie wollte es lernen. Das richtige Leben. Das richtige Wünschen. Das richtige Lieben. Jetzt. Von jetzt an. Aber es gab vielleicht kein Von-jetzt-an mehr für sie, sondern nur noch diese letzte kurze Zeitspanne. Warum begriff man die Dinge, auf die es ankam, erst, wenn es zu spät war?
Abends wird der Faule fleißig, sagte ihr Vater oft.
Ihr Vater! Ihre Mutter! Ihr kleiner Bruder!
Sie würde sie wahrscheinlich nie mehr wiedersehen! Sie würden ein Leben führen, in dem sie keine Rolle mehr spielte, außer die der Tochter und Schwester, um die man trauerte.
Finn, Elif, Leon.

Auch die Freunde würde sie nie mehr wiedersehen.
Was habe ich getan? Wie habe ich mein Leben vergeudet!
Der Regen fiel. Der Himmel weinte. In Sturzbächen liefen die Tränen zu Tal.
Sie schaute wieder hinauf zur Straße. War wirklich keine Rettung in Sicht? Da oben war doch jemand. Eine Gestalt. Rotblondes Haar, das durch den Regenvorhang leuchtete. Ein Mädchen. Eine junge Frau.
Vanessa!
Sie stand da, bewegte sich nicht. Auch ihre Miene: regungslos. Zeigte weder Freude noch Trauer. Wie eine Maske. Wie tot.
Kein Wunder. Sie war ja auch tot.
Wenn ich schon die Toten sehe, dachte Lissy, bin ich dann am Ende selber schon ...?

UNSCHLÜSSIG, OB ER MITKOMMEN SOLLTE, stand Konni herum, während Leon, Elif und Finn in Hektik ausbrachen und sich für die Suche nach Lissy fertig machten. Eigentlich fand er die Aufregung noch immer überzogen. Aber falls ihr doch etwas zugestoßen war, musste er helfen.
»Kann ich auch Regenklamotten haben?«, fragte er Finn.
Der sah ihn erstaunt an. »Du willst mitkommen?«
»Klar. Warum nicht?«
»Wenn du meinst. Nimm dir, was noch da ist.«
Konni suchte sich aus dem Garderobenschrank eine dicke Regenjacke und Gummistiefel und schlüpfte hinein. Die Sachen passten sogar.
Elif hatte schon den Omega aus der Garage gefahren und wartete mit laufendem Motor und hektisch schrubbenden Schei-

benwischern auf die Jungs. Als sie Konni zum Auto humpeln sah, entfuhr ihr ein Stoßseufzer. Was wollte der denn? Ein Taxi ins Tal? Der Typ hatte echt Nerven! Doch besser, sie sagte nichts und ignorierte ihn einfach. Unten im Dorf würde er rausfliegen, und dann waren sie ihn wenigstens los. Diesmal hoffentlich für immer.

Der kurze Zufahrtsweg vom Forsthaus zur asphaltierten Straße war immer wieder von abgebrochenen Ästen blockiert, die Finn und Leon wegräumen mussten. Auf der Asphaltstraße war es zunächst besser, sie konnten ein gutes Stück fahren, während die Scheibenwischer sich mühten, die niederregnenden Wassermassen zu bewältigen. Als ihre Handys wieder Empfang hatten, versuchte Finn, Lissy zu erreichen. Es meldete sich nur die Mailbox. Er versuchte es noch ein paarmal, schrieb ihr eine SMS, dass sie sich sofort melden solle. Keine Reaktion.

»Schaut mal da vorne«, sagte Elif, nachdem sie um eine Kurve gefahren waren.

Steine und Felsbrocken in allen Größen lagen auf der Straße, außerdem Zweige und ganze Äste, die der Sturm abgerissen hatte. Noch ein Stück weiter vorne ragte sogar ein abgeknickter Baum in die Straße. Der Wurzelstock hing noch am oberen Ende der Felswand, der Baum hatte ein Stück Leitplanke einfach mitgerissen. Unterhalb der Straße hatte sich das, was wohl bis gestern ein stilles Bächlein gewesen war, in einen reißenden Strom verwandelt.

»Und jetzt?«, fragte Finn.

Sie stiegen alle aus, auch Konni, zogen ihre Kapuzen auf und näherten sich dem Trümmerfeld. Sie waren sich der Gefahr bewusst, denn es konnten jederzeit weitere Felsen herabstürzen.

»Da vorne liegt was!«, schrie Finn plötzlich und rannte los. Niemand außer ihm hatte gesehen, was er meinte. Er hob das Ding auf und hielt es in die Höhe.
»Lissys Handy!«
Sie musste also hier gewesen sein! Wann hatte sie das Handy verloren? Bevor der Steinschlag niederging und der Sturm den Baum fällte?
Leon trat an den Straßenrand, wischte sich den Regen aus dem Gesicht und schaute hinunter zum angeschwollenen Bach. Da sah er sie. Erst dachte er, es sei nur ein Stück Plastikplane, die das Wasser irgendwo mitgerissen und die sich im Baum verfangen hatte, aber dann erkannte er: Es war Lissy in ihrem Regenumhang!
»Da!«, schrie er den anderen zu. »Da ist sie!«
Sie traten alle an den Straßenrand. Direkt unter ihnen fiel das Gelände steil ab. Ein paar Meter trennten sie von den Fluten. Das Wasser reichte Lissy bis zu den Schultern. Lebte sie überhaupt noch?
»Lissy!!!«, schrien alle wie aus einem Mund. Selbst Konni schrie.
Sie hob den Kopf. Was für ein Glück! Sie war am Leben und bei Bewusstsein!
Aber wieso kletterte sie nicht hoch?
»Ich steig runter und schau, was mit ihr los ist«, sagte Finn. »Einer von euch wählt den Notruf!«
Ehe jemand einen Einwand vorbringen konnte, war er schon unterwegs. Die Rinde war glitschig, aber immerhin konnte er sich an den Ästen festhalten. Er stieg so weit hinunter, bis das Wasser seine Stiefelsohlen berührte, und hielt Lissy die Hand hin.
»Komm! Ich helf dir rauf.«

»Kann nicht …«, gab sie keuchend zurück, »stecke fest … der Fuß … unter dem …« Sie war zu schwach, um den Satz zu beenden.
»Bin gleich wieder da. Halt aus, Lissy! Den Rest machen wir!« Finn kletterte zurück zu den anderen. »Ihr Fuß ist eingeklemmt«, erklärte er. »Wann kommen die Bergretter?«
Elif hatte angerufen, sie antwortete: »So schnell sie können.« Das zweifelnde Gesicht, das sie machte, spiegelte den Gedanken aller wider. Bei diesem Wetter und diesen Straßenverhältnissen konnte es dauern.
»Was machen wir jetzt?«, fragte Finn bang.
»Es kommt immer mehr Wasser runter«, meinte Leon. »Entweder wird irgendwann der Stamm mitgerissen und Lissy mit ihm, oder sie ertrinkt. Wir können nicht warten, bis jemand auftaucht, wir müssen selbst was tun.«
»Im Auto ist doch ein Abschleppseil«, erinnerte sich Finn. »Damit können wir Lissy zumindest ein wenig sichern.«
Elif lief los, um nachzusehen. Finn hatte recht! Da war ein Seil. Sie brachte es zu den anderen, die wieder gebannt runter zu Lissy starrten. Elif bekam einen Schreck. »Ist irgendwas passiert?«
»Der Stamm hat sich bewegt«, sagte Finn, und Leon: »Wir müssen uns beeilen, Leute.«
Konni stand die ganze Zeit schweigend daneben. Niemand achtete auf ihn. So als wäre er unsichtbar. Wie immer. Sonst fühlte er sich gut und sicher in dieser Position. Jetzt kam er sich einfach nur nutzlos vor.
Finn schnappte sich ein Ende des Seils. »Haltet mich gut fest«, sagte er, und schon war er mit dem anderen Ende auf dem Weg hinunter zu Lissy. Leon war voller Bewunderung. Er würde Finn

nie wieder einen Schisser nennen. Blieb nur zu hoffen, dass er nicht unvorsichtig wurde.

Leon und Elif hielten das Seil am anderen Ende fest. Leon schaute sich zu Konni um. »Was ist mit dir? Willst du weiter bloß dumm rumstehen, oder hilfst du mit?«

Stumm legte Konni seine Hände mit ans Seil. Er hatte nicht das Gefühl, dass er etwas bewirkte. So wenig, wie er das Gefühl hatte, dass er gebraucht wurde.

Finn war wieder bei Lissy angekommen. Sie war zu kraftlos, um schon ein Gefühl der Dankbarkeit zu empfinden. Er reichte ihr das Seil, sie fasste zu und wickelte es ein paarmal um ihre rechte Hand. »Wir retten dich, Lissy«, versprach er. »Es wird alles gut!«

»Wie …?«, keuchte sie.

»Egal, was passiert, lass auf keinen Fall das Seil los. Sobald es geht, ziehen wir dich raus!«

Noch während er das sagte, ging ein Ruck durch das Holz unter ihm, ein Fuß rutschte an dem glitschigen Stamm ab, doch er konnte sich an einem Ast festhalten. Kaum hatte er wieder festen Boden unter sich, geriet der Baum in Bewegung, drehte sich halb und wurde schließlich mit den Wassermassen mitgezogen. Entsetzt starrten alle vier ins Wasser, wo Lissy ebenfalls untertauchte. Doch sie hing noch am Seil, sie spürten es daran, dass es sich spannte. Schon Sekunden später tauchte Lissy wieder auf.

»Ziehen!«, schrien nun alle gleichzeitig.

Die reißende Strömung trug Lissy ein Stück abwärts, doch da ihre Freunde sie festhielten, näherte sie sich dem Rand und schlug schon bald an einen vorstehenden Felsen, an dem sie sich festklammerte. Wieder war es Finn, der zu ihr hinunterkletterte und ihr endlich aus dem Wasser half. Sofort kamen auch die anderen dazu. Nur Konni, das Seil noch immer in der Hand, hielt sich im Hintergrund und sah zu, wie alle Lissy umarmten.

DER RETTUNGSWAGEN SETZTE KONNI vor dem *Gasthof Sterzinger* ab. Finn saß hinten bei Lissy, er wollte sie auf keinen Fall alleine lassen. Auch die anderen hatten bei ihr sein wollen, doch für mehr als einen war kein Platz gewesen. Während die Sanitäter mit Blaulicht und Sirene davonbrausten, humpelte Konni in den Gasthof. Auf der Treppe zu den Zimmern stand plötzlich Steffen Wegmann vor ihm. Er bemühte sich, seinen Schrecken zu verbergen, doch mit wenig Erfolg.
»Konni«, tat er erfreut, »na, so ein Zufall, dass wir im selben Ort Urlaub machen.«
»Zufall? Urlaub? Wohl eher nicht.«
Steffen Wegmann spielte den Begriffsstutzigen.
Konni überlegte, ob er ihm erzählen sollte, was mit Lissy passiert war, doch er ließ es bleiben, denn er konnte auf die Betroffenheit und Anteilnahme dieses Typen verzichten. Deshalb ging er einfach weiter auf sein Zimmer.
Um sich aufzuwärmen, nahm er eine heiße Dusche. Danach legte er sich ins Bett und starrte an die Decke. Vor seinem inneren Auge liefen wieder und wieder dieselben Szenen ab, wie in Endlosschleife: Lissy im reißenden Wasser; Finn, der mehrmals sein Leben riskierte, um ihr zu helfen; Leon und Elif, die dasselbe getan hätten. Und zwar, ohne auch nur eine Sekunde zu überlegen. Es war nicht so, dass er erwartet hätte, sie würden Lissy einfach ertrinken lassen, bloß weil zuletzt nicht mehr alles voller Harmonie zwischen ihnen gewesen war. Doch er hatte etwas gespürt, das ihm zuvor entgangen war. Eine Verbindung, die über bloße

gemeinsame Aktivitäten und Zeitvertreib und Vertraulichkeiten hinausging. Die tiefer reichte als alles, was er an Zerwürfnissen hatte auslösen können. Irgendetwas hatte er bei all seinen Beobachtungen und Studien übersehen, und vielleicht sogar das Wichtigste.

Fünfundzwanzig

»DAS WIRD SCHON WIEDER, JUNGE FRAU«, sagte der grauhaarige Arzt am Ende der Visite. »Der Bruch ist zwar kompliziert, aber wir haben es gut hingekriegt, und wenn Sie etwas Geduld haben, werden Sie wieder laufen wie vorher. Und die anderen Blessuren müssen von selbst heilen.«

Er meinte die gebrochenen und angeknacksten Rippen, die bei jedem tieferen Atemzug höllisch schmerzten, außerdem die Blutergüsse, Abschürfungen, Prellungen und Quetschungen, die sie erlitten hatte. Sie wollte nicht klagen, denn sie wusste: Sie hätte tot sein können. Dass sie noch lebte, verdankte sie einer riesigen Portion Glück und dem Einsatz ihrer Freunde, allen voran dem von Finn. Ausgerechnet.

Als der Arzt und sein Gefolge gegangen waren, betrachtete Lissy ihren Gips. Ihre Familie und Freunde hatten alle darauf unterschrieben, manche mit Herzchen oder einem Smiley oder sogar einem witzigen Spruch. Es rührte sie jedes Mal zu Tränen, wenn sie draufschaute. Sie wurde geliebt. Von vielen Menschen. Dabei hatte sie nicht das Gefühl, dass sie diese Liebe verdiente. Nach all den Dummheiten der letzten Zeit war sie wohl eher eine totale Enttäuschung.

Es klopfte, eine junge Frau kam mit ihrer kleinen Tochter herein.

Die beiden besuchten die Patientin, mit der Lissy das Zimmer teilte. Ein Autounfall, wie Lissy aufgeschnappt hatte. Sie lächelte den beiden zu, dann wandte sie den Kopf ab und schaute aus dem Fenster.
Steffen hatte bis jetzt noch nicht von sich hören lassen. Sie hatte erfahren, dass er sich nach den Ferien krankgemeldet hatte, auf unbestimmte Zeit. Angeblich litt er an einem Burn-out. Die Vorstellung, ihn wiederzusehen, war der reinste Horror für sie. Schon merkwürdig, wie ihre Leidenschaft für ihn ins krasse Gegenteil umgeschlagen war. So wie einem ein einstiges Lieblingsessen widerstrebte, an dem man sich irgendwann überfressen hatte. Sie verstand nicht mehr, was sie jemals an ihm gereizt hatte. Eigentlich war er ein ziemlich armseliger Typ, ohne innere Festigkeit und ohne Charakter. Wie hatte ihr das entgehen können? Sie hatte eben genau das in ihm gesehen, was sie sehen wollte. Nun war es, als wäre ein Vorhang zerrissen und der Blick auf die Wirklichkeit dahinter plötzlich frei geworden.
Doch es wäre zu leicht gewesen, Steffen allein die Schuld an allem zu geben. Oder sie Vanessa zuzuschieben, die sie ganz zu Beginn in ihrem Verlangen bestätigt und angestachelt hatte. Nein, niemand hatte sie gezwungen, sich derart in ihre Träumerei hineinzusteigern. Das hatte sie ganz alleine gemacht. Ich war eine dumme Kuh, dachte sie und schämte sich vor sich selbst. Eitel, oberflächlich, rücksichtslos. So wollte sie nicht sein. Nie mehr.
Eine Krankenschwester kam ins Zimmer und brachte einen kleinen, knuddeligen Pandabären aus Plüsch und einen Umschlag. »Das wurde für Sie abgegeben«, sagte sie und legte Lissy die Sachen in den Schoß.
Vielleicht von Konni?, dachte Lissy und fragte sich gleich im

nächsten Moment, wie sie ausgerechnet auf ihn kam. Wahrscheinlich, weil er sich bis jetzt noch nicht bei ihr blicken lassen hatte. Aber wie kam sie überhaupt darauf, dass er es tun würde?
Sie öffnete den Umschlag und las auf einer Genesungskarte: *Mir tut das alles unendlich leid. Gute Besserung und ein wunderbares Leben.* Keine Unterschrift. Sie wusste auch so, wer der Absender war: Steffen. Sie steckte die Karte zurück in den Umschlag und zerriss beides. Auch den Plüschpanda würde sie in den Müll werfen. Alles, was von Steffen kam, war ihr unerträglich. Am liebsten hätte sie sogar die Erinnerung ausgelöscht. Aber vielleicht war es ganz gut, dass das nicht möglich war. So wurde sie davor bewahrt, denselben dummen Fehler noch einmal zu begehen.
Sie bemerkte, dass das kleine Mädchen, das zu der anderen Patientin gehörte, begehrliche Blicke auf das Stofftier warf. »Willst du ihn haben?«, fragte Lissy. »Hier! Er gehört dir.«
Schüchtern nahm sie den Panda entgegen und betrachtete ihn mit glänzenden Augen. Für sie war es einfach nur ein süßes Stofftier.
Wenig später nickte Lissy ein. Als sie wieder aufwachte, hatte sie keine Ahnung, wie lange sie geschlafen hatte. Ein Klopfen an der Tür hatte sie geweckt. Sekunden später stand eine Frau im Zimmer, die sie zuletzt vor einigen Monaten gesehen hatte: Hauptkommissarin Beitz.
»Ich hab gehört, was Ihnen passiert ist«, sagte sie. »Schrecklich.«
»Hätte noch schlimmer sein können«, entgegnete Lissy. Doch ihr war klar, dass die Kommissarin den weiten Weg nicht für einen Krankenbesuch gemacht hatte.
»Wir müssen noch mal reden«, kam sie auch sofort zum Punkt. »Über die Nacht, in der Vanessa gestorben ist.«

LEON BETRACHTETE ELIF, während sie in ihrem Biobuch blätterte und immer wieder etwas auf ihren Block schrieb. Sie saßen im *Roxy* und warteten auf Finn, um zusammen zu Lissy ins Krankenhaus zu fahren. Leon war wie verzaubert. Jede von Elifs Bewegungen und jede Kleinigkeit, die ihm an ihr auffiel, lösten in ihm ein wohliges, freudvolles Gefühl aus.

Nach einer Weile schaute sie auf. »Was ist los? Ist irgendwas an mir, oder warum guckst du so?« Es klang nicht so, als wären ihr seine Blicke unangenehm. Oder als wüsste sie nicht in Wahrheit, was los war.

Er fasste über den Tisch und nahm ihre Hand. »Ich hab nachgedacht«, sagte er. »Über mich und über dich und über uns.«

»Über uns?«

»Ja, über uns. Erschreckt dich das?«

»Ein bisschen schon.«

Leon nahm ihr den Stift aus der Hand und legte ihn hin. Sie verstand, was er wollte. Dass dies ein weiterer besonderer Moment werden würde.

»Es hat sich für mich schon vor einer Weile was zwischen uns verändert«, begann er. »Ich dachte erst, das ist bloß eine Phase und vergeht wieder, aber …«

Sie sahen sich in die Augen. Das Atmen fiel ihnen schwer.

Elif war über jedes seiner Worte so glücklich, dass es schmerzte. War das alles nicht viel zu groß? Viel zu schwer? Sie wollte das nicht. Und wollte es doch so sehr. Die widerstrebenden Kräfte in ihrem Innern rissen sie fast entzwei.

»So gut, wie du mich kennst«, sagte sie, »müsstest du eigentlich wissen …« Sie zögerte. Ihre Vernunft sagte ihr das eine, ihr Herz etwas völlig anderes. Wem sollte sie nachgeben?

»Was müsste ich wissen?«, fragte Leon, als sie weiterhin schwieg.
Sie schnaufte schwer, senkte den Blick. »Erst ist immer alles ganz toll, so wie jetzt. Aber irgendwann mach ich es kaputt. Auf eine arschig-dumme Weise. Und dich unglücklich.«
»Vielleicht passiert das. Vielleicht auch nicht. Oder ich bau Mist. Kann man nie wissen. Ich weiß bloß, dass ich ohne dich jetzt schon unglücklich wäre. Und jeden Tag ein bisschen mehr.«
Elif seufzte. Ein glückliches Lächeln huschte über ihr Gesicht.
»Unsere Nacht im Forsthaus, du weißt schon … Ich glaube, ich hab mir da was bei dir geholt. Oder eigentlich schon vorher.«
»Wie bitte? Du hast dir was bei mir geholt? Einen Tripper, oder was?«
Er lachte. »Nee, obwohl es auch brennt. Allerdings ein bisschen weiter oben.« Er legte die Hand auf sein Herz. »Hier. Und nicht nur beim Pissen, sondern andauernd.«
Elif lachte auf. So hatte ihr noch kein Typ gesagt, was er für sie empfand. Leon war schon eine Marke für sich. Und genau das mochte sie so an ihm.
»Elif, ich l–«
Sie legte ihm die Hand auf den Mund, um zu verhindern, dass er die Worte aussprach. Seit Männer, Liebe und diese Dinge in ihrem Leben eine Rolle spielten, hatte sie eine natürliche Scheu vor diesen besonderen drei Worten und sie so gut wie nie in den Mund genommen. Nur wenn sie sie auch fühlte. Tat sie das jetzt? Liebte sie ihn? Je länger sie überlegte, desto mehr kam es ihr so vor, als habe sie niemals jemand anders geliebt.
»Ich dich auch«, antwortete sie schließlich und neigte sich mit geschlossenen Augen über den Tisch.

Dieses Angebot nahm er nur zu gerne an.
Obwohl er seit Tagen über kaum was anderes nachdachte als über sich und Elif und was zwischen ihnen in der letzten Zeit passiert war, fühlte er sich jetzt von der Macht seiner Gefühle überrumpelt und überwältigt. Nun, da er ausgesprochen hatte, was er empfand und was er wollte, und da sie zu allem Ja gesagt hatte, war das Ganze noch viel größer und schöner. Dabei hatte er gar nicht vorgehabt, ihr hier und heute sein Herz auszuschütten. Es war einfach passiert.
»Was geht'n hier ab?«
Leon und Elif lösten den Kuss und sahen Finn an. Er spielte nur den Überraschten, denn natürlich hatte er die Schwingungen, die in letzter Zeit zwischen ihnen hin- und hergingen, bemerkt. Selbst ein Toter hätte sie gespürt.
»Wonach sieht es aus?«, fragte Elif keck.
»Ist das jetzt was Festes zwischen euch?«
Leon und Elif sahen sich an, dann nickten sie. Sie gaben sich nach außen beherrscht, aber mit einem Gefühl im Bauch, als müssten sie gleich platzen vor Glück.
»Cool«, fand Finn, »Glückwunsch. Woll'n wir dann?«
Seit er sein Leben aufs Spiel gesetzt hatte, um Lissy zu retten, kam Finn Leon viel erwachsener vor als früher. Entschlossener.
»Ich muss noch mal wohin«, sagte Elif und verschwand zu den Toiletten.
»Wie das auf einmal, Alter?«, fragte Finn, nachdem er sich gesetzt hatte.
Leon wusste, was er meinte: Elif und ihn. Er zuckte die Achseln. »Keine Ahnung. Ist einfach irgendwie passiert. Weiß auch nicht, wieso. Aber es fühlt sich richtig an.«

»Ich find's super. Echt. Ich schreib euch einen Song. Den *Elif-and-Leon-finally-did-it-Song*.«

»Was ist mit dir?«

»Was soll sein?«

Leon boxte Finn gegen die Schulter. »Jetzt tu bloß nicht so. Worauf willst du warten? Du bist Lissys Held! Wenn sie jetzt nicht auf dich anspringt, dann ist ihr nicht zu helfen. Rede mit ihr! Mach die Sache klar. So bald wie möglich!«

LISSY REDETE GERADE mit Katharina Beitz, und es war alles andere als Liebesgeflüster, obwohl es um Liebe ging. Es gab ja immer noch eine Lüge, die Lissy bisher niemandem offenbart hatte, nicht einmal ihren Freunden.

»Wir haben alle angemeldeten Besucher des Spring Break kontaktiert und aufgerufen, uns ihre Fotos und Filme zu zeigen, die sie in der Nacht gemacht haben, in der Vanessa starb«, hatte Katharina Beitz Lissy erklärt. »Wir hofften, den Mann, den Sie uns beschrieben haben, auf diese Weise zu finden. Sie erinnern sich: heller Typ, Anfang zwanzig, blaues T-Shirt, schwarze Boxershorts. Es gab wirklich ein paar, auf die diese Beschreibung halbwegs passte, was kein Wunder ist. Trotzdem lief das Ganze ins Leere. Aber dann haben wir etwas anderes auf einem der Filme gesehen. Und später noch auf zwei oder drei anderen. Schauen Sie.«

Katharina Beitz holte ihr Handy hervor und zeigte ihr ein paar Fotos.

Lissy wurde mulmig zumute.

»Sie müssen auf den Mann im Hintergrund achten. Erkennen Sie ihn?«

Lissy betrachtete die Aufnahmen. Sie hatte vorher schon geahnt, wen sie sehen würde: Steffen.
Dann hatte sie die ganze Geschichte erzählt: dass sie schon immer in ihn verliebt gewesen war; dass Vanessa ihr helfen wollte, ihn auch zu bekommen; dass sie gleichzeitig selbst eine Affäre mit ihm am Laufen hatte und es beim Spring Break so einrichtete, dass sie, Lissy, sie beide beobachtete. »Nur, um mir wehzutun«, erklärte Lissy, während Tränen über ihre Wangen kullerten.
»Warum wollte sie Ihnen wehtun?«
»Sie wollte uns alle fertigmachen. Weil wir eine Weile vorhatten, sie abzuservieren.«
»Okay, dazu später. Was passierte, nachdem Sie Steffen Wegmann und Vanessa überrascht hatten?«
»Ich bin in die Unterkunft und hab mich mit Elif betrunken. Mit der hatte gerade ihr Freund Schluss gemacht, was auch Vanessas Schuld war.«
»Haben Sie Elif erzählt, was Vanessa Ihnen angetan hat?«
»Nein, davon wusste niemand.«
»Dann lassen Sie uns noch einmal über die gewisse Nacht sprechen und über das, was Sie gesehen haben.«
Lissy schaute auf die Bettdecke, auf der ihre Finger Falten zwirbelten. Es kostete sie Überwindung, die Dinge zu erzählen, die sie so gut gehütet hatte.
»Als Vanessa in unser Haus kam, haben wir schon geschlafen. Aber ich bin irgendwann noch mal aufgewacht und hab einen Mann bei ihr gesehen.«
»Steffen Wegmann, Ihren Lehrer.«
Lissy nickte.
»Und Sie haben das verschwiegen, um ihn zu schützen.«

Wieder ein Nicken.
»Weiß er, dass Sie ihn gesehen haben?«
»Ich hab's ihm gesagt. Wir hatten … wir waren … zusammen … in den letzten Monaten. Aber das ist aus.«
»Verstehe. Haben Sie ihn erpresst?«
»Nein!«, fuhr Lissy heftig auf. Aber schon im nächsten Moment wurde ihr klar, dass sie sich in diesem Punkt vielleicht etwas vorgemacht hatte. »Also … ich hab ihm gesagt, dass ich für ihn schweige, egal, was er tut. Er sollte mich nicht deshalb lieben …«
Die ganze Zeit über hatte Katharina Beitz mit einer gewissen Strenge auf Lissy geblickt. Nun wurde ihre Miene milder, als sie sagte: »Es ist gut, dass Sie mir jetzt die Wahrheit erzählt haben.«
Lissy spürte, dass sie recht hatte. Erst jetzt, durch dieses Geständnis, fühlte sie sich endgültig befreit von ihrer fatalen Leidenschaft für Steffen. Kein Geheimnis mehr, das sie aneinander band. »Ich wünschte bloß, ich hätte es früher getan«, sagte sie.
»Ich auch. Sie müssen das später noch zu Protokoll geben. Aber das hat Zeit.«
Katharina Beitz stand auf.
»Was passiert jetzt mit Steffen?«, fragte Lissy.
»Wir werden ihn befragen, und dann wird es wohl eine Anklage geben. Und was mit Ihnen passiert …«
»Mit mir? Wieso? Krieg ich auch Probleme?«
»Na ja, eine Falschaussage ist auch eine Straftat.«
Daran hatte Lissy gar nicht gedacht. Sie war trotzdem froh und erleichtert, dass sie von ihrem Geheimnis befreit war. Und umso mehr, als Katharina Beitz in versöhnlichem Ton hinzufügte: »Mal sehen, was wir da machen.«

ELIF, LEON UND FINN WUNDERTEN SICH, als sie auf dem Parkplatz vor dem Krankenhaus Katharina Beitz sahen. War das nur ein Zufall, oder kam sie von Lissy? Alle vermuteten einhellig, dass wohl Letzteres zutraf. Gab es etwa Neuigkeiten über Vanessas Tod? War der Täter gefasst?

Als sie Lissys Zimmer betraten, fanden sie sie zum ersten Mal alleine vor. Keine Verwandten, selbst das Bett ihrer Nachbarin war leer. So ergab sich endlich die Gelegenheit, über Dinge zu sprechen, die nur sie etwas angingen. Doch die erste Frage galt der Kommissarin.

»Es gibt noch eine Sache, die ich euch bis jetzt verschwiegen hab«, begann Lissy. Und dann erzählte sie, wie Vanessa ihr beim Spring Break mitgespielt und was sie später in ihrer gemeinsamen Unterkunft mitbekommen hatte.

»Wegmann? Der hat sie umgebracht?«, fragten die anderen fassungslos.

»Was ist mit diesem Typen los!?«, rief Finn aufgeregt. »Der ist doch total krank!«

»Und ich«, fragte Lissy, den Tränen nahe, »bin ich auch krank?«

»Das warst du«, meinte Elif und nahm tröstend ihre Hand. »Krank vor Liebe.«

»Liebe«, wiederholte Lissy zweifelnd. »Hab ich ihn wirklich geliebt? Oder wollte ich mir nur was beweisen?«

»Es ist vorbei«, sagte Leon. »Hör auf, dir den Kopf zu zermartern. Mach's künftig einfach besser.«

»Wir haben alle Mist gebaut, auf die eine oder andere Weise«, warf Elif ein. »Ich ja auch. Und ich hoffe, du verzeihst mir, dass ich dir nachspioniert hab.«

»Vergessen wir es einfach.«

Doch vergessen würde keiner von ihnen, was geschehen war.
Lissy erzählte nun, dass sie noch vor dem Wochenende entlassen werden sollte und bald auch wieder zur Schule gehen konnte. Elif berichtete ihr den neuesten Klatsch. Irgendwann rückte Lissy mit einer Frage heraus, die ihr die ganze Zeit schon im Kopf herumging, die sie sich aber kaum zu stellen traute: »Was ist mit Konni? Hat jemand von euch mit ihm gesprochen? Oder hat er irgendwas gesagt?«
»Nee«, meinte Elif, »der ist wieder so unsichtbar wie früher. Normale Leute würden sich vielleicht entschuldigen, wenn sie Mist gebaut haben, aber er hält das wohl für unnötig. Ist mir auch lieber so. Jedes weitere Wort mit dem Typen wäre eines zu viel.«
»Woher willst du wissen, dass er glaubt, er habe Mist gebaut?«, warf Finn ein. »Wenn du mich fragst: Der ist mit sich im Reinen.«
Lissy schwieg.
»Gibt's einen bestimmten Grund, warum du fragst?«, wollte Leon wissen.
Sie schüttelte den Kopf.
Um Finn eine Gelegenheit zu verschaffen, mit Lissy alleine das zu klären, was unbedingt geklärt werden musste, entschuldigte Leon sich und Elif mit einem Vorwand und verließ mit ihr das Zimmer. Nachdem die Tür hinter ihnen zugegangen war, breitete sich erst einmal verlegene Stille aus.
»Die beiden sind übrigens zusammen«, begann Finn. »Seit heute ist es offiziell.«
»Wirklich?«
Lissy lächelte. Sie hätte nie gedacht, dass Elif und Leon ein Paar werden könnten, aber nun kam es ihr so vor, als wäre es das

Selbstverständlichste von der Welt, sodass sie sich nur noch fragte, wieso erst jetzt.
Doch auch wenn Finn Leon und Elif angesprochen hatte, war Lissy klar, dass er nicht über die beiden reden wollte, sondern über sie und ihn. Was konnte sie ihm sagen? Er hatte sein Leben für sie riskiert. Und das, nachdem sie ihn auf so beschämende Weise benutzt hatte. Sie stand für immer in seiner Schuld, und sie würde diese Schuld niemals begleichen können.
»Finn, ich –«
»Lass mich zuerst«, fiel er ihr ins Wort. »Kein Dank mehr und keine Entschuldigungen. Davon hab ich jetzt mehr als genug. Ich hab nachgedacht und finde es natürlich nicht okay, wie du dich verhalten hast, aber ich war auch unehrlich.«
»Du?«
»Ja. Erst zu mir und dann zu dir. Ich war nie wirklich verliebt in dich. Ich dachte nur … du könntest mir über die Enttäuschung mit Vanessa hinweghelfen. Also … irgendwie hab ich dich wohl auch benutzt. Oder hab's zumindest versucht.«
»Dann bist du mir nicht böse?«
Er schüttelte den Kopf.
Lissy breitete die Arme aus. Auch wenn ihre gebrochenen und angeknacksten Rippen schmerzten, fühlte sich die Umarmung ihres besten Freundes gut an.
In diesem Moment kamen Leon und Elif zurück.
»Na, ihr beiden, alles klar bei euch?«, rief Leon.
»Freunde für immer«, sagten Finn und Lissy gemeinsam und strahlten sich dabei an.
»Freunde?«, fragte Leon. Es klang ein wenig enttäuscht.
Elif stieß ihn in die Seite. »Hab ich dir doch gesagt.«

SEIT STEFFEN WEGMANN WIEDER zu Hause war, war er wie gelähmt. Er fühlte sich leer. Hing lustlos herum. Ohne Energie. Er war bei einem Arzt gewesen und hatte sich krankschreiben lassen. Verdacht auf Burn-out. Ja, so fühlte er sich: ausgebrannt. Erledigt. Am Ende. Es kam ihm vor, als säße er in einem Zug, der auf eine Wand zuraste, während im Inneren alles wie in Zeitlupe ablief. Er sah die Katastrophe kommen, doch er konnte sie nicht abwenden.

Was hätte er anders machen können? Alles. Nichts.

Vanessa war an allem schuld. Ohne sie wäre sein Leben noch so, wie es immer gewesen war. So, wie er es sich vorgestellt hatte. Hätte er anders handeln können? Nein. Wahrscheinlich fuhr der Zug schon sehr viel länger, als er angenommen hatte, und es hatte so kommen müssen, auf die eine oder andere Weise.

Er hätte reinen Tisch machen sollen nach jener Nacht, in der Vanessa gestorben war. Hätte zumindest Cornelia sagen sollen, was geschehen war. Und der Polizei. Er hatte es nicht getan. Auch später nicht. Hatte sich vielmehr auf Lissy eingelassen und alles noch schlimmer gemacht. Wieso?

Er hatte nach wie vor die Möglichkeit, die Wahrheit ans Licht zu bringen. Jeden Tag aufs Neue. Cornelia einzuweihen. Zur Polizei zu gehen. Doch ein Tag nach dem anderen verstrich, ohne dass er redete. Das Schweigen war ein Sumpf, in den er immer tiefer einsank und aus dem es immer schwerer war zu entkommen.

Es läutete an der Tür.

»Schatz, gehst du?«, rief Cornelia aus der Waschküche im Keller.

Er erkannte die Frau, die vor ihm stand, sofort, auch wenn ihm ihr Name entfallen war. Eine Kriminalbeamtin. Sie hatte ihn nach Vanessas Tod befragt, weil er sie durch die Theater-AG besser kannte als andere an der Schule, und sie hoffte, durch ihn einen tieferen Einblick in ihr Leben zu bekommen. Nur Routinefragen, auf die er bereitwillig antwortete. Niemand hatte ihn verdächtigt.

»Hauptkommissarin Beitz«, stellte sie sich vor.

Er nickte. »Bitte, kommen Sie herein.«

Er fragte nicht, warum sie ihn aufsuchte. Er wusste es auch so. Vielleicht hatte Lissy ihr Schweigen gebrochen. Oder die Polizei war auf andere Weise hinter sein Geheimnis gekommen. Egal. Nun, da es so weit war, war er vollkommen ruhig. Der Zug hatte die Wand erreicht. Nur noch eine Handbreit trennte ihn von ihr. Der Aufprall. Die Katastrophe. Sie waren fast da. Und mit ihnen ein Moment der Erleichterung, ehe die Welt über ihm zusammenbrach.

Sechsundzwanzig

DIE NACHRICHT, DASS STEFFEN WEGMANN verhaftet worden war, schlug in der Schule ein wie eine Bombe. Niemand wusste etwas Genaues, aber es hieß, er habe erst was mit Vanessa gehabt und sie dann, als sie ihm den Laufpass gab, ermordet. Im Nachhinein wollten plötzlich einige von Anfang an so was geahnt haben, anderen war Wegmann auf einmal schon immer ein wenig seltsam vorgekommen, und es kursierte sogar das Gerücht, dass er vielleicht auch die Kamera in der Mädchenumkleide installiert hatte. Die allgemeine Schlussfolgerung unter den Schülern: total krank, der Typ.

Elif, Leon und Finn hielten sich aus diesen Schulhofgesprächen und -spekulationen heraus. Als Vanessas vermeintlich beste Freunde standen sie auch so schon stärker im Mittelpunkt der Aufmerksamkeit, als ihnen lieb war. Sogar Zeitungsreporter wollten mit ihnen sprechen. Doch sie blockten alle ab. Lissy entkam den Fragen und Blicken vorerst, weil sie noch für ein paar Tage krankgeschrieben war. So kriegte sie auch nicht mit, dass einige über ihre auffällige Anhänglichkeit an Steffen Wegmann in den letzten Wochen und Monaten tuschelten.

Konni verschwand wieder komplett im Hintergrund. Von Elif, Leon und Finn hielt er sich fern, und auch sie ignorierten ihn.

Doch in ihm war eine nagende Unzufriedenheit. Ein Unbehagen. Es hatte bei der Rettungsaktion begonnen und ihn seitdem nicht mehr verlassen. Das war auch der Grund dafür, dass er Lissy weder im Krankenhaus noch jetzt zu Hause besucht hatte, obwohl er das eigentlich wollte. Erst musste er sich über ein paar Dinge klar werden.

Wenn er jetzt durch die Schule ging und seine Mitschüler dabei beobachtete, wie sie miteinander redeten, lachten, sich gegenseitig veralberten, beschlich ihn eine stille Sehnsucht, die ihm völlig unbekannt war. Er hatte sich ihnen allen immer überlegen gefühlt, weil er tiefer blickte als sie, die in ihrer Oberflächlichkeit befangen waren. Er hatte nicht an Freundschaft und Liebe geglaubt, sondern nur daran, dass jeder für sich selbst sehen musste, wo er blieb. Aber wenn es doch etwas gab, das Menschen tiefer verband? Etwas, das er erlebt hatte, als Elif, Leon und allen voran Finn ihr Leben für Lissy riskiert hatten? Ausgerechnet Finn, dessen Gefühle sie kurz zuvor ausgenutzt hatte.

Er selbst hatte nur untätig danebengestanden. Wie erstarrt. In der Zeit danach hatte er auch darüber viel nachgedacht. Ihm war klar geworden, dass diese Erstarrung ein Dauerzustand bei ihm war. Wann hatte sie begonnen? Er musste an den Morgen denken, an dem seine Mutter ihm sagte, dass sie die Familie verlassen würde. Er hatte immer geglaubt, es habe ihm nichts ausgemacht, weil sie ohnehin keine gute Mutter war. Aber das war, wie er nun wusste, falsch. Er erinnerte sich an einen Schmerz, tiefer und unerträglicher als alles, was er davor jemals empfunden hatte. Und dann die bohrende, quälende Frage: Wie hatte seine Mutter ihn verlassen können, wenn sie ihn doch angeblich liebte? Wie passte das zusammen? Überhaupt nicht, wurde ihm klar. Die einzige mögliche Erklärung, die ihm damals logisch erschien, war, dass es wahrscheinlich gar keine Liebe gab. Dass alles Reden darüber nur Täuschung war. Selbsttäuschung. Dieser Gedanke war wie eine Befreiung für ihn. Er machte ihn unverletzlich. Kein Schmerz mehr, keine Enttäuschung. Doch seine Unverletzlichkeit forderte, wie er nun feststellte, einen Preis. Er erstarrte innerlich. Erst in den Bergen war etwas aufgebrochen. Die starre Schale, mit der er sich geschützt hatte, hatte einen Sprung. Und er wurde mit jedem Tag größer.

NICHT NUR KONNI, auch Finn hatte in diesen Tagen einiges, worüber er nachdenken musste. Alle sagten ihm, er sei ein großer Held, weil er für Lissy sein Leben aufs Spiel gesetzt hatte (nur seine Eltern ließen in dem Lob einen leisen Vorwurf mitschwingen), doch er fühlte sich nicht als Held. Er hatte bloß getan, was nötig war, genau wie die anderen. An das Risiko hatte er dabei keinen einzigen Gedanken verschwendet. Dafür war schlicht keine Gelegenheit. Vielleicht wäre er weniger mutig gewesen, wenn er mehr Zeit zum Überlegen gehabt hätte.
Seit er wieder zu Hause war, musste er viel an Sylvie denken. Sie war keine, die viel nachdachte. Manchmal machte sie dabei Fehler. So wie zuletzt mit der Fahrt an Vanessas Grab. Aber nur Leute, die gar nichts riskierten, machten keine Fehler. Er wusste, dass sie sich nach ihrem letzten Gespräch nicht von sich aus bei ihm melden würde. Wenn er etwas von ihr wollte, musste er den nächsten Schritt tun. Blieb die Frage: Wollte er etwas von ihr? Und wenn ja, was? Freundschaft? Liebe?
Er nahm den nächsten Zug nach Kirchberg, der Kleinstadt, in der Sylvie lebte. Vielleicht bin ich auf dem besten Weg, wieder auf die

Nase zu fallen, dachte er, während er aus dem Fenster auf die vorüberziehende herbstliche Landschaft schaute. Vielleicht finde ich aber auch mein Glück.
In Kirchberg wies ihm eine App den Weg zu Sylvies Adresse. Es waren zu Fuß nur zwanzig Minuten. Mit jedem Schritt wuchs seine Aufregung, während die letzten Zweifel verflogen. Als er dann vor dem Haus stand und klingelte, spürte er nur noch pure Vorfreude darauf, sie zu sehen und ihr all die Dinge zu sagen, die er loswerden wollte.
Die Tür ging auf, Sylvie stand vor ihm. Sprachlos. Was bei ihr sicher eine Seltenheit war.
»Hast du dich verlaufen?«, fragte sie schließlich.
Finn grinste breit. »Nee. Ich bin genau da, wo ich hinwollte.«
Sie verstand, und ihr Lächeln, das folgte, machte seinen Tag noch ein wenig heller.
»Dann komm erst mal rein.«
Kaum war die Tür hinter ihnen zugefallen, fasste Finn Sylvie mit beiden Händen an der Taille und zog sie an sich. Sie war überrascht, aber es gefiel ihr, denn sie legte ihre Arme um seinen Nacken. Nur noch ein tiefer Blick, ohne Worte, dann küssten sie sich. Es war kein Kuss wie jeder andere, es waren Hunderte Küsse in einem: all die, die sie sich bisher aufgespart hatten.
»Was machst du am Rest des Wochenendes?«, fragte Sylvie.
»Hier bei dir sein. Wenn du willst.«
»Und wie ich will!«
Finn hatte keinen Zweifel, dass es das beste Wochenende seines Lebens werden würde.

ALS LISSY WIEDER ZUR SCHULE ging, auf Krücken und mit einem eingegipsten Bein, kochte es in der Gerüchteküche neuerlich hoch. Sie ignorierte das Getuschel hinter ihrem Rücken einfach, so wie es ihr die Schulpsychologin geraten hatte. Allgemein bekannt war, dass Steffen Wegmann durch ihre Aussage überführt worden war. Alles Weitere waren Mutmaßungen und Spekulationen. Hatte sie wirklich eine Affäre mit ihm gehabt, wie manche inzwischen munkelten? Hatte sie ihn deshalb so lange geschützt? Hatte sie ihn vielleicht sogar mit ihrem Wissen erpresst? Oder hatte sie sich wirklich erst jetzt erinnert, wie andere meinten? Welche Rolle hatte Vanessa bei all dem gespielt? Alle warteten voller Ungeduld auf den Prozess gegen Wegmann, denn dann würden diese Fragen hoffentlich beantwortet werden. Lissy und ihre Freunde hüllten sich jedenfalls weiterhin in Schweigen.

Konni beobachtete alles genau, hielt sich aber abseits. Äußerlich wirkte er beinahe wie immer, aber wer ihn ein wenig besser kannte – was eigentlich nur auf Lissy zutraf –, konnte die Veränderung an ihm bemerken. Sein Blick war jetzt ohne jede Überheblichkeit. Mehr nach innen als nach außen gekehrt.

Eines Tages – Lissy saß wie üblich mit ihren Freunden beim Mittagstisch in der Cafeteria – entdeckte sie ihn alleine in einer Ecke. Er hatte, wie so oft, zu ihr herübergeschaut, doch als sie den Blick erwidern wollte, sah er sofort weg. Da fasste sie sich ein Herz und stand auf.

»Wo willst du hin?«, fragte Elif.

»Nur mit jemandem reden. Bin gleich wieder da.«

»Aber nicht mit Konni, oder?«, wandte Finn ein.

»Und wenn doch? Wären wir dann keine Freunde mehr?«

Finn, Leon und Elif tauschten einen überraschten Blick. Wie kam sie denn gleich auf so was?
»Deine Freunde werden wir immer sein«, sagte Finn für sie drei, »aber seine niemals.«
»Okay. Verstanden.«
Auf ihren Krücken humpelte Lissy zu Konni, der appetitlos auf einem Stück Schnitzel herumkaute, und setzte sich an seinen Tisch. Dass einige Schüler guckten und hinter vorgehaltener Hand tuschelten, war ihr egal. Sie konnten sich denken, was sie wollten.
»Ich dachte, du würdest mich im Krankenhaus besuchen«, sagte sie.
»Wirklich? Warum?« Forschend sah er in ihr Gesicht. Dann wurde ihm klar, was sie wirklich meinte: dass sie es sich gewünscht hätte. Es freute ihn, aber es machte ihn auch verlegen.
»Du hättest dich zum Beispiel entschuldigen können«, sagte sie.
»Würde mir das noch irgendjemand von euch abnehmen?«
»Ich schon. Wenn du es ehrlich meinst.«
Er zögerte, dann sagte er mit bewegter Stimme: »Es tut mir leid. Alles.«
Lissy sah ihn an. Sie hatte keine Ahnung, wieso, aber irgendwie mochte sie ihn. »Du bist schon ein ziemlich merkwürdiger Typ«, sagte sie, mit einem Lächeln in den Mundwinkeln.
Er lächelte ebenfalls. »Da hast du wohl recht.«
»Ich weiß auch, woher das kommt.«
»Ach ja?«
»Du bist zu viel allein. Das bringt einen nur auf komische Gedanken. Wenn du mal was unternehmen willst, sag einfach Bescheid.«
»Ich will was unternehmen«, sagte er sofort.

»Das ging ja sehr schnell. Und was?«
»Sag ich noch nicht. Ich hol dich ab. Morgen Nachmittag.«
Was hatte er vor? Sollte das etwa ein Date werden?
»Okay«, sagte sie.

ALLE RIETEN LISSY DAVON AB, sich mit Konni zu treffen. Finn meinte, sie müsse verrückt sein, so jemanden in ihr Leben zu lassen, Leon fand es auf eine ungute Weise typisch für Lissy, und Elif pflichtete ihm bei: »Du hast eindeutig einen Hang zu schwierigen Kerlen. Du wirst in deinem Leben viele Probleme haben.« Seit wann war Elif eine Wahrsagerin? Lissy nahm es ihren Freunden nicht übel. Sie hätte an ihrer Stelle vermutlich das Gleiche gesagt. Jeder durfte denken, was er wollte. Gute Freundschaften hielten das aus.
Konni kam im Wagen seines Vaters. Er trug die Sachen, die ihm seine Mutter geschenkt hatte, und er war beim Friseur gewesen. Die Sache mit seiner Frisur fand Lissy ein wenig schade, sie hätte ihm zu gerne wieder die Haare verwirbelt. Sie selbst trug nur eine Jeans, ein schlichtes Shirt und eine Jacke. Die Zeit der sexy Outfits war vorbei, in ihren alten Sachen fühlte sie sich wieder ganz wie sie selbst. Konni gefiel es trotzdem, wie sie an seinem Blick ablas.
»Wo fahren wir hin?«, wollte sie wissen, nachdem er ihr ins Auto geholfen und ihre Krücken auf dem Rücksitz verstaut hatte.
»Wirst schon sehen.«
Als sie die Stadt Richtung Bundesstraße verließen, ahnte sie es: Steffens Datsche. Sie fand das keine besonders gute Idee. Was wollte er dort? Wunden, die sich gerade erst zu schließen begannen, neu aufreißen? Ihr vorführen, dass nicht nur er Mist gebaut

hatte? Das war überflüssig, sie dachte auch so jeden Tag daran. Und sollte sie es doch einmal kurz vergessen, tauchte bestimmt jemand auf, der sie daran erinnerte. Meistens ihre Eltern mit diesem gewissen Blick, eine Mischung aus Enttäuschung, Vorwurf und der Frage: Was haben wir nur falsch gemacht? Es würde ewig dauern, bis sie die Affäre mit Steffen verdaut hatten, und dass Lissy die Schuld nicht ausschließlich Steffen zuschob, machte es für sie nicht gerade leichter.

»Was machen wir hier?«, fragte Lissy, als der Wagen vor der Hütte ausrollte.

»Ein Feuer«, erklärte Konni lächelnd.

Lissy erschrak. Wollte er die Hütte abfackeln? War das nicht ein bisschen zu krass?

»Ich finde das keine gute Idee«, wandte sie ein. »Ich hab schon genug Ärger mit der Polizei wegen Falschaussage und Behinderung der Ermittlungen oder wie das heißt. Wenn jetzt auch noch Brandstiftung dazukommt …«

»Du machst ja gar nichts. Du guckst nur zu.«

Konni stieg aus, holte Lissys Krücken vom Rücksitz und half ihr aus dem Auto. Sie lehnte sich an den Kotflügel und sah zu, wie er den Kofferraum öffnete, erst eine Flasche Brennspiritus und dann eine in eine Decke eingeschlagene Tafel herausnahm. Zuletzt holte er ein paar Holzscheite von einem Stapel, der neben der Hütte aufgeschichtet war, und legte sie auf den Boden.

»Was soll denn das werden?«, fragte sie ungeduldig.

»Nur noch einen Augenblick.«

Konni entfernte die Decke von der Tafel, und da sah Lissy, was er mitgebracht hatte: Vanessas Riesenfoto von der Trauerfeier am ersten Schultag. Das also wollte er verbrennen. Konni lehnte das

Bild gegen den Holzstapel und übergoss es großzügig mit Brennspiritus.
»Hasst du sie so sehr …?«, fragte Lissy.
»Wir verbrennen das Bild doch nicht, weil ich Vanessa hasse«, sagte er. »Das Feuer hat eine reinigende Kraft.«
»Seit wann hast du eine spirituelle Ader?«
»Keine Ahnung.« Er holte eine Schachtel Streichhölzer aus der Hosentasche.
»Warte!«, rief sie. »Lass mich das machen.«
»Kannst du das überhaupt, mit den Krücken und so?«
»Das fragst du mich im Ernst? Ich hatte Ballettunterricht, seit ich vier war! Acht Jahre lang!«
Sie kam heran, reichte ihm die Krücken und stand sicher wie ein Baum auf einem Bein. Er gab ihr die Streichhölzer, sie nahm eines heraus und entzündete es. Dann ließ sie es auf das Bild fallen. Der Spiritus entzündete sich sofort, das Feuer schoss hoch. Vanessas Gesicht verschwand hinter einem bewegten gelborangen Schleier, bevor es von den Flammen ergriffen wurde und sich nach und nach in graue Asche verwandelte.
Konni rückte näher an Lissy heran, und es dauerte noch ein wenig, bis er sich ein Herz fasste und ihre Hand nahm. Sie ließ es zu und erwiderte den Druck.
War das das Ende von irgendwas oder der Anfang?
Beides.
Wohin der Weg führte, wussten Lissy und Konni nicht. Nur, dass sie ihn gemeinsam gehen wollten. Vielleicht nur ein kleines Stück weit, vielleicht auch noch ein bisschen weiter. Oder sogar ganz bis zum Ende. Das konnte niemand wissen.